雪夜静静

储福金 著

中国书籍出版社
China Book Press

图书在版编目（CIP）数据

雪夜静静 / 储福金著 . —北京：中国书籍出版社，2018.1（2023 . 3 重印）
ISBN 978-7-5068-6680-4

Ⅰ.①雪… Ⅱ.①储… Ⅲ.①中篇小说—小说集—中国—当代
②短篇小说—小说集—中国—当代 Ⅳ.① I247.7

中国版本图书馆 CIP 数据核字（2018）第 022421 号

雪夜静静

储福金 著

图书策划	牛　超　崔付建
责任编辑	张　娟　成晓春
责任印制	孙马飞　马　芝
出版发行	中国书籍出版社
地　　址	北京市丰台区三路居路 97 号（邮编：100073）
电　　话	（010）52257143（总编室）（010）52257140（发行部）
电子邮箱	eo@chinabp.com.cn
经　　销	全国新华书店
印　　刷	三河市华东印刷有限公司
开　　本	650 毫米 ×940 毫米　1/16
字　　数	404 千字
印　　张	20.5
版　　次	2018 年 4 月第 1 版　　2023 年 3 月第 2 次印刷
书　　号	ISBN 978-7-5068-6680-4
定　　价	68.00 元

版权所有　翻印必究

目录

缝　补　／　001
演　剧　／　017
治　病　／　033
镜　蚀　／　051
阁　楼　／　066
莲　如　／　080
莲　盒　／　125
抓　鼠　／　138
善心的功能　／　150
色　蕴　／　171
味　蕴　／　186
雪夜静静　／　201
我与五加皮　／　218
青　白　／　290
异形果　／　306

雪夜静静

缝　补

我一直认为我是个早熟的女孩。人们说，早熟的孩子一般都性格内向，外表沉默寡言。早熟的生理反应，是热乎乎的内火在身体里烧，脸上便烧出一颗颗青春痘来。我在小学时常会对这种长青春痘的女孩叫一声"烧包"。当然叫的时候，还并不完全懂得意思，但已经知道了"烧包"是与男人和女人有关。初进中学时，我学着上一年级的女孩，沿袭着学校流传的男女生隔离的表现，在课桌上画分界线，偶尔触碰时翻白眼，动作和神态都弄出许多格式。

那时，我其实不懂青春痘与成熟有关，我只知道那是"闷"出来的，也就叫"闷烧"。我自认为的早熟是我不喜欢和同龄的孩子一起玩，我喜欢出风头，我好哄闹，我喜欢在人多的地方表现，人越多的地方我唱啊跳啊越起劲。说实在的，我是向往成熟。在学校里，我老是喜欢在老师们身边转，只要他们有什么活动，我都是忠实观众。那时老师最多的活动是打羽毛球，我便在旁边看，帮他们

紫金文库

捡打出场外的球，跑得飞快地。然后再站下来，看着球从这人的这一边飞向那人的那一边。

有一次，老师打完球，擦着头上的汗回办公室。我便拿着他们的羽毛球与拍子跟着，肩上背着自己的书包。在办公室门口，老师接过球与拍，便和我聊几句，问我放学怎么不回去。我说家里没意思。老师说，那么找两个伙伴去玩玩嘛。我说和他们玩没意思。于是这个老师便回过头，和那个老师相对一笑，我虽然脚步是往外走了，但我的耳朵还听着办公室里，就听里面的老师说了一句：这孩子早熟。

我想老师对我的这句评价当然是好话。那时我确实不喜欢和一般孩子玩，他们玩的东西吸引不了我，我觉得那玩法太小，太没意思。我看过一些书，我喜欢有一个诗人的诗句，那个诗人名字我后来忘了，那具体的诗句也忘了。我只记得在他的诗里反复出现"生活"这个词。生活这个词在那里沉甸甸的，很重，很满，很有力量，很有色彩。我喜欢背书里的一些沉重的句子。我觉得只有大人才开始了真正的生活，而孩子只是不懂事地玩和乐。我渴望成熟，我想我是渴望生活。

我的家在一条旧巷子里。在巷子顶里头有一户人家，那家人家有三个孩子，1、2、3，三个男孩。三个孩子的年龄靠得近，似乎是三年里连着生下来的。生下来后他们的母亲就不管他们了，弄不清是死了，还是弃家走了。三个孩子在家的时候打打闹闹，打来打去，闹来闹去。也不知是为了什么事，那边屋子里就打闹起来，椅子桌子凳子在地上的移动声，楼板轰隆隆的响动声。没多久声音便会从家里响到巷子里，就听一串跳着蹦着的脚步声响出来，在巷子里窜动，巷子的水泥地都咔咔壳壳地响动，震颤着一排旧式房子。

雪夜静静

按说几个没有母亲的孩子应该会受到同情的。但巷子里的大人都不喜欢这三个孩子，说他们太顽皮了，连我也觉得他们太顽皮。常常一个赶着两个逃着，从你身边逃过的时候，会撞你一下，把你撞疼了，险些把你撞倒了。有时会见他们三个都揪在一起，倒在一起，在地上压着滚着，躺在地上的似乎有意地不起来，揪着上面的摇着晃着，拖着扯着。到都没劲了再站起来时，一个个身上都是灰泥，衣服上便有磨破的地方。

我也不喜欢这三个孩子。我那时也是孩子，但我喜欢看着他们，他们永远是三个人在一起闹，单独一人的时候，那孩子眼中便显着抵触旁人的眼神，他随便地站在那里，好像在想什么顽皮心思，弄不清他想做什么。我曾经想和他们其中一个说点什么。他只是歪着脸，斜着的眼光中带着抵触和疑惑。我喜欢看他这种神情，我弄不清为什么喜欢看他们的这种样子。后来我才想到我是喜欢看他们的这种眼神，而我为什么喜欢看这种眼神便又说不清了。我那时候还小。

他们的父亲是个中年男子，在那时的我看来，他年龄很大了，是很成熟的男人了。他总是迈着有点急匆匆的步子从我家门口穿过，走出小巷。他走路的时候，头有点低斜，像是在寻找着左边地上的什么东西。他从不和人招呼，就是从我面前走过，也不朝我看一看。白天他都在工厂里，弄不清他做的是什么工作。有时他厂休在家，一般不出门。偶尔出来，在门口站一站，也不搭理小巷里的人。我注意到他的眼光，我不能说喜欢他的眼光，我只是注意看他的眼光。他的眼光和他的孩子们不一样。他的眼光中带着一种空洞的，忧郁的，茫然的神色。当然这也是我长大后想起来时，才知觉到的。有时他的眼神会莫名地出现在我的梦里。其实，那应该是一

个鳏夫常有的眼光，一个在生活中累乏的无意义的鳏夫常有的神情。

　　真正引动我注意的并非是这个男人的眼光。对还是孩子的我来说，眼光太空洞了，连同他的三个孩子和他的那个看进去总是黑洞洞的家，都只是一种背景。真正引动我注意的是在有一天发生的一件事。那一天我从楼上下来，那是盛夏季节，暑假日子里的一个傍晚。我弄不清那天小巷里怎么会那么安静。也许是经过闷热天里的一场雷雨，我带着一点女孩突然的忧郁和不痛快，从楼上下来，走出门。我也不知自己要到哪里去，一出门，便嗅着一股雨后小巷的完全不同于房屋中还闷着的气息，那股清新凉爽的气息。我的感觉从烦闷往清凉过渡的一瞬间，心情很快地转变的那一瞬间，我看到了他，那个中年男子。他坐在他家的门口，他肯定也是出来透气凉快的。他上身穿着一件背心，两条光胳膊抬着，他的脸也抬着，他的两只手也抬着，一只手拿着一根线，还有一只手捏着针，他在穿针。他身后是一扇低矮的窗，窗子方框的背景里，依然是黑洞洞的。而他身坐在暗与明的交界线上，他的手抬在清清的光线间，映着雨后青碧空蒙的天色和屋脊角几条很鲜艳的云霓色彩。他两只空握着拳捏着针线的手抬举着，仿佛围着一圈光晕。他的脸仰着，半是明半是暗的，暗处微显朦胧，明处映着光晕。那个形象在我的眼中凝定，似乎很长时间都一动不动。肯定是线穿不进针眼。后来我感觉到他的手微微地动。终于他把线穿进去了。他的整个动作是缓慢的。后来，他移下手来，在他的腿膝上，搁着一条说不清是哪个孩子的黑青色短裤，那条裤子撕了一条口子，一条磨破又扯开的口子。他低下头来补那条裤子，他的一只手把裤子半举着，另一只手捏一根针线。我很仔细地看，才看清他的手很缓慢地在动，那根针

雪夜静静

在吃力地找着缝针的位置。我目不转睛地看着他的样子。我看过母亲缝补衣服时的样子，但这个中年男子缝补的样子完全超出了缝补，他那形象突然打动了我的心，直印进我的心底。他费劲地把针在布上刺着，像是在搅动，很缓很慢地在搅。那条裤子耷拉下来，像一挂歪着的布幕帘，那幕帘微微颤动着，过一刻会晃动一下。他一点没有感觉到我的注意，全神贯注地对着他手中的针线和裤布破处。我看到他的黄黑粗大的手，粗大笨拙的手指。他捏布的样子像是抓提着，他捏针的手指像是把握着。他的手时而抬起，很费力地抬起来，抽拉着一根晃晃颤颤的线，细细的扯得长长的线在背景的霓彩云光中飘浮。针尖抬起时，在他的头顶上，辉映着一点光亮，那点光亮随而落进布里。他的手歪歪扭扭的，我感觉着那点光亮向前缓缓地游动。那一刻，我突然屏住呼吸，我觉得有一点被窒息着，心间涌着一股气。我不敢把那股气大声地喘息出来。我按着自己的胸脯，我觉得那一刻，那儿正在膨胀开来。这是我生理上有胸脯隆起感的开始。我觉得那粗大的手指捏着了我的心，心上有一根线被手指牵着，牵在那根闪着光亮的针上。那手背上暴起青筋，黑黄的皮肤上显着粗纹，胖手胝足，正是我那时在学校里接受的歌颂劳动者的语言。我觉得那手指上正牵着连着实在的生活，是厚重的生活，真正的生活。自然那是我过后才意识到的，那一刻我只是凝着神。

　　他终于把手放下来，那条短裤落到他的腿膝上。他用手指去抚着补过的地方。那块补丁有点不平伏地拱起，仿佛皮肤上鼓起的一个包，针脚像一条蚯蚓似的爬着。他朝爬着的那条蚯蚓看着，他的手指抚到了上面。他轻轻地抚着那道黑线缠绕着的口子，缓缓地抚来抚去，他像是要将它抚平，又像是在抚着他的手艺，欣赏着他

针下的结果。线还没有扯断，在补丁的角上垂落下去，针在线头上晃动着。裤布上的针脚歪歪扭扭，宛如初见他的手指的某一点印象。他的手指一点点地在针脚上抚过去，抚得很轻很柔，比他刚才行针还要慢。手指上的粗皮抚在针脚线上，仿佛发着滋滋的声息，那根随线垂落的针微微地跳颤着。也不知他在那补丁处抚了多长时间，我只是着迷似的望着。他的头低着，看不到他的面部表情。但我能感到他的如痴如醉。他宽厚的身子仿佛变得轻巧虚浮，融入手指上。所有的感觉，所有的神智，所有的意识，都集中到那一点上。牵着我的感觉我的神智我的意识。仿佛我的感觉都融到了他的指尖下，在布与指尖之间颤动。那一瞬间，我仿佛熟悉了针，熟悉了布，熟悉了线，熟悉了手指。我融入在那里，随着手指爬动，跳颤。慢慢地，我完全化入了那块补丁那片线脚的三寸之地。

那一刻是如何结束的，我已忘了。仿佛是他的三个孩子突然又闹开了，引他进了屋。而我一直站着，脑子里不知想的是什么，我的眼前是巷子尽头的一面带窗的矮墙，一片熟悉的景却显着一种陌生的色彩。我的人生似乎一直是在自己内在的感觉中，这是第一次投向外部的关注，仿佛是经过许久许久的飘浮而落到了实处，踏进了厚重之处。

第二天，我在家中抽屉里找出了针线。我再寻找家里的破衣服，翻遍了抽屉，发现家里的衣服没有要补的，有破的也都让母亲补好了。好不容易找到一件准备当抹布用的破汗衫。那件汗衫，铺在了我的腿上，洗得干干净净的汗衫，白白暗暗的颜色，细细疏疏的布纹，松松软软的布质，都没有那种我想得到的感觉。我在上面缝起针线，针刺进洗旧的汗衫布上，像刺着软皮，线被缝进布纹里。我缝完以后，就丢开去。我在家里找不到一块富有男性的硬块

雪夜静静

布，所有的布都带着我和我母亲的细柔的气息。

有好几天我都神思恍惚。我站在家门口，用耳听着隔壁那三个孩子的哄闹声。每当看到中年男子的身影出现在巷子头时，我的心便会一抽搐，随即能感觉那儿跳得厉害。我垂下头，我看着他向左斜歪着的脸。他的手不是垂下的，有一点斜弯地抬着。我望着他的手，他的拇指和食指硬撅撅地直着，仿佛做着一个手枪的姿势。他走进他家中。我等着他出来，等着他走出门来，还坐在那里铺开破衣裤缝补。我用耳朵去捕捉他家里的声息，想着他在做什么。间或那里又响出一阵哄闹声，一阵木家具脚与木地板的摩擦声。似乎他根本没有去管他的孩子。我想到我好像还从来没看到他与他孩子说话的样子，也没听到他与他孩子说话的声音。我猜不出他是用什么样的方式和他的孩子交流的。有时我会感觉到那儿的声息突然安静下来。我想到那是他干预了。我还是没听到他的声息，不知他是如何干预的。

终于有一天，我在门口看到他家最小的男孩飞快地跑出门，一下子便摔倒了，我立刻发现了小三子的裤子破着一个口子，也许是摔在水泥地上擦破的，也许是在家中顽皮时扯破的。小三子刚爬起来，我便及时地向他招呼了一下，小三子用疑惑的眼光看着我，那眼光像一头警惕的小兽。我指指他的裤子，小三子低头看了看，用手把挂落下来的破布刮一下，那块布露着毛边，晃颤颤地挂在他的屁股上，露着他沾了泥的一片屁股肉。小三子再抬起头来，眼中是一种茫然的、无所谓的神情。我从中感觉着做父亲的他的眼光。

我朝小三子招手，朝小三子微笑。小三子弄不清我的意思，只是朝我望着。我朝他走去，小三子有点迟疑地往后退着。小三子平素常会这么退着走。我向前走一步，小三子就往后退一步。我朝他

笑一笑，小三子也朝我笑一笑。小三子笑起来很难看，脏脏的花脸上，眼挤得很小，嘴朝左歪着一点。我再向前走一步，小三子就再退一步。我站停了，小三子也站停。小三子把这当作我在和他做游戏。小三子的神情中，带着平时的顽皮。我再进一步，小三子就再退一步，并且不用回头地身子转了半圈，背朝着他家的门，眼看着就要退到他家里去了。我朝他点头说：来。小三子却朝我摇头，说了声：去。小三子满脸好玩的神情。我实在没有办法对他，我真想朝他扑过去抓住他。小三子大概从我的眼神中，看到了这一企图，也就做出了反应，身子带了点收缩，准备随时逃开。我想到这肯定是三个孩子经常做的游戏。我心里有些紧张，我怕有人来，我怕破坏了这一个机会。我突然想起一个点子。我朝后退了一步。小三子显然没想到我会这样。我还是对他笑着，带着游戏的神情。小三子也就朝前跳上一步。于是我就一步步地退到了我的家中。小三子的神情在我家门口犹豫了一下。我继续模仿着他好玩的神情。他终于踏进我的家门。我一步步地倒退着上了楼，小三子也跟上了楼。到了楼上我坐在凳子上，哈哈地笑了起来。小三子也坐倒在地上，跟着我大声笑。小三子的笑声和他的说话声一样，有点含糊不清。笑表示是游戏的结束。我和小三子说着话，并拿出了针线。我让小三子把裤子脱下来，表示要给他补上。小三子没有拒绝我的友好，只是在脱裤子的时候有点犹豫，大概不好意思光屁股吧。我的神情鼓励着他，小三子不想拒绝和他做过进步退步游戏的我，就脱下了裤子。很快他就毫不在乎地光着屁股，在我家楼上走来走去，东张西望。我开始补裤子。我把裤子放在腿膝上，手指捏着破处，再把它提起来。我提着裤子的那一瞬间，我感觉到心里猛地颤动着，一点说不清的滋味在心间挤着涌着。我把针刺进布里，尽量缓慢地动

雪夜静静

着，再把针从布里刺出来，封着那条破口。一针针地，我感觉整个的我就在针下，每一刺都让我有一点兴奋，一点刺激的颤动。我感觉我是坐在他的家门口，坐在那一张小凳上，面前是一条伸展出去的巷子。我缝得很好，仿佛我天生就会缝补。我的手下缓慢带点笨拙，那只是我仿着他。我的感觉都在我的手指底下游动，在针上游动。仿佛手指不是我的，我想象那是我在他的手指底下游动。就在我的感觉都融入布、针和线中，突然一阵声响，我这才发现眼前光着屁股的小三子，转着上半身看着我，他的面前是倒着的一堆东西。我母亲的笔和纸簿以及几本书，都散落在了地上，还碎了一片茶碗。小三子的脸上又带着了准备逃逸的神情。我还没有从感觉中完全出来，我也不想从感觉中出来。我用一个简单的眼神要他安静。小三子似乎听懂了我的话，有一刻就那么站着。很快他又动起来，光着屁股在楼板上走来走去，还去扒着窗子，往上双手撑着窗台。我的感觉被他引去，怕他会翻落到窗下去。小三子不断动着的脚步影响着我。我叫住了他，再次让他安静。小三子又站停了，只一会儿，他已经耐不住，说他要回去了。小三子说话的时候，望着我手上的裤子。我又朝他露着笑，但他还是显出要走的神情看着裤子。我突然想到我的盒子里有两颗我买的糖果，那是我用集起来的零用钱买的一分钱一块的硬糖。那时有糖吃便是很大的奢侈了。我把糖取出来，捏在手指尖上，我看到小三子的眼都放光了。我和他讲好了条件，让他必须坐着不动慢慢地把糖含着吃。小三子终于坐在墙边安静地吃糖，他轻轻地含着糖，身子有点晃动着，但不出声了。我继续捏着针缝补裤子。我很快便能准确地刺到我要刺的方位，但我还是笨拙地让针缓缓地刺过去，慢慢地把针抬起来，让线缝紧补丁破口。在小三子含完两颗糖的时候，我补好了破口，我

009

　　的手指在补丁上轻轻地抚过去，他的神态在我的感觉中，感觉凝在手指上，轻轻慢慢地抚过去。手指下有着高低不平凹凹凸凸的立体感。我微闭着眼，感觉中是粗大的手指在缓缓抚动的形象。

　　我习惯了站在门口，看着他的三个孩子顽皮。很快，我又发现小二和老大的破衣裤。我采用了各种方法，让他们上我的楼，让他们脱下衣裤让我缝。我准备了糖果，每次两块，以求他们的安静。后来，我发给两块糖果叫他们下楼去玩，让我一个人静静地用手指捏针，缝补他们破衣裤。这是我独自在家最大的兴奋。每次只要坐下来捏着针，提着衣或裤，对着那破口，我就有一种迫不及待的冲动，一种迷迷惑惑的沉醉感。以后，他的孩子只要衣裤上有一点破处就拿来给我。再后来，三个孩子在家里翻找出他父亲的破衣裤来找我，以从我手里换去糖果。有那么一段时间，我已习惯从他们手中拿到破衣裤，坐下来缝补着感受着。我觉得我和他的家靠得很近，我和他靠得很近。我不再觉得他的孩子是皮蛋，他们一个个的脏乎乎的花脸一点也不难看，都显得那么有趣。我怕看到他，也想看到他。只要看到他歪斜着头走进巷子的样子，我便会生出一种奇异的感觉。

　　只要有几天他的孩子没有拿来破衣裤，我就站在门口，看到三个孩子中的任何一个，便用眼光招呼，用眼光询问。没有破衣裤的时候，三个孩子似乎都忘了我，他们在家里哄闹，就是闹出门来，也是奔着跑着，不理会我，也不停下来看一看我，全不管我的眼光跟着他们。他们更疯闹了，互相拽着拉着，一旦有谁的衣裤被拉扯破了，一旦响着了嘶啦的布破声音，哄闹便戛然而止。那个破了衣裤的孩子露出带着得意快活的神情，当着其他两个兄弟的面脱下衣裤，来到正等着的我的面前。为了嘉奖孩子给我带来的激动，他们

雪夜静静

从我手上拿到的糖的数目从两颗加到了三颗，四颗，直至五颗。我把我所有的零用钱都拿去买了糖带回来。那段时间孩子中流行收集糖纸，于是我买的糖果也尽量花花绿绿的。我看到三个孩子有时会把糖纸拿出来比着，对着，数着，斗着，争显着富有。这在我的同年龄人之间也流行，而我对这样的玩意根本不在意。

有一次，我站在门口的时候，看到小三子从巷口走回来，他是玩弹子输赢糖纸去了。我和他对一对眼光，便知小三子把糖纸都输光了。他的眼中带了点对糖与糖纸的渴望，而我的眼光同样也带着渴望。小三子的眼眨巴眨巴一忽儿，突然便跑进他家的门里去，没多长时间，小三子又跑出来，身上穿着一条短裤，手上拿着一条长裤。小三子把长裤丢在我的身上，就向我伸出手来。我看到那条长裤上，裂开了一条口子，那条口子上是齐齐的光边，没有平时破布的毛边纹絮。我立刻就想到这个破口的缘由，我红着脸，我什么都没有说，我只是转身进房，我给小三子选了几颗糖纸特别漂亮的糖果。

在我的针下，破布口子缝合起来，我的针已经能够很顺当刺到要刺的点上，我已习惯尽量把针脚缝细，缝密，时不时地停下来，带着一点欣赏的眼光看着缝得平整的针脚。我一针一针地每一针都缝到位。我其实能很快地缝完，但我还是慢慢地下针，慢慢地出针，延长着缝针的感觉。我独自坐着缝着，最后，再抚着那补好的补丁，手指缓缓地笨拙地抚过去抚过来。无数的感觉在我的身体里晃动，无数的意识凝作一点。慢慢地我的想象自然地进入那个夕阳辉映下他在门口缝衣服的情景中。我化入那个情境，我在那个情境中流连忘返，像过足了瘾。再从那个情境出来后，便会觉得情绪兴奋饱满，也会有一点失落感。我觉得我已无法离开的对那种情境的

感受了。

　　整个一个长长的暑假，我都沉湎在缝补的情境中。我在母亲面前装着天真活泼的样子，在她有时关注的眼神前装着若无其事，而我的内心恍恍惚惚便入到习惯的情境中。我有时会迫不及待地渴望着那一刻，迫不及待地进入那情境间。每隔一段时间那种渴念便浮起来，如同饥渴，如同烟瘾。我会烦躁不安，我的内心仿佛有许多的东西摇晃着，动荡着，那种感觉拼命地升浮上来。偶尔我站在门口看着跑来跑去的三个孩子穿着满是补丁的衣裤，我清楚地看着那一处处经我手指缝补的地方，那上面似乎还浮着我的感受，那些感受片片块块地晃动着，让我有一点莫名的意识。然而，我并不去深究这点意识，我只是渴求着自己进入那个情境。

　　有一天，我站在门口等待的时候，我突然感觉到巷子尽头的那间房子里特别的安静。我的感觉总浮游在那扇木板门里暗蒙蒙的房间，我有时凭里面的一动一静便会知道是哪一个孩子的脚步声，是在楼上还是楼下，还是在楼梯上。现在这一些声息都没有了。我有点怀疑我的听觉，那里不可能没有声息的。

　　接着的两天，那间屋里还是没有动静，不管是白天还是晚上。有时我坐在楼上，会恍惚听到有哄闹声，跑下来一看，还是静静的。小巷里间或有两个退休的老人聊几句天，他们向我投过混浊的眼光。我终于看到他走进巷子的身影，他还是脸略斜向左边，头有点向前冲着往前行。我真想张嘴问他一声，他的那些孩子到哪里去了？但他从我的身边走过时，我一下子便说不出话来。我只有眼睁睁地看着他侧背的身影，那斜着的宽肩膀，那件总是穿着的旧青布上衣，肩上接缝处发毛了，显出灰灰的暗白色。我张了张嘴：你家……我是发出了声音，不知是我声音轻了，还是他根本没在意我

雪夜静静

这个女孩,或许是他心里有着事。他步态毫无变化地走前去,走到他的门口去。我就失去了再说话的机会。我还从来没有开口和他说过话。我几乎没见过他和巷子里的人说话,偶尔与大人眼相对了,也最多是点头招呼。我快快地转过身来,觉得如果他回转身来看到我的样子,肯定会认为是很难看的。我嘴里重复念着:你家……把两个字的声音念响些,再念响些,不住地念着。我感受着当时我说话的样子。我觉得我肯定是蠢得不得了。我的脸热着,浑身都热着。

这么过了两天,我实在忍不住了,我慢慢地散步似的走到巷子尽头,对着那间房子看了好一会。他家的一扇薄板门关着,挂着一把铁皮锁。我把身子蹭到门边去,注意到周围并没有人,我就去拉锁,我知道这把锁只是做样子的,是防君子不防小人的锁。我曾看到过他没用钥匙手一拉就拉开了锁。但我拉了两下都没拉开,锁扣像有弹性地弹着。我屏着气使了一点劲,锁很响地拉开了。于是我很快地钻进门。我把门掩上的同时,便嗅到一股强烈的味道,被闷着的带着潮湿和腐酸的味道。一种和我家截然相反的味道,我和我母亲生活的房间里气息是淡淡的,而这股味道是浓烈的。虽然我已从他和他三个孩子的衣裤上嗅习惯了这种味道,这股味道的强烈还使我晕了一下,使我的胃本能地反应了一下。我镇静下来。我感觉这味道让我沉醉,我很快习惯了浓烈的味道,我还多嗅了两下。我把楼下都看了,很简单的一张桌子和几张凳子,似乎就没有其他东西了。朝巷子那边顺沿下去半间矮屋,就是有木板窗的那半间,黑洞洞的,里面放着一张床。我脸上带点笑,似乎随时迎着突然从床底下或者哪个角落里钻出来的孩子。我小心地爬上楼梯,那是一张竹梯,晃晃悠悠的,梯边缠着几根锈铁丝和黑麻绳。楼梯上面是个

勉强能抬起头来的阁楼，有个老虎天窗，透进来一点光。阁楼上放着一个柜子和一只旧箱子，还有一张床，床头床脚都搭着乱乱的衣裤。还有些小杂物随便地堆放着。三个孩子出门去了，我以后才想到那些孩子是到哪一家亲戚家去了。当时我不会想到什么。我的头晕晕的，意识都在大脑皮层上活动，顺着一点指使，一个驱动。我走过去把一件件的衣裤都翻看了。随后我又翻开柜子，接着又打开了箱子，我把里面的衣物取出来，开始我的手有点不听话地抖动，慢慢地安定下来。我把取出的衣物按习惯一件件叠好再整齐地放回。我发现几乎每一件衣裤上，都有我补的补丁针迹。每一处我都用手轻轻地抚了一遍，再叠整齐放进去。那些曾经我手的衣裤，全堆在我的眼前，它们溢着我嗅习惯的气息，坦露着我看习惯的样子，一种从心中喷涌出来的热血，在我的体内上下流动，最后都涌向了下腹部，我在那里感到了一种从来没有感到过的反应，从我身体内发出来的一点气息溢出来，混合在眼前的衣裤上。

我不知在阁楼上站了多久，我没有感觉到从天窗透进的光，已经黯淡了。我只是抚着一件件衣服一条条裤子，再把它们齐整地放进柜子。突然我感觉到了一股浓重的味道，我下意识地转过身去。我看到楼梯口上，站着他。他到底什么时候站在那里的？他站在那里，背着亮，脸上是阴暗朦胧的。我一下子怔住了，我觉得一下子下腹部发着紧，身子发着软，而脸上发着热，仿佛上身的血都在脸上奔涌，而下部的血都在下腹凝结。我只管盯着他的眼睛，他的眼在阴暗中显着两点蓝亮。我想说什么，但我说不出来。我想不到要解释，也想不到要表示，我什么也想不到，我只是望着他，我的身子只有我感觉着地颤动，如高热以后发着软。

我感觉到他在移动，他向我走近。我一动不动地站着，我感

雪夜静静

觉他动得很缓很慢。他伸出他的手,他的手指抬起伸过来,在他的手指下,我化作一根针,由他捏着而动,我化成一片布,显露着破口。他像抚着布的补丁,抚遍补丁的上上下下。一切都任由着他,任他抚在我的脸上,我的身上,我的一切地方。我像挂下的布一样微微颤动着,如线头垂落着的针一样微微颤动着。

突然我感觉到箍在我身上的力。很粗重的力。我被箍紧了。同时,我的眼前出现了一片浓重的阴影。带着阴影的脸,蓦然放大了,显粗了,前额耷拉着散乱的黄灰头发,拱起的鼻子边带着凹点斑点的皮肤,都合成一片阴影,阴影加深了,而一双变得很大的眼,里面红通通的两个火球一般,红到发暗,也融成一片阴影。阴影向我压下来,接着是一股近乎风箱般的抽搐声,喷着一股粘湿湿的一团,贴到我脸的皮肤上。我一时不知是怎么回事,也许是出于突如其来的本能反应,也许是突然想到了多少年中明的暗的接受了的关于流氓的话语,也许是害怕极了,我觉得我身体内的一股流动着的气,浪漫地流动着的精神之气,被一下子挤压出来,从嘴里喷出来。我也没想到从我嘴里出来的声音会那么大,我很长时间都听到我发出的尖叫声的回音。那回音在阁楼上回旋着,他被那声音震出去了好几步远。于是我看清了眼前的他,那些放大了的阴影中的蒜头鼻子和斑点毛孔,发红的眼睛和花白的头发,都那么清晰地显在我的眼中,而我尖尖的声音在那形象上回旋般地,削剥着一层一层,永无止境似的回旋着,削剥着。我体内所有凝结在下腹的热力,都仿佛从嘴里一气吐了出去。我一时间觉得身上有一种寒彻入骨的冰意。以后的多少日子里,我的梦境都会回到这一幕,我仿佛还能听到我的回声。我的感觉中满是他放大了的脸。梦里我想着,他应该举起他的手来,用手指朝我晃一晃,也许那声音就停止了。

紫金文库

我自己也讨厌那声音，但却无可奈何地听着那回音。

在暑假结束前，三个孩子回来了。我又听到了他们哄闹的动静。我独自在楼上的房间里。我对着打开的书看着。我听清了母亲对我说的话：要开学了，该复习复习功课了。再以后我就上学又开始了校园生活。那一学期中，我真正感到了自己的沉静，我想快活但做不出快活动作来。我总是很晚才回到家中。我的心里总是空落落的，什么也都没有兴趣。我真正地感觉到在我周围的学生的浅薄。我真正地明白了早熟的意义。

到那年寒假，我再回到家里，我看到小巷尽头的那家人家出进着一个瘦削个子高高颧角的女人。她的脸上永远是挂着的，永远是一种悲哀状。他家的三个孩子也似乎一下子变大了，在家里出进的时候，都显得文文静静，不再听到他们的哄闹声和嬉笑声。我对他们已失去了兴趣。有时他们还会在没有大人的时候，朝我挤眼闹笑一下，倒步跳蹦一下，我都只是看一眼，没有任何表示。我自己也觉得自己太沉静了。

那以后两年吧，我面临毕业，上山下乡一片红。我踏上了社会。在我身上和在我周围发生了许多的事。发生了许多的事后，我偶尔再回想到那一段事，我还会觉得很奇怪，我怎么会那么喜欢缝补补丁的，而且是补着那样的衣裤。我搬过一次家，偶尔回原来住过的地方，在旧家门口就嗅到小巷尽头人家的气息，当初我怎么会嗅习惯了？

那也都只是少年时的一些感受了，离那个时间已经过去二十多年了。

雪夜静静

演　剧

那一年，是我下乡的第六年，我已经习惯了乡村的农活，已经习惯了乡村的景色。那乡村的太阳，乡村的风霜，以及乡村的一切，都成了我习惯生活的一部分。我已经和一个乡下的女人没有什么两样了。那一年里，社会上发生了很多的事，传到乡村来，都变得很淡。乡村里的人依然用他们的语言谈着粗俗的男女之事，对上层的人用乡村的土语评价着，也开大会，谈几句官话，回到田里便再谈俗话。我也是一天天地过着，几乎要忘记自己曾是城市里的人，那些广播里的消息使我有一点兴趣，但还是感觉离得很远了。那是城里人关心的，与城里人生活相关的。我学会了做团子和包馄饨。剁好吃的馅，这才是最要紧的。有时倚着门和一两个乡村的小伙子说一些话，听他们放肆地说一些男人挑逗的占便宜的话，我感觉虚浮着，从这个耳朵进，那个耳朵出。

有时黄昏挑担水回来，半路歇一歇，看一眼绿色田野映着夕阳

的黄橙橙金灿灿的一片亮彩，心间浮起一点旧时书本上的词句，那些词句也都在桶里的水上浮飘着，晃晃悠悠的。仿佛隔着一个世界，隔着一个时空。

那一年社会上确实事多，一会儿传下来一个理论，一会儿宣传一个运动。天和地都随着晃动起来。那一次，生产队长从公社开会回来。他是经常去社里开会，干部喜欢开会，开会有工分。他每次开完会回来都面带喜色，站在田头上和做活的人传达几句上面的精神，也不像平时总在田头上吆喝。他正对着田里的女人说得高兴，将女人一个个轮过来说几句。说到我，他停一停，突然想起来说：有件事你可以做的，总见你捧着本书，可以写上几句，社里说要比赛什么诗歌，你这两天就歇着做做写写，每天给你记工，到时候上去念念。

他一时高兴这么说了，我就应着。我知道到他不高兴时便会变卦。那时能不上工记工，就和干部开会一样，是件眼热的事。第二天我就不去上工，我闲着，快活地做一点我自己的事，把房里的脏东西洗了，再有工夫做一点馄饨吃。我歇够了一天，到晚上才想去写要我写的。我翻出一些书和报纸来，按着上面的一些样子想句子，那旧日城里的感觉便回来了，那时事也都到心中来，那些和我生活搭不上杆的一些运动语言，也都涌进脑中来。

读多了那调子，我觉得也好写。用土话说，只是准备写一个去糊鬼。过了两天我才把那写了的东西给队长看，让他给我记工。在记工的时候，队长似乎才发现给了我一件闲事，让我偷懒占了好处。他皱着眉头看着我写的东西，指点了几处，好像很不满意我的做工，要让我田头返工，他宣布我明天一定要上工，改必须在下工的时候改。我也就在上面涂改几个字，随它去了。心里暗喜闲歇并

雪夜静静

白占了两天工。多少年间都是天天上工,过年都歇不了几天的。

因为给我歇了两天,要不大概队长就不会记着这件事了。他忘不了给我记的工。那一次他就发给了我一张油印通知,通知我到公社去比赛。我是头一次有公社发函通知我,多少年中我在村里,队长是最大的官,见到大队书记话也难说上来,能到公社去出头露面,那是一种莫大荣幸。

演出在公社礼堂,一个个轮着上台,有唱的,有跳的,有舞的,有一个队群体上的,脸上化着妆,涂得红红绿绿的。我在后台上站着,等着叫我,后台上到处走动着人,乱乱的。会场下面也是乱乱的声音,和台上声音相呼应。话筒和喇叭里拖拉着嘶嘶之声,夹有咳嗽声和清嗓子声。我站在那里,旁边的人出出进进,撞着我的肩,我没有反应。我只觉得身子有着一点浮虚,飘飘忽忽地,晃悠在一片杂乱的世界,一片兴高采烈的世界,一片混沌的世界,一片割裂的世界中。而原先我怕见人,我喜欢孤独,我在人多的地方都晕。我不知道由谁通知我上台,什么时候轮到我的节目。我等了很长的时间,似乎等了一个世纪。到我走上台去,我突然觉得我的脚是一脚高一脚低地走上去的,台下的人也许会以为我是个跛子。我尽量想走直了。我走到台中停下时,后面有人提醒着:走过去一点,走过去。我偏过头去看看,我的脸上带着笑,一种木木的笑,木与木堆起来的笑。我的眼前是一片人头。我看过礼堂的空场,一排排的水泥矮墩上盖着长长的木条板,现在,这些木条板上无数的人头攒动地成了一片黑影。我的眼前是一片虚浮的黑影。我其实没有看清眼前是什么,我只沉在我自己虚浮起来的感觉中。我忘了我要说的一切,我忘了我要做的一切,我只是走上了台,我就站在台中,我听到有后台上的声音,我听到有台下的声音,上下的声音都

019

紫金文库

轰鸣着，虚浮着，在我的感觉中模糊成一片。我一个人站在那里，我不知我要做什么，我忘了我要做什么。我还是孤独的，孤独地在一个人的世界里，迷糊，朦胧。其实可以想象一个演出的人走到了台上，她堆着笑，没有化妆，也就走到台上，站在那里，任凭四周的声音群起。有笑的，有叫的，有闹的，有喊的。在乱成的一片之中，我站着。突然我看到台下有一只手抬起来，就在前排。台并不高，离台下并不远。那只手是黑的，在一片有点发黄的灯光相映之中，那只手黑得发亮。五根手指微微地张开。它伸起像是突然闪现在我的眼前，在我一片模糊感觉的一瞬间中闪亮起来的。我看清了那只黑手，它似乎没有关节也没有纹路，它只是一只手，手指直往上伸，每一指都是凝定的。我的感觉中唯有它的存在，我对着它似乎有很长的时间，其实只是一瞬间。似乎就在那一瞬间，所有的声音都在它伸起时停止了，我的感觉中一片清亮，我看着它，我的脑子清明起来，我做的那些词句都回到脑中，闪亮起来。我见那只手晃动一下，它在我的感觉深处闪动一下，仿佛灯光也随之闪动了一下。于是我便朗诵起来，我的声音喷涌而出，那只手落下去了，我的感觉中它还伸着，我朝它伸出一只手去，做着一个朗诵的习惯动作，一个我自己也不明白的手势。我的动作随着我的声音做得自然，那些词句仿佛都流到我的嘴边，组织得很好地从我嘴中流出去。我的心也在我诵读的时候浮起来，我感觉到了一种从未有过的体验。而在我的一切感觉之中，始终是那一只伸起的手，那闪动着的手指。

我下了台后，还听见掌声。那是我感觉中的掌声，我只是听着一片的声音。声音对我来说，都是虚浮着的。那一种如潮一般难以退下去的感觉。我觉得头晕晕的，身子还在浮荡着。我的笑意还

020

雪夜静静

浮着,漾开来,化开来。我的感觉中那只黑手的印象还鲜明地跳闪着。

演出结束后,参加演出的人都到食堂里吃夜宵。那是一碗面,切得细细长长的面,面上放着几片红烧肉片,很少吃到这样的机制面了。所有的人都高兴地吃着面,一边兴奋地谈着演出。吃完了夜宵要回村的时候,我被叫到了公社会议室,那里坐着几个人,旁边放着吃完了面的几只空碗和一些残剩着卤菜的碟子,杯盘狼藉的情景。而端正地坐着和我说话的,是组织这次活动的一个公社女干部。她一边和旁边的人说着笑,一边问着我的情况。后来她突然地问我,想不想去县里参加业余宣传队演出?在这一问的同时,我心中又升起虚浮的感觉,我看到了在她身边坐着一个男人。那人手是黑的。我看到了那只黑手。是那个男人带着的黑手套。天并不算冷,他却带着一双黑手套。是那种薄薄的纱手套,能见上面染着一点污色。那只手蜷着,团成了一团,在我的眼光落下的时候,它微微地动了一下,小指仿佛颤动起来。我的心也动了一下,我的感觉中满是它伸起来的印象,仿佛爆亮了一下,无数游浮着的都飘起来。我没说出话来,我只是点着头。点头的时候,我看到了他的一张脸,他的脸瘦削平板,没有表情,一双凝定的眼,眼中带着一点黄浊。

于是我便进了县城里的文艺宣传队。我从大城市到农村,又从农村走进城里。县城只是个小城。文艺宣传队员住在文化馆的楼里,那是一幢古旧的楼,原先是座庙宇,有一座天井,围着天井的耳房,都是用红漆刷着的,时间久远,那漆变了色,显深了,成为紫色,斑斑驳驳的,好多地方都翘了皮。风吹着我们住的木房玻璃,窗框响着"塔塔"的声息,还有糊着的报纸"瑟瑟落落"地。

我被分配兼管道具和服装,就睡在道具房的外间,在地板上铺一张草席作床。我很高兴没有和其他宣传队员一起住,我喜欢孤独。嗅着道具和服装混合着的奇怪气味,我感觉我的人生飘浮起来,不像在出生的大城市里,也不像在农村实实在在的土地上。大城市的生活感觉旋转得很快,而农村的生活旋转得很慢,而我进了一个中间的夹层,一边显得清晰一边显得朦胧,两边的感觉反差着,我被带动着旋转。我有着了人生实在感受。我还没有老,我还在青春期间,但我的心却已在经历了许许多多的旋转中老了。宣传队里都是从农村上来的漂亮的能尖儿,她们成群地穿起了城里人的服装,在县城的一条古城街上走着。那个年月里,街上多是旧景致,木窗木棂,店铺用的是木插门,我童年时父亲领着在大城市旧街上行走的记忆浮现出来。我总是独自走着,从石板路上走出去,再走回来。

有一段时间搞节目排练,宣传队员都集中在天井正里间的大殿里。脚下是一块块很大的正方的古旧地砖,许多的地方都踩裂踩陷了。有时踩到陷下去的地方,正笑着唱着,感觉便一下飘浮起来。乐队一遍遍地反复着越来越显单调的曲子,演员一遍一遍唱着那几句重复的词。我看着带着黑手套的手伸起来,很多的时候,那手指动的幅度不大。往往是微微悠悠地晃动着,乐曲仿佛便在手指间流动着,而并非是殿里的乐队奏出来的。我看清了五指,分开来时,那个拇指显得特别宽厚一点,成了一团,在上端似乎膨展开来。很快它又收拢着。它在颤动。有时它会单独伸上去,显着特别悠然的状态。在激越的曲调里它伸上去,似乎永不尽地伸上去。乐声也就高上去,也是永不尽地高昂着。我便觉得我的身体内部也有着一种东西在往上升,整个地飘浮起来,飘浮着往上伸展。我的声音也自然地往上升,我的脚步也自然地往上升,我从来没有想到过我的声

雪夜静静

音会那样清亮,我也从没想到我的身姿会那么轻快。由那只伸起的手指指引着,我大幅度地做着动作,我没有羞涩,没有犹豫,没有迟疑。我原来身上积累着的许多生活经历,与我肉体的感觉仿佛都消逝了,整个我飘浮起来,心里空空的,身子也空空的。性别意识,书本知识,一切都在我的内在消逝了。我飘浮着,轻盈地有着一点梦般的色彩。

很快开始了彩排演出。我作为报幕,最早地开始化妆。在后台一片镜子之前坐下。两边一面面镜子映着了一片片灯光,亮闪闪地映着一张张的脸。涂上了化妆色,于是便显出另一个形象来,一个涂着色彩的人生世界。我对着镜子的时候,在我面前显现的是我陌生而熟悉的形象。我还没有这么久地对着一面镜子,这么久地对着自己的形象。面前的这张脸让我觉得不像是"我"。只是在意识中我清楚那就是"我"。我在对着"我",有着一种恍惚,而似乎真正的我,意识中的我飘浮了起来,游到了坐着的肉体的我和镜子里的我之间,"我"在夹层中间,镜子里的我和肉体的我一个是平板鲜亮的,一个是饱满乡村色的。我做了一个表情,显如一个动得缓慢,一个动得迅急。"我"在中间带动着,不由自主地动着,慢慢地就迷糊成一片。三位一体的我融在一起,形成一个惯常的我。

我无法把那些化妆色涂到脸上去。我只是坐着,我的神思游移开去。我看到了他,他抬着那只手,在指挥着往上挂幕布。我的感觉飘浮着,我想说话,我想唱歌,我想动作,而我无法对着镜子凝定着"我"。我一直坐着,那些平时和我一起的宣传队员一个个在涂着肉色的底彩,镜子反映出来是异常的形象,更让我的内心生出一点飘浮的不实的人生感觉。我意识到我上浮到这里来,总有一天会落下去。我不知我是不是还会落到乡村去,这时的一切都是临

时的，虚浮的，是一种异质的人生。我听到有队员说我，还不快化妆，就要上场了。我还是坐着，听如没听。他走过来，我看到他的那只戴着黑手套的黑手靠近我。他走到我的身后，他站在那里，看着镜子里的我。我看到他在镜子里显现的平板无表情的脸。我笑了一下。我摇着手，想把手上的化妆底色涂到左脸上去，但手在右脸处停下了，我的手晃了晃，又垂下来。我看到那只黑手伸起来，伸到镜子里，那只手似乎突然地感到了颤动，指头收拢着，仿佛要从镜子间游开去。我看到那只手的大拇指迅速朝下弯去，这时，出现了另一只手。那只手已脱去了手套，是一只平常的手，带点粗骨节的男性的手。他用那只手抓住了先伸出的手，抓住那只总是伸起的手，把它一个一个指头上套着的拉起，那只手很慢很慢地拉脱着，它仿佛要退缩，但上面五指的指管已脱空了，余下是一下子脱光了的，我便看到了那只手完全的本来面目。那只手仿佛是一闪动间显现的，有着一种苍白色。我只感觉到白色显亮着，映在灯光下。镜子的一片反光定在它的上面。同时我看到了在它的拇指头上，还伸着一个指头。那个微小的指头，完全是成形的，像一个小的指娃娃，一时因为裸露而有些羞却地弯靠着拇指头上。它是按比例生成的微型指头，上面还有很小的指盖，指盖尖上还长出了一点小小的指甲。

我凝视着它，一时我的感觉在那只手前面凝定了。我感觉那只手张开来。在小六指的映衬下，那只手显着特别粗大。那只手的手掌上有着了化妆底色，轻轻地按贴到我的脸上来，一掌一掌轻轻地贴着。我从我手上拿的一面小镜子的光亮中，看着一片色彩贴在那面大镜里的"我"脸上，那个"我"仿佛完全是陌生的形态，异于我了。而我的神志都凝在一点上，我所有的感觉都团聚在我的那一

雪夜静静

处，被抚被拍，被贴被擦，被揉被按。"我"升浮虚悬起来，在异常之感中，恍恍惚惚，浮浮沉沉。所有的感觉都往上升往上升，升空而尽；而实在的知觉又都往下落往下落，落空而尽。我忍不住地要笑出声来，短促的笑声被贴着的手指按定了。那个小指顽皮地靠着我的脸颊，在我的眼角，在我的皱折处轻抚着，在我肌肤的突出处轻按着，轻揉着。在我的嘴上轻吻着。我的感觉都凝到了一点上，而又仿佛爆散开来，歌唱着，朗诵着，摇曳着，跳动着，飞舞着。无数的从来没有过的感受都涌来，如潮般地涌上退下，一层一层拍打着，飞溅如雪。摇闪出各色的光彩。感觉整个天地中都是彩妆之色了。在手掌偶尔抬时，我看到它微微地偷嘴似的沾了我的化妆色，就在指头顶上沾着那点首次化妆之色，像是带着一点得意之色。它弯下去，似乎在逗笑着嬉闹着。我忍不住地笑出声来，我笑了一声，那一声在喉咙里，成了短促的声音。对那一声我自己也奇怪。我看到它也好笑似的颤笑了，前后地颤动着。我又忍不住笑，笑总是短促地在喉咙口。我终于忍不住笑时，手掌便又速度很快地贴着我的脸，带着胭脂妆色。手指轻轻，我感觉到五指的按抚，而第六指和五指一起抚到我的细微处。我的激动安静下来，一潮一潮地退去，退到心里去，化作了一点力量，一点艺术的充实的凝聚的动力。而在那只手再套进黑手套间，它伸出来时，我感觉它不再是羞却的，而是与我有着一种呼应的秘密，显着一种装饰后的体面。它往上伸，在拇指伸着的地方我看到六指那昂扬的姿态，五指微微分开时，它也撑开着，顶得高高。我在那只伸上去的手挥动的一刻，随着音乐走上台去。我的声音自然地喷涌而出，是那般的清亮激越，我也伸着了一只手，声音带着我的激情传到台下的每一个角落，那里都应着我如潮般的兴奋。我心中的感觉，我身体内部的

紫金文库

感觉，都喷涌而出。那是一场属于我的最辉煌的演出，我仿佛对着世界，对着整个艺术的天地，飞扬着我的神思，飞扬着我的激情，飞扬着我的欢乐，飞扬着我出生以来最畅快的声音，从心底里发出去，从身体内部发出去，我觉得那声音升浮到很高很高之极处，透过了剧场平板的房顶，在天穹中飘浮，整个天是湛蓝湛蓝的，而整个地面俯首而看是彩色的，云去云来，如烟如霭，缓缓地呼应着一种我内在激情的节拍。同样那种激情还在我的歌舞中，在我的朗诵中，在那里激情喷涌，带着我飘浮起来的感觉，伸展着的感觉，飞舞着的感觉，游动着的感觉，充满着人生色彩的感觉。

我在宣传队里被称作为台柱子。我仿佛换了一个人，我从没想到我身上会有那许多人们认为的艺术天性。我似乎只要登上台，我就能压下所有台下嘈杂的声音。我往那儿一站，所有的色彩都表现出来，那被称作内心中的艺术色彩。我其实没有任何意识，在我眼前的印象中，只有那只伸起来的黑手，那伸展着的手指。而台下的一切呼应都在我的外部，是虚浮的，我依然感觉着孤独。

夜晚，我独自躺在充满服装和道具房间的外间，我有着一点疲倦的仿佛被抽空的意识。一轮月亮在经历的几百年的小木窗上亮着，照着冷清的天井。我的心沉下去，有一种人生如寄的感觉，那点感觉混在游动着的残余的激情间。我觉得人生本来就是这样飘浮着。我的感觉中，没有站在台上的印象，没有台下人群的印象，也没有我表演的印象。我看着一两张拍下的演出照片，台下是一个个的黑发人头，台上是一张彩色的脸，一个妆着眉眼的人伸着手，我无法和"我"连起来。照片上的形象陌生而熟悉，而现实虚浮如隔着一层。我依然站在夹层中间，依然感觉我是孤独的，飘浮的。

那段时间，社会变化很大，到秋天以后，又是另一种气候，另

雪夜静静

一种色彩，又是台上的另一种表演语言和表演舞蹈。形式没有变，而变了内在。也许内在没有变，只是变了语言的形式。在排练的日子里，我等待着演出。那枯燥的一个个的排演时刻，一天天地让我觉得心焦。我看着那只手在乐队前面伸起来，我看到那六指微微张开闪动一下的动作，它伸展开去，我有时便会跟着唱起来，我发出的声音集中起场中人的眼光。我看到他平板的无表情的脸，而他的那只手微微地颤动一下，呼应着我。那段时间太长了，变化着的一切，让我又感觉着社会与人生的虚浮。

新的演出开始了。我几乎等待着每一次的演出。每一次登台之前，我坐在妆镜前，等着他过来，等着它裸露出来，等着一片片的化妆之色贴到我的脸上来。我与它之间仿佛有了一种无言的语言，五个指头的安抚和六指的秘密。他粗大的手指却是那么轻巧，很温柔地贴抚我的脸，微微地挑一下，抹一下，抚一下。一切都轻巧极了，温柔极了，柔和极了，细致极了，均匀地一片片一点点地抚过我整个脸所有的部位，轻轻抚着细微的凹凸之处。我被触及的地方都软化了，一片温柔地去迎着六指。大拇指轻拍着我眼的软角之处，那根六指便会搔痒般地点在我的感觉中，让我忍不住有笑声在喉咙处，极短促地笑出来。那笑声成了一种异于我本体的声音。我奇怪所有的人都没有意识到这种笑，只有我面前的手指在一忽间带着一点颤动，呼应着我的笑。仿佛是为我的那点笑声而震颤，而欢欣，而波动。

每次演出我都有那种激情的表现，我自己并不知道我已经成了县里人们流传的话题，他们议论着我的形象和我的声音。县城里的演出告一段落，宣传队到各公社去巡回演出。在一个个简易的会堂里拉起了幕布，摆下了道具，在窄窄的后台穿来穿去。已在冬末初

春，还是很冷的天气，躺在玻璃窗破了的返潮的稻草地铺上，在话筒和播音设备很差的台上演出，有时还到村里去，在临时搭起的用劲时会摇晃的舞台上表演。我都演得充满激情。我扬起手来，我的感觉中，闪着星光的乡村夜空中，激情拉开了那道铁青色的天幕，舞动着我声音的色彩。在色彩的后面印着的便是那只黑手套里脱出来的手的形象，五指展开来，六指微微地弯曲、羞却地颤动。

巡回演出来到我下放的公社。在我第一次上台的礼堂演出。黄昏的时候，各个村上的人就开始陆续来到礼堂。我看到了一些熟悉的面庞，和一些隔着时间变得熟悉而陌生的脸。我面前浮着几张与我有着距离的笑，也有叫着我名字的声音，使我有点不知所措。我坐在后台镜子前化妆时，不知所措的情绪慢慢化开来，我只是呆呆地看着镜子里的"我"，我没有看到那只黑手。幕布在上午便拉好了。我找不到它，听说他不在。他被人找去了，听说是一个女人。有人说那是他的妻子，有人说不是。那些声音在我的耳边响着，我没有听进去，我只是在镜前坐着，看着镜子里陌生而熟悉的形象。那张脸的眼角有点往下挂，我不知道如何登台，想到要上台去对着那些多少年一直在田里说笑的男人和女人，我便有点慌乱。我第一次感觉到我将对着许多的人，对着许多熟悉和陌生的人。这时，宣传队演出组长过来对我说：你怎么还没化妆？她已化了妆，像带了一个彩色的面具。我只是摇头。她说，我来给你化妆。我还是摇头。她告诉我，是他说了如果我不会化，就由她来化。演出组长给我化妆，一边总叫我不要摇头。她的手指很小很尖，但她的动作却是粗极了。她几乎是在拍打我的脸，拍打得我的脸发红，血都涌上来，又被拍打下去。而她一直笑说着，你不要摇头，你不要摇头啊。我觉得我的脸肿胀起来，我的脸被她的手指弄得旋转起来，我

雪夜静静

的脸已经不属于我,只是由着人拨动由着人涂抹由着人旋转由着人拍打由着人支配由着人玩弄的东西。我感觉我在承受着从来没有受过的苦,多少年来的生活中受过的难堪和痛苦的局面都浮到我的面前,几乎使我无法再忍受,又使我麻木着。而到最后我身心交瘁的时候,我从镜子里看到了一个完全异我的形象,一个涂彩的木偶。我的内心也变得木木的,我就这样木木地被推到台上去。我走到台中,我站在那里,只是站在那里,突然我就听到了猛然而起的声音,我哆嗦一下,于是我就仿佛一下子拔去了耳塞,后台的声音和前台礼堂里的声音都传到耳中来。我低头看去,是那许多的人,仿佛我第一次出工被担子压歪了肩时,他们对着我笑的样子。那时只是一个队的人,现在却是密密麻麻的一张张脸。我不知我如何突然会处在这个场景中,我还从来没有感觉我对着过这么多的人。我从来不喜欢人多。我无法对着这许多人叠着的人。礼堂里坐满了人,门口也站着人,窗口也探着人。那许多的人,那许多的脸,叫着嚷着扭着怪样的脸。一瞬间中我就想跑,但我腿发着软,我几乎是一拖一拉地无力地躲进幕台后面去。

那一晚我都不知自己是怎么过的。到第二天,我仿佛才突然看清了东西。我看到了那只黑手,看到了他没有表情的脸。他盯着我的眼是冷峻的,但那手指却很生动地颤动着,仿佛要脱出手套来贴抚到我的脸上。那根六指显出了它的小小身型,像在朝我微微一勾地打着招呼。我不由短促地笑了一下。我周围的人都望着我,我并不理会他们。我的眼前只是那手指的形象。

这一天的晚上,演出在一个新地方,我又在镜子前,等着那只从黑手套脱出来的手,由着那几根手指在我脸上跳动贴抚,六指安慰般地拂过,似乎特别的轻柔。所有手指的动作都是小心的。六指

紫金文库

悄悄地多抚了我几次，带着嬉笑般地逗着我，引着我短促的笑。仿佛有许多语言在我和指头间相叙着。有时五根指头离了我一点，微微地朝着我弯曲着，唯有六指昂直着。一时默默，似乎只是静静地相对，许多许多的感觉在交汇，在融合，在缠绕。接下来便是惊心地触碰，触碰的感觉印入于心，渗透到肌肤里，到骨子里去，到内在里去，到心底里去。他的六个指都染着与我同样的色彩，脸上和指头上都染着同样的感觉。最后，我便又在黑手伸展的感觉中走上台去，让我的声音让我的形体带着我的激情飞扬开去。这以后，那一晚失败的演出不再提起，偶有说到，他说，那也是习惯有的，大概是近乡情怯吧。我并没在意他的说法。我注意到他说话的时候，那只手在颤动，仿佛含着另一层意味地朝我晃动着。

　　巡回演出结束，又回到县城里。有几日休整期，宣传队员都回乡村家里去了，我还独自住在道具间。每日里，我都到他的办公室去坐坐。很多时间他握着一支笔，在一张旧报纸上画着圈，写着字，墨黑的字，一团团的字。我只是坐在那里看着他的手。我的感觉只在他的手上。我看到那手像是避着我，不自然地放在哪儿，注意到我的眼光时，似乎便有了一点微微地颤动。有时它落到桌底下去了。我抬起头来，看到他那平板的脸，他的眼中染着一点黄浊之色，仿佛定了神。我们隔着桌子坐着，他的嘴微动着但没有说话。他平时也很少说话。我想我们也许说过什么话，但那些话仿佛又都没有说出来，只在我和手指间无声地对语。我很希望他能把手拿上桌来，我很希望他依然写着字，我可以看着那些指头的动作，那只六指自是闲着，在黑手套里对着我，做着不安分的动作。

　　这么过了两天，我没在办公室里再见他。他的那间办公室上了锁，食堂里也没见他的人影。我想他一定是回乡村的家里去了。我

雪夜静静

这时才想到他乡村的那个家,想到他的家里会有着什么人。我很想去他乡村的家看看,我不知他的家在哪里。这样的日子过了一日又过了一日,我觉得我几乎等了一辈子。我头晕晕的,身上开始发热,我在床上躺着,也不知躺了几个白天和黑夜。那一日,我似乎听到对面办公室的楼上有声响,我起身来过去看了,门还是锁着的。我吃了一点东西。我走到他的宿舍前。这几日我起身吃饭时,都会在他的宿舍边上转两转。我觉得自己的人生空空落落的,我不知要落到哪儿去,许多的人世沧桑感涌到我的心头。他的宿舍在殿后的小平房里,我绕过院落时,看到他的窗子是开着的。这时我心里没有想着什么,转过院落我就推开他的木板门。他正背着手站在那里,看着他的一只小煤油炉,绿绿的炉火静静地舔着小钢精锅底。他抬头见到我,脸上还是平板板的。我朝他走去,他朝我伸出一只手来,那只戴着黑手套的手,像是迎着我,又像是不由自主地挡着我。我看到他的手指伸直着,大拇指上隆着一团。不知为什么我的心一下子虚浮起来,在颤动着,嗓子发干,脸上燃着似的,无力向前再走。我只是用声音说:脱。我不知我细微的声音能不能传到他的耳中。我看到他另一只手伸上来,把一个个的指管脱空。我仰着一点脸,像往昔迎着他化妆的手,我有点饥渴地等着那手指触碰到我的肌肤上来,触碰到我脸的一切部位。他似乎更小心缓慢地脱着套着的,最后他一下子拉开黑手套时,我看到有一团白色的东西滚下来,落到地上去,恍惚能看清那是一团从大拇指处落下来的棉纱。接着,那只手便伸向了我的脸,那一伸的时间肯定不长,就在一瞬间,我突然看清了那只手。那只手上只有五个手指,我无法相信那只手只有五个手指。平平常常的五个很粗很大的手指,朝我伸来。我突然想喊出声来,不知我是不是发出了声音。手还是向

我伸来，越来越显粗大的几根僵直的手指。我瞪着眼，张着嘴，我看到拇指那一边，原来嬉戏着的微小完整的六指处，变成了一片空漠，显着猩红的斑斑驳驳的一片，丑陋的一片，繁杂的一片，污糟的一片，琐屑的一片，重重叠叠的一片。我仿佛就在那一瞬间看到我将来平常生活中的一切画面，我将嫁人生子，我将铺床叠被，我将仰倒承受，我将烧饭洗菜，我将倒盂刷桶，一片片的尿布在飘，一锅锅的饭菜在勺，伴着千年陈旧的模样都涌到我的视觉中来，伴着千年芜杂的声音都涌到我听觉中来，伴着千年酸臭的气息都涌到我嗅觉中来，伴着千年干巴的味道都涌到我味觉中来。我的所有感觉都一下子涌满，那种比真实还要真切的感觉涌得满满的。我想大喊一声，我不知我是否叫出来了，我只是瞪着眼，我只有知觉着那一幕幕仿佛整个一生的画面……

那以后，业余文艺宣传队又集中了，又开始登台演出。但我再没上台去。我还和道具为伴一段时间，那种陈腐的气息越加明显，虚浮起来的感觉已变得实在。我无法再回到旧日乡村实在的生活中去，我只有在虚浮中飘游，我只有虚浮着才是现实的。所幸的是那年恢复了高考，我便考上大学，我向上浮去，我重新进了大城市。

雪夜静静

治　病

在农村几年，我得了病。我想我应该得病了。上山下乡，我算是扎根派。几年中我的内心对农村的生活却一直没有适应，但我的身体已经适应了农村。我能和村上的妇女一样做活，什么活都难不住我。我接受了贫下中农的教育，便是能干粗俗的活，能说粗俗的话，能做粗俗的事。比如会提着篮去割猪草；会用耙子扒着地上挑担遗下的干草；把自己的屎尿都用在自己的自留田里；养几只鸡，让它们放野去吃田头的稻穗。我整天做着，我也逐渐变成了农村人一样的肤色。村上的老嫂子们坐在村头看到我时，便会议我一句，说我很会做。于是也就有人开始给我介绍对象，说这一个那一个。如果我不应声，他们便会问一句，你是不是不想找农村人？接着说，你现在也是农村人了。我无法应答这样的话，因为，在农村扎根一辈子的口号一直提着，没有扎根的思想和行动，就无法得到赞赏，就是有机会上调也就得不到推荐。推荐愿意在农村扎根的知

青招工上调，这是个奇怪的却是现实的做法，使人变得虚伪或者祈求机缘。

有一两次，村里的老太并没有征求我的意见，便把外村的小伙子直接带到我的小屋里，说着露骨的介绍对象的话，显着露骨的有关男女关系间的笑。我无法拒绝她们的好意，我看着黑红粗俗的农村小伙子，想着他们在田里说女人为老婆时充满占有感的语言，便觉得脚下仿佛踩着一片随时会陷下去的深坑。有一次老太带来了一个扁平的三角形脸的男子，一张嘴便显着满口黑黄的牙，我不由觉得一阵晕眩。我想我最后也许无法摆脱这样的结果了。有一时，听说知青招工不再进行了。我每月供应的粮食也停止了。我的一切都和农村人没有区别了。虽然我很会做，也很像农村人，但总认为不如农村人吃得了苦。所以老太带来的农村小伙子，都是不入流的，还有一次那个小伙子手上还带着一点残疾。我的心很灰很灰。

独自一人时，我心中浮起了一点伤感情绪。那点伤感是开始下乡时所有的，已经在长期的劳动中消逝了。这点小资产阶级情调，现在它又回来了，环绕在我的心间。我朝一面小镜子看着自己的脸，这张被乡野的阳光和风变化成了黑红色的脸，已经完全是乡下式的。只有脱了衣服上床时，里面露出的才是那种白皙的皮肤。那也并不代表城市。我见过村里的一个女孩，夏天她穿短裤的时候，偶尔露出来的一点屁股上的肉，那么细白，和她脸上的皮肤相比才称得上真正的反差。我没有什么可以赞赏自己的，我是一个农村人，从户口到一切都只是一个农村人，除了我还有的一点小资产阶级情调，和一些学过的一无用处的书本知识。

那一段时间，我突然对一天天的农活感到了厌倦。一天又一天，一年复一年的农村生活，何时是个尽头？也许永远这么下去，

雪夜静静

便是我无法躲避的命运。有时我挑着担,走在田埂上,突然便想到了死。也许只有死才能解脱一切。农村的人也一样叹着:人活着也就活着,没有意思啊。活着到底有什么意思?当然我无法去死,有时我真想就这么倒下来,睡下去,身子无法动弹,我也就能卸下这一切,哪怕是暂时的,我可以轻松一下我的内心和肉体。

于是,在一个初春,我病倒了。那天我在柴场上做搬草工作,一捆草从上面塌下来,我就被草压倒了。坐下去,我站不起来了。那些农人本来还笑,看我倒下去,像演戏一样。我努力想站起来,但怎么也站不起来,只觉得腿上发软。那些农人根本不相信我是病了,还围着我叫笑。叫笑了一会,生产队长过来,让大家都去做活。生产队长走到我面前,叫我起来,但我还是无法站起来。边上有人说,她被草砸昏了。那口气是调笑的。生产队长再次叫我起来,口气带着严厉。但我只是闭着眼,那一刻我觉得身子到处发着软,已经不听我的。我没有一丝力气,只有我的精神在我的体内活动着,只有眼泪开始活动,慢慢地流出来,我使劲想不让它流出来,但我没有这一点点的力量。

我不知道过了多长的时间,终于他们知道我是病了。他们把我抬回了家,在那间小屋里,我一直躺着,村上人来看我,老太们咂着嘴说着:作孽作孽,竟会被草砸坏了,到底还是城里人。

我躺了很长时间,我的思想转动得很快,我想让自己睡着,但我无法睡着。我把过去在城市里的事都想起来,我想到了母亲和父亲的事,想到了我的童年和少年,想到了同学和老师的事,有些早就遗忘了的小学老师和同学的名字都想了起来。我就那么想着,有时会闪过一个念头,那些农村老太因为我的病,不会再带小伙子来了。转念又想到也许她们还会带一些岁数更大并且离异过的男人

来。我尽量去想城里的事，想一些早年温馨的事。那些事在我的感觉中都显得那么单薄，那么轻飘，轻飘飘地浮着。后来，我似乎睡着了，似乎只是恍惚一下，天色已经晚了。我想我应该是睡了一会，我这才有点力气撑起身子来，我需要起身去小便。我需要去做饭，我的肚子还有饥饿感。

　　吃了一点饭，再躺下去，我迷迷糊糊地睡，就这么睡了有两三天的时间，我觉得浑身无力，只想睡着。有时白天里清醒了一下，外面静静的，都下田上工去了，阳光从砖砌的窗口透进来，明亮的一片。我还是不想起身，我想我大概是做得太累了，这几年中一切都太累了，我应该好好休息一下，我不想有病，我害怕会是真正的病。因为我没有钱看病，家里没有钱，治病要花很多的钱，而我这几年中能挣到多少钱？这一想，我起身来，我能起身了，但我的脚下在发飘。我使劲做着事，把屋里收拾了。到第二天，我挺着去做工，做场上较轻的工。农人们都相信我病了，他们说看我的脸色不好看。我坐在场上选种，但我觉得我的身子直往下沉。坐了一会，我终于坚持不住，身子一滑，从凳子上滑倒在地上。我终于知道我是真正的病了。

　　我支撑着，回到了城市。我已经有许多时间没有回城市了。我怕回城。城市已经不属于我，城市与我有了很大的差距，在城市里的每一个人都高于我。我有着一种孤独感，一种被遗弃感。我感到城市的可贵与不可及。下火车时，看到火车站前的一片城市高楼，我就有着一种深切的感伤。城市和我有着一点记忆的牵连，那是我的出生地，我无法忘怀的，这便是我生存痛苦的根子。我并没想得太多，我神志迷糊地回到了城市。

　　我到城市的医院进行检查。医生似乎无法相信我的叙述，他们

雪夜静静

经常会遇上一些知青的病者，夸大着他们本来没有的病，目的是借病退回到城里去。当时我并没有这种想法，我回到了城市以后，便想着这个城市再不是我的了，一个病着的知青回到城市里来，只能和老头老太在街道的加工组里干活，我还是愿意在农村里作为健康的人生活着，等着招工，堂堂正正地回城市。但是我是真的没有力气。母亲也是那种疑惑的神情，但她什么也不说。没有检查出病来是无法退回城里来的。我被母亲送到了市里的一家大医院。一走进医院候诊室，我就有一种明亮感，同时感到那种严肃认真的医疗气氛。我觉得有一种安静的气息进入了我的心境，我默默地看着窗外的绿荫道。

也许正是这情境让我的感觉清醒了一点，多少天中我一直是朦朦胧胧，迷迷糊糊的。我凭着习惯在家中生活，凭着习惯和母亲说话。我只有一切由着人的感觉。我听着叫号，走进门诊室，按吩咐躺在小床上，就这时我看到了面前的一只手，那只伸到我面前来的手。手来触碰我，来碰着我的脸颊，碰着我的眼睛。还没有男性的手碰过我，我的神志似乎在那一瞬间清醒了。我看清了那只手。那只手是细长的，在我的眼前，显着长得出奇，手掌是长长的，连着手纹也伸长着，而那手指便更显长了。那只手映着窗帘透进的白亮，白皙而细长，给人的印象特别深刻。我的感觉一下子恢复了。隔着塑料帘那边有人声，都成了那只手活动的背景。它没有顾忌地在我的头上抚着，随后还掀开了我的衣服。没有像其他的医生那样等着病人拉开衣服，它便把衣服掀开来。不知什么时候，我已经只剩一层内衣，它把那件内衣也掀开来，一瞬间我感到清凉的空气和肌体的触碰，而我那一时正为我肌体的显露而发窘，满脸添加了一层黑红色，同时还多少为不同于脸上的肤色的显现而感到一

点宽慰。我的身子动了一动,但那只手并没在意,它便落到了我的胸上,我的腹部。我感觉着轻轻的指头的力量,那种轻微微的力量。那一瞬间我在颤动着。手在我的乳房上滑到乳沟边,在我的肚上往下轻轻的波浪般地按下去,再按下去,移动着按着,有时停了停,仿佛是悬起来再按下去。我那时突然感觉丰满起来,在一阵内在连续的颤动后,我的眼前模糊着,那一瞬间我的感觉似乎是饱满的,却又似乎是失了神。我的一切都活动着,我的一切又仿佛都静窒着。我看着一切,知觉着一切,我又看不清任何的东西,看不清眼前的一切。到手指的感觉再一次落到我的身子的皮肤上,我不由地哼了一声,我想连续哼下去,但我在内心中阻拦了自己,那是在农村多少时间养成的力量。我觉得我的脸热乎乎的,从下面涌上热来,而我的凉意又都往下去,下到我的身体的最隐秘处。我身体除上下两极和手指触及的地方之外,仿佛一时间都消失了,成了一个空段,感觉在三点上呼应着,而中点便在手指下。

似乎是漫长的时间,又似乎只是一刻儿。我的生命涨满了,无法再满了。那只手又抬起来,慢慢地那整个肉体和感觉都恢复了,一切消失的都回到了它们的位置上。我的眼前现着一张脸,半个脸给一只口罩遮住了,而在口罩的上面有一副眼镜。眼镜有着深度,厚厚的镜片使里面的眼睛有点走形,成了多层眼皮和多重的眼眸。他的额头很宽,露着的脸便是一片额头,能看清几条不深不浅的额纹,在纹的中间斜着一个凹点。我在意识中强制着把这张脸和那手指连起来,然而,脸虽然清晰地在我面前,但似乎只是虚着的背景,而那一时虚映着亮的手指却实在地凸现在我的感觉中。

他去水池边洗手,我看着他的背影,听着自来水冲淋的声音,他的手上浮起白色的皂沫,我想着我的身子在许多乡村岁月里积存

雪夜静静

下来的污秽,我感觉着自己的不洁,很想掩起我的衣襟。我怕我的无力,但这一刻似乎力量回到了我的身上。我很快地动作起来。我感觉着母亲就隔着帘子站在那边。在这张小床上,那一刻连母亲也隔着距离,只有那双手是我的无可争辩的主宰。

母亲进来帮我整衣,她没有想到我已穿整齐了衣服,并站立下来,正把裤带束起。我很快地走出去,我坐在那只手的前面,我坐下去的时候,它握着笔在我的病历卡上写着什么。我只是看着它,手指拢在一起捏着笔,是五个手指一起捏着的,笔在手指下像摇筛似的摇着,很少有人这样写字。但它特别美地显在我的眼中。我的心仿佛都捏在一起,我的力量都捏在了一起。我觉得我有了力量,那一时被草砸而失去的力量,都回复到我的身上来。我不知他会不会认为我所谓的病只是奇怪的借口,我想到许多假装得病的知青他们都会有一种病的借口。我很想对他说,我不想病退回城,我并不想和那些老头老太一起在加工组。

那只手丢下了笔,笔下却是一张住院单。他把单子交给了我的母亲,母亲问着什么。从他口罩里传出一点含糊的声音,是在说:要检查。他没再说话,他的手空下来,半抬着准备去取下一个病历卡。同时他还和母亲说了几句什么。我很想对他说,我没有病,我的病都好了。但我没有说,我只是看着那只半抬着的手,那只手修长的手指微微动着,阻止着我的说话,让我安静,静静地听着它的安排。我仿佛听到了它的语言。

我住进了医院,这是我出生以后第一次住进医院,多少年中我的身体并不强壮,但我很少和医院打交道,我不喜欢医院的味道。但这次我住进了医院,在我觉得我身体已经没有病的状态下,躺在了白色的床上,穿着了医院的病员服。我不知这张床是不是躺

过死去的人,我不知这件衣是不是死去的人穿过。躺倒在医院里的时候,我想着这几年艰苦的农村生活的磨炼,我曾觉得自己的神经被磨得很坚强了,然而,坚强的神经似乎一下子消逝了,我变得神经衰弱起来,多少年前那种精神上的小资产阶级味道的脆弱都浮上来。我带有粗茧的手抚在那软软的床铺上,很快地就变软了,我的身子也变成软软的,我怕我无法再回到农村去重新磨砺一番。

我躺在医院的八个人的病室里,听着那些病人的谈话,更多的是说着病,说着各式各样的病。在病室里,才发现这个世界上多的就是病,什么病都是可能有的。他们说着病时,便像是说着很简单的事,绝症也是随便地说着的。他们问我是什么病,我说我也不知是什么病。几个老住院的病人便互视一眼,不再说话,他们的眼光里带着一点怜悯,便如早年看着我初下田挑担摔倒在稻田时那些老年妇女的眼神。他们接下去问我的年龄,问我的下乡情况,问我家里的情况,在病室才可以有比在大田里更多的时间来问着各种各样的话。他们的嘴里发着啧啧声,互递着眼神说着真年轻。多少年我一直是孤独地住着的,我不习惯和他们睡在一室,我觉得我无法应付他们的问话,我无法掩饰自己的一切,仿佛只能脱光了,让他们看个清楚。而那些病员们本来就没有什么羞耻,他们随时准备着掀开被子来,露着屁股给护士打针。有的还故意把大半个屁股都露出来。

在医院里躺了一个晚上,我又一次尝到了在城市里我才有过的睡不着觉的滋味。我听着周围的人睡觉时发出的声音,那鼾声,磨牙声,叫喊声,低语声,我一直看着玻璃门外面的阳台,上面铺着一片星光。我很想逃出去,我想逃出一种困惑,一种困扰,一种困顿,一种困境。然而我觉得有一点宿命感。我必然要躺在这里。我

还无法逃脱。我决定要在白天里离开,我没有病,那些病员的眼神让我寒心,使我生出生命未知感的震颤。

到第二天,我却又感到了浑身的无力。我想那是我没有睡觉的原因。来查房的护士缠着我问这问那。我很烦,我很想叫一声,让她走开。我的情绪变得很激烈,但我没有力气说话。同室的病员都在说服着我。我拉着被子想睡去,我不想应护士的话。护士在掀我的被子,我用劲掩着自己。我的感觉在我的内心里,那里有着我的思想。

就这时,我感到了一只手按到了我的额头上,那只手带点暖意。我立刻知觉到它,它的几根手指轻轻地贴着。我不动了,并清醒了,睡意一下子都消失了。那只手在我的额头停了一停,只是一忽间。他在和护士说着什么,口罩里的声音我听不清。但我感觉着那只手,它随而往上提着,我脸上很大的部位还能感觉着那手指间传下来的暖意。一点敏锐而细长的间隔。它像是随意地垂下来,食指微微地抬着一点,而小指靠着无名指往下弯着,留意着下面所触摸到的。四根手指从微弯到直起,像垒起几节阶梯,细而长,柔而绵,如细长柔软的玉色阶梯,引人攀上去。食指尖正抬着,仿佛在拨动着旋转的东西。我那一刻正对着那只手,几根长长的手指,仿佛一下子遮遍了我的整个印象世界,一切世俗的现实生活都虚浮着,只有那细长的手是实在的。对着它,一种感觉再一次攫住了我,其他的都消逝了,只有顺应着,感动着。童年时期和少女时期激动和感动的体验,毫无目标地浮涌在心间,整个身子都鲜明地兴奋着。我很想站起来,爬起身,我又有了力气。但我只是看着那只手,那只手引着护士掀开被子,我躺着,随着护士的手,它掀起我的贴身的衣襟,而我自己在解着短裤,我毫无顾惜地露出了我半个臀部。我看着那只手在我眼前晃着，我的身子在针头刺进我的皮肤时颤了一颤，我感到那只手晃了一晃。我很想稳着它。我听护士在说针头弯了，是我的肌肉太紧张了。那根针头拔了出来，重又刺进去，连刺了三次。我看到那只手伸过来，它靠近了我，那一时我忘了皮肤上的反应，我看到那根弯曲的小指轻轻地勾动了一下，在我裸露的地方触碰了一下，轻抚了一下。那点暖意便透着皮肤渗进我的肌体中。我就听着一个扎辫子的护士声音说，已经打好了。而后，那只手缩回去，五指捏着在一个本子上记着什么，又写出一张条子给来医院的母亲。他还和母亲说了几句，他的声音含糊，手指在不安地动着。他走后，我去看条子上的字，我一个字也认不得，圈的，勾的，写着字母。他的签名也是细长的，细长如他的手指一般。我也认不清的他的名字。我只是随那上面的指示，去一个个检查室，我站着，坐着，躺着，由穿着白大褂的医生，把我拨来拨去，转来转去，掀上掀下，他们把闪着亮的尖的圆的方的长的细的粗的东西放进我的嘴里，刺进我的血管里，扎进我的肌肉里，捣进我的身体一切可以进入的部位间。在我的血管里在我的口中，在我的鼻中，在我的耳中，在我的眼中，在我身体的一切中都转动一番。我只是由着他们，我看到它虚浮地隐在我的眼前，看着他们在那一个个圈着的地方记录着。

　　在医院开头的几天，我不知如何就过习惯了。我习惯每天躺在床上，我的身子变得懒懒的，我无法离开那张床。我看惯了那个扎辫子的护士，我见到她便会掀起被子，拉下裤子，侧过身子去，我感觉她把针头刺进去。在刺进的时候，我的皮肤似乎也由习惯而自然，不需要扎上几针。我习惯听着推车推到病室门口来叫唤吃饭。医院里的病人都说医院的饭是最差的，我很快也感到那米的粗糙，

雪夜静静

想着乡村里的那些新糯大米，一口口地吞咽着。我每晚看着阳台外的一片天空，迷糊地睡去，而每一天的早上我会看到那双手。我总是先感觉到它，他戴着眼镜和口罩的脸我总是分辨不清。只有看到它的时候，我感觉到了他的到来。我听由他的检查，听由它的触摸。他的手指总是那么细细长长柔柔绵绵，在他的手下我承受着身子的一点颤抖，那点颤抖也习惯地隐入我的内心，我几乎带着了一点鸦片瘾似的饥渴，一到时间便会渴求着，发作着。颤抖入心，刺激着全身的快感，形成一点波浪式的震颤，在我的一个个穴道上作着闪跳式的回应。我在一个检查室里看到一幅光身子的男性的穴位图，那是我第一次看到男性的赤裸全身，是我能定神看的光身男性。那上面标着一个个的穴位点，我在颤动的一刻便一一生着反应。

　　有一天查房时，我看到一个戴眼镜和口罩的大夫进来，但他的手一伸出来，我便感觉到完全不同了。他不在，那不是他，我感觉着那肯定不是他。我觉得身上产生了一点凉意，那种凉意一下子渗透到心中去。那只手也来触碰我，我的皮肤处处都抗拒着。我的皮肤使他的手疑惑地缩了回去。我听他说，怎么这么冰？我也许是听错了。他很快走到另一张病床去。那一天中，我都仿佛泡在了凉水中，我搓着我的皮肤，我把皮肤搓得发红，但我还是感到凉凉的，一点暖意也没有。

　　那天母亲从住院部医生那里拿来了一叠我的检查单，单子上都是我不认识的字。母亲告诉我，我的头没有病，我的病是在肚子里。她说了一个名称，我听不懂，我只听清楚我的病是在肚里，是在肝和胃的中间。那里生了一根东西，不应该属于我肚里的东西。它像一根短小的指头矗在那里，需要开刀拿出来。我听了以后，突

然忍不住地就笑起来，我笑了很长时间，我很长时间没有这样笑了。我一直笑到肚子发紧，肚子里的气旋转着，转到了一起。我就感觉到那根东西在我的肚子当中，气便在它的周围旋转着，环绕着。我双腿团起来，我还是在笑，我还觉着那股气在它的周围不停地旋下去，仿佛要把我的一切内在都旋成一根。我也只是随它旋转去。

就这时，我的眼前出现了那只手，我看到它的一瞬间，肚子里那一切的旋转都停止下来，凝住了。那只手仿佛微微地颤动了一下，我的内在也那么颤动一下。它柔和地垂落下来，我的腹部也松动了。它落到了我的肚子上，从我的胸前滑落到我的腹部，我的腿和臂都松开了，伸直了，只是我肚里的气还凝着。它掀开了我的上衣，直接按在了我的上腹部，从我的乳房下轻轻地按过去，带着一点微微的揉动，一层一层揉动着，轻轻旋转着的感觉，我的那一点颤动在全身跳闪，全身的状态都恢复着。我感觉到我肚里的那根东西萎缩了，那些气都缓缓地逸散开去，不像旋转而来时那么有力，化成了轻柔的气，缓缓地散开去，散浮在我的全身穴位间，散在我的皮肤表层，那一时，我感觉到我原来劳动后变硬了绷紧了的皮肤，都由气的松散而变柔软了。我的全身都变柔软了。柔如无骨是我在书上看到过的词，这一刻是气揉遍了我的全身，使我柔如无骨。我隐隐地还感觉到肚里的那根东西，只有那根不属于我本体的东西还存在着，还有着硬度。于是我希望着从我的体内取出那根东西，使我的通体都合成一气。

我听到他对母亲说着一些话，说的便是我肚里的东西，那东西与头脑神经的反应。我听不明白，也听不清楚，但我从那手指的颤动上听懂了它将为我拿出那根东西。于是，我安静下来。那几天

雪夜静静

我是温柔地等着,像等着进洞房似的。饭的难吃和夜的失眠都消失了。我那几日很安静,我的神经得到了恢复,我发现肌肤也开始在变化,变回我下乡前的那种白皙。我裸露在手与手臂上的皮都褪了一层,黑红的皮一片一片地褪落,露出里面旧日细白的肤色。就是被衣服盖着的胸腹上的皮肤也变白皙了。我变胖了,病室里的人都说我不像病人了。在一个黄昏时间,我躺倒在了手术室的铁床上,上面一盏无影灯亮着乳白的光,和旁边融成一体的光亮。我是裸着身子送进去的,对我来说没有可怕的。我睁着眼睛,看着一个个穿白大褂的人。我还是认不出他来,但我能看到那只手,虽然手指上都套着白胶皮手套,但我还是能认出它来。他的两只手都抬在胸中,手指像一层层阶梯似的向下弯曲着。在我的面前遮拦着一层东西,我不想遮着,我很希望看到它对我做的一切。我几乎没有感觉到护士在我身上做的事,她们刮去了我腹部皮肤上的汗毛,从胸一直到下腹部所有的长短汗毛都刮了。我显在别人的面前的便是光光的一切,像胎儿似的。麻醉师在我的身上打了我并不需要的麻药,我也并没有睡去,我的感觉还在,我的眼睛就是不闭上。那层布隔在我的眼前,不让我看到我被开肠破肚的情景,但我能看到那里隐隐地映着光。我能感觉到那五根手指的动态,手指在我肌肤上触碰了一下,我的那儿便立刻柔软下来。我能感觉到五指捏着的刀划出的印痕,也带着那点暖意。我的内里便向他敞开来,流出殷红的血,血色鲜亮。我有着比我皮肤更吸引人的鲜血,美的不比任何女性差的血色。我感觉它伸进去了,伸进了我的内里,在触碰着我那些从来没有被触碰过的内脏,我为那种唯一的触碰而兴奋着,所有内里的被触碰着的器官,都兴奋地颤动着,露着气感的美丽色彩。他会看到比他以往所看到的一切器官都更年轻而美丽的色彩。我的

045

全身起着一种颤动至深的激动反应。我听到旁边的护士说，奇怪，一般被开刀的人因为流血多而血压往下，我却在那一刻血压升了起来。她们在检查量血压机，并换了一个。我感觉到手指停了一停，在轻轻抚着我激动着的内脏。于是在换了一个量血压机以后，我的肌体安静下来。我的内脏不再过于颤动，只是顺应着捏着器械的胶套里的手指地拨动。我那些最隐秘的连我自己也无法看到过的一切，都在他的手指下，带着处子的欢欣顺应着。我的那些内脏都睁着感觉迎着他的手指，承受着他手指的触碰，柔柔地失去了实在，都化作了无，而只有感觉在颤动。

我感到没有多少时间，似乎只一刻，那根东西便取在了他的手指之中。那根东西衬在手指上显是丑陋的，我为我腹中生出的那东西而羞愧。我那时闭上了眼睛。我听到麻醉师粗粗的声音，说我终于麻过去了。但我还是感觉着手指，它再一次在我的内里动作，触摸轻抚着每一处他触碰过的地方，让我整个身子又一次地达到了颤动。量血压机上的红汞柱再次上升，使护士诧异一次手术中竟会有两个量血压机产生问题。而我浑身都暖洋洋的，整个肌体上浮着，如浮上宽阔的天空，化作了无的境界。最后，我的腹部的皮肤被盖起来，我的内在似乎并不愿意，于是我便感到皮肤上的刺痛。那不是他的手指，大概是一个实习医生在缝针。我觉得痛，我想叫出来，但我叫不出声来。我努力去看着它。我看到胶套正从他的手指上解脱下来，他走到水池边去。他的手还是那么抬着，手指带着疲倦无力地下垂着，仿佛带着兴奋后的委顿。我不再想叫出声，我只是看着它，带着怜悯的柔情。

我被推回到病室里，离开了它，我觉得累极了，我想睡去，朦朦胧胧地睡去。那被实习医生缝起来的皮肤却感觉到了痛，我忍住

雪夜静静

了痛。我听到麻醉师说,我应该痛的时候没有声音,而在手术麻醉后却总是在呻吟。

我睡到第二天才醒来,正好是查房的时候。我一睁开眼,就看到那只细长的手,它向我伸来,动作熟稔仿佛步入属于它的领地,我把那里掀开了。纱布打开换上新药时,它在伤口上巡视一番,微微地像在画着一个圈,小指垂下去,颤动了一下,食指伸直着划动。在他的身后跟着一个年轻的实习生,他回过头去和实习生说了句什么。我看着食指的游弋,画着圈,仿佛在回忆着已进入历史的昨日过程。我一时有点羞愧。我低眼看了一下那里,那里涂着一些黑乎乎的药,上面歪歪扭扭的一道口子,缠着一道道黑线,如我最早缝补衣服的补丁处,游动着黑蚯蚓似的一条。我觉得血往上涌,那里太丑了。我很想把它盖起来,然而我却动不了,只是感觉着手指传递下来的微微暖意。我听到实习医生说,我恢复得很好,到底年轻,体力、精神和血色都不错。

他走了。一整天里,我再也睡不着。我一会儿想着过去,一会儿想着将来。我把眼前忽略过去。而不论是过去还是将来,那只手的印象都仿佛若隐若现地附在背景上。我的心里冷一阵,又热一阵,想得高兴时,身子热起来,想到悲哀时,便又冷起来。我觉得这段时间太长了。一直躺着的滋味太不好受。我想起来,我想去四周看一看,看一看四周的院子,看一看这里的房子,看一看这所医院所有的一切。我想对这里产生出背景的熟悉感。

等到第二天,他出现了,这次它只是靠在了他的身边。他在和实习医生说着什么,靠着腰部的手,微微地颤动一下,让我浑身跟着颤动暖到心里。身边护士在换药,实习医生伸头看了看,一边点点头。我看到他只是朝我那儿看一下,手指还是微微一动,像是熟

047

悉地招呼一下。我感到了一阵被冷落的痛苦,凉至骨内。他们便走到其他床边去了,我的眼光跟着他,他的背影遮着了它,整个背景是干巴巴的。

那以后有两天他都没有出面,我没有看到那双手,我不知他去了哪里,我想他也许是休假了,我想他也许换了工作了,我想他也许在门诊了,我想他也许参加下乡医疗队了。我躺在那里胡思乱想着,我为它的失落而痛苦,一种心头的痛。我觉得热,我的头很热,热得我昏昏沉沉的,但心里却还存着许多的心思,流动着许多的思想,在旋转着。我想着我的腹部伤口,想着唯有它曾经从那里进入,想着唯有它进入后拨动过我的内脏,想着唯有它做过的那一切。我觉得我有一种被遗弃感,有着一种近乎恨意的伤感浮升起来,一时间内心苍苍茫茫的。后来的一天他又出现了,我看到了那只手,它垂落在腿边,半隐在他的身后。护士打开我腹部的纱布时,他的身子冲前一点,从眼镜内朝下看了看,我看到那半只手,小指背对着我,只是神经般地颤动着。我失望着。我很想对他说一句什么,但我只是满面悲哀地看着他离开。

以后,他只是偶尔出现。虽然他不露面,可我还是能感觉到他在这层楼上的走动。我从病室门中间的一块玻璃看出去,有戴着眼镜的医生走过,我不知是不是他,因为我看不到他的手。我便想着是他。那几日,似乎是我一生中最难受的。我的感觉由于敏感而累乏,比我在乡村的大田里干最艰苦的活儿还要显得累乏,我的精神像是要崩溃了。

就在那一天,我又看到了他。在护士掀开我的伤口时,那只手又伸动。我看到它伸过来,我的身子动了动,我挺着胸,很想去迎着它。我感觉到他的手悬在了我的那道口子上,手指终于落下来,

雪夜静静

那个阶梯仿佛弹奏了一曲音乐似的,在我的口子上轻轻颤动地抚过去,带着情意绵绵,重新熟悉故旧的感觉,轻抚过去。有两处微微地停顿,颤动着细微的别人无法感觉的亲近。我的心里涌满一股难得的暖意,百感交集却又平复了所有的感觉。这一刻,我只想向他忏悔般地表示歉意,只愿能深深地再感受一点。然而它抬起来了,几根手指像敲了最后一个音符似的弹起。我从那指头离动的那一瞬间,感觉到此情不再的决断。

从送走医生回头的母亲的口中,我知道我可以拆线了。我一时有点晕眩,我不知我说着什么,我是在表示着不想拆线。但我说了什么,自己也不清楚。几个小时之后,我觉得我的伤口痛起来,很剧烈地痛,我忍着痛,但我还是忍不住地叫出声来。我自己撕下了纱布去看那伤口,我觉得那伤口完全不像是我的,不应是我的,不应是那么丑陋。我觉得那儿该是发炎了,也许是里面在发炎,那里面也许又长出了那个被取出来的东西。我大声哼着。母亲去叫来了医生。来的是年轻的实习医生。实习医生想要看我的口子,我使劲按住不让他看。我大声叫着痛,我一下子便叫出了那个医生的名字,我也不知如何在心里记下他的名字的。但是实习医生没动身,在母亲的帮助下,实习医生看了伤口。实习医生说伤口没什么,也许是恢复得快好时有点反应。我不顾一切地大声叫着他的名字。我渴望着那只手抚在我的伤口上,哪怕是最后一次,也许就不痛了,再也不痛了。我这时清楚地听到实习医生对母亲说,这是我对开刀主治医生的依赖性生出的反应,是习惯而正常的,其实伤口恢复得很好。这并不是什么大手术。而给我开刀的主治医生,现在正在手术室做着一个真正的大手术。

那一天,我一直在叫着痛,一直感受着伤口从里到外的痛。但

紫金文库

母亲没有再叫医生。我自己起身去找。我没有找到他。手术室的红灯一直亮着。我无法进去。我隔在门外,我在手术室外的椅子上坐了好半天,直到扎小辫的护士从手术室里出来,呵斥我回到病室。以后的两天,他都没有来病室。他仿佛忘记了还有我的存在。通知我去拆线的那日,病室里又来了一个姑娘,是城市机关里的姑娘,她躺在那里,那么怯弱那么苍白,问她病情她只是摇头。病友们互视着眼光。于是,他出现了,我又看到那只手,它毫无旁顾地接近着她。细长的手指带着颤动地伸向她的脸,伸向她的胸部,伸向她裸露出的身子。在我的眼里,那是多么漂亮完美的身子,它在那个身子上停了很久,我感觉着那手指阶梯式的抚动,它颤动得那么厉害,手指仿佛都颤动在一起,那么柔情,那么细致,那么体贴。我睁大眼看着这一切,看着那手指的上上下下抚动。许许多多的情景都一下子涌到我的感觉中来,产生出重叠的繁复的多彩的印象,同时在床上消散了的力量也回复到我的身子中来。几年中现实的农村岁月和我作为农村人身份的现状,也都涌进我的心里。我觉得我又恢复了在农村挑担干活的力量。

　　拆了线,我便对母亲说,我好了。可以出院了。我想下乡去了。

雪夜静静

镜　蚀

　　蒋竞知道晚上的活动会很热闹，这也是习惯了的。

　　开刀的病人是个小女孩，手术做得很成功，蒋竞诚自己也不清楚，这已是他所做的多少个手术了。手术并不大，从腹里拿出一节病变的肠子来。蒋竞诚打开女孩的腹腔时，发现那节肠子其实是老化了，这排除了肠恶变的猜疑。如今，奇怪的病很多，蒋竞诚习以为常了。十来岁的女孩患恶性病也不少见，但小女孩的一节肠老化了，实在算是奇症。不过对患者与患者家属来说，这倒是意外之喜，原来也是做好了最坏的打算的。

　　在开刀之前，女孩那边就找上蒋竞诚，送上一个红包。这也是眼下流行的。手术是人命关天的事，再大的人物上了手术台也只能听由医生"宰割"了，缝起来，谁也不清楚里面到底做了什么手脚，整个一个隐秘工程。再大的事大不过生命，给掌手术刀的外科医生塞红包，都是病人家属甘心情愿的事。蒋竞诚坚持没有收，女

孩的父母反而慌乱了好一阵，以为女儿不可治了，临上手术台，还拉着蒋竞诚求他尽量救救他们的孩子。

女孩出院的这天，女孩的那边约了给女孩做手术有关的医生，说是活动活动。蒋竞诚知道，所谓活动也就是吃一顿饭，再卡拉OK一下。蒋竞诚的副手与麻醉师都是年轻人，喜欢热闹，医生整日在白色的病房里，对着痛苦的病人，也需要精神放松，蒋竞诚也就应邀了。

坐到席上，蒋竞诚才知道女孩的母亲就是这家大酒店的经理。大厅里摆了好几桌，是特地为女孩出院办的。医生安排在中间的主桌上，主刀的蒋竞诚又安排在主宾的位置。

厅很大，这头布置着饭桌，当中空出宽宽的一块，那头拉着一面墙的屏幕，叠着立体音响，想来这里时常举办大型会议的舞会的。

桌上铺着华美的桌布，立着高低不等的红白酒瓶，桌边都有一个穿着白套裙打着蝴蝶领结的年轻漂亮的女服务员，很有规矩地背手站着。圆桌是红木样式，桌脚雕着花纹，一切都透现出华贵的气派。

女孩的母亲穿着一套绛红色呢西装，很有风度地立在主席上，向大家讲话，完全不同于当初站在医院手术室门口，弯着腰满脸哭腔悲调的样子。在蒋竞诚感觉中，那只是一个愁苦的母亲，一个接近中年的女性，一个只顾流泪擦涕的妇人，他几乎都没有认真看她。现在的她用很得体的口吻，表现着很大方的气度。她的语言，她的微笑，她的神情，她举杯的模样，都显着一种主人的高贵来，与大厅相映衬。而那个在医院里出面打交道说话很细心的父亲，现在只是静静地坐着，眉眼微微地低着。在他们中间是穿着束腰黄色

雪夜静静

长裙的女孩，换去了那千人一色的病号服，变化了缩在病床上无助的小小身子的形象，也许还化了一下妆，带点红晕的脸，作为这次酒席的中心人物，在集中的目光之下，竟也显露着一点似乎与年龄不相称的少女所有的那点娇羞来，眉目间流动着妩媚的神采。

蒋竞诚看着与医院里的大不同的一家人，心里隐隐有点莫名的感受，恍惚那女孩躺在手术床上，似乎头发也是枯黄的，裸露出来的毫毛都剃光了的黄黄的肚腹，显得瘦削的毫无生命之色的感觉。一时间，他疑惑自己是否真正与那一个个的躯体接近过，只有面对整个的形象，才有人体性别的感受，而那时有的是被白布分割成一片片的形体，与病相连的形体，对那形体他的审美感受是麻木的。然而，对女性形体的审美感受曾经是那样地深入于他的内心。

精美的菜肴和点心，一盏盏一碟碟，一盘盘一碗碗，不住地端上来。经理频频劝酒，有一整套酒桌上的劝酒词。小女孩也端起杯来敬酒，殷殷之语入人心扉，看着这带笑的天之骄女，让人觉得把她与那躺在病床上的女孩相连，是一种荒诞的感受。经理敬了三巡酒，有女服务员在她耳边低语几句，想是有什么大人物来店里了，她起身如古时男子般拱拱手去了。接下去，各桌上都热闹起来，每个桌上都有爱热闹的人，在桌上热闹着，慢慢地也带着热闹到主桌上来，先给女孩敬酒，说祝她健康的话，女孩也端着饮料杯起身来应着，接着一一给蒋竞诚敬酒，赞着他的医术。来与他敬酒的，注视他的目光都是仰慕的，说的赞赏话也是真诚的。蒋竞诚是外科的一把刀，谁都可能在他这把刀下走一个生死的过场。

在主桌上活跃的，便是蒋竞诚身边的刘小康了。他应该算是女孩那边的人，却又作为客人来谢的，女孩父母都对他说着客气的话。女孩住院后，他代表女孩那边来找蒋竞诚。以后的问讯病情安

紫金文库

排开刀的联系，都是由他进行。他虽不算是蒋竞诚的朋友，也算是他的一个熟人。忘了他们是在哪一个场合下认识了，以后有几次找蒋竞诚，都是要做外科手术的病人委托来的，俨然是一个代理人。蒋竞诚不知道他到底做的是什么工作，只知道他是市文学协会的会员，在蒋竞诚的感觉中，他是一个作家。在蒋竞诚内心中，一直对文学写作有着一种偏好，他算是一个敬慕文学的爱好者。

　　蒋竞诚也曾与刘小康交谈过，他诚心地表示了他对文学的一种向往：文学曾经是我青年时期的一个梦。蒋竞诚这么对刘小康说。

　　我才是实实在在地向往着你的职业。刘小康带着那种似乎藏着深意的文学化了的笑，他的身子向蒋竞诚靠近着：不说经济收入，也不说人们仿佛对待上帝的乞求救苦救难的眼光。最令人羡慕的……阅尽人间春色哪，还是人家心甘情愿的。刘小康的说话半断半连，也似乎藏着什么文学意味。蒋竞诚后来也就没有和他深谈，他觉得想象中的作家不应是这样，又很难说不应是这样。似乎在性方面太直率了，又似乎正是作家的风流本色。这使他和刘小康没有成为真正的朋友。

　　刘小康却总是在餐桌上带着自豪地宣称蒋竞诚为朋友。他起身来给桌上敬酒时，也拉上了蒋竞诚，说一对朋友给大家敬一敬酒，给主桌敬了以后，还拉他到一个个桌上去回敬。

　　酒已饮了几杯，蒋竞诚开始有点醉意，头晕乎乎的，不知是酒的关系还是这个场合的关系。他觉得今天有点身不由己，想突破平时外科医生而形成的严肃沉着形象，也想带那么一点文学的放纵的味道。

　　一桌桌地敬过去，由刘小康引着，蒋竞诚端着杯一个个碰一碰，再象征性地抿一下酒，端起杯来的人都十分敬慕地应着他。蒋

雪夜静静

竞诚感觉着人们集中的眼光,一时,几十年过去的人生,都到他的心中来,与眼下的一切相映衬,让他有着一种说不清的感觉,似乎被酒与菜的热气弄迷糊了,再想一想人生对他实在没有什么不满意的,他也想给自己敬一敬酒。

到边角的那一桌上,蒋竞诚有些醉醺醺的了,不拒绝和一个个杯子碰过来,每碰一碰都喝一口酒。每个桌上都会有一两个年轻明艳的少女,打扮得花枝招展的,特别是这样的女性活泼大度,一个个把杯子碰到蒋竞诚的杯子上来,伴着灿烂的笑容。

刘小康曾经和他开玩笑说:你那么有福,偏偏对女人不抬眼,是不是把穿衣服的女人都看透了?看到的只是她们同样的身体?

刘小康说这样的话,总让他觉得不习惯,但他还是继续与他交往着。刘小康说男人不谈女人都是假正经,那么他是不是怕被认为假正经,才容忍他的说话?

眼前的几个少女嘻嘻笑着,说着酒桌上不甘示弱的话。刘小康涎着脸要和那个穿绿衫的姑娘干交杯酒。乘着酒兴,那个姑娘却把酒杯端到蒋竞诚面前,说:要干杯,就和蒋医生干。

刘小康笑说:现在的女孩太功利啦,现在就给自己将来留后路了。

绿衫姑娘捶了刘小康一拳:你咒我病啊。

刘小康挤眼说:女人总也少不了要靠医生的。

蒋竞诚知道眼前的姑娘并不因为自己是医生,她们还没有真正尝受到疾病的痛苦,整个身心都是健康的。她们对自己的敬重,是因为自己作为男人的成功,是眼光集中的效果。这使他有点晕乎乎的。

紫金文库

　　蒋竞诚把手中的杯伸向桌中，乘着酒兴——去碰杯。里面坐在角上的是一个胖胖的女人，面前的碟子堆满着菜，正大口吃着。蒋竞诚的杯子伸到她面前，旁边一个少女推她说：蒋医生敬酒呢。她才有点慌乱地应着，伸手去拿杯子，忙乱中拿了一只汤碗，汤就泼洒了，还碰翻了旁边的醋碟和酒杯。女人一边慌乱地收拾着，一边嘴里说着哟哟哟。旁边的人只是看着她，没有伸手帮忙的，看来没有她的亲友在。他们偏开眼来，是不用再注意她的神情，还多少带着点鄙夷。蒋竞诚待要缩回杯子的时候，那个女人抬起头来，眼中是恳求原谅的可怜神色。那是一张五十多岁已经显着老态的女人的脸，一张平常在街上常见的皱纹丛生皮都下挂的脸，一张不在乎一切却斤斤计较的脸，那张脸上所有女性的青春美丽的东西都在人生的岁月中消失殆尽了，再也没有可看的形象。她的眼睛有些浮肿着，眼皮下挂着青黑的眼袋，皮肤上带着细小的斑点，蓦一看会使人不免要避开眼去。蒋竞诚平时看多了好看与不好看的女人，他从来没在意的，但眼前的这个女人却不知如何一下子触动了他的感觉。他看着那张脸，与脸以下裸露在衣领外的部分，也就多凝视一到两秒钟吧，不由引着了桌上人的眼光，都移去看着这个女人。这个女人一时眼睛朦胧起来，带着了一点不好意思，显着了老女人讨好般地迎着人的眼光。

　　蒋竞诚摇了摇头，但他继续地凝视着她颈脖处的皮肤，一般女性脸上的皮肤都会比颈脖的皮肤要白些，眼前女人颈子的皮肤与脸上一样，显得暗白，皮肤松挂下来，两根动脉血管牵拉着一层层的皮。

　　你是……蒋竞诚慢慢地说。他声音拉长了一点，是在辨认，其实也是感觉到自己凝视的突兀。女人回应他凝视的一瞬间，微微地

雪夜静静

眯起眼来。她的脸上很少有动态了,这便是她习惯的神情,这微微眯眼的动态却进一步触动蒋竞诚的感觉,摇动着他的内心。

对,是你。蒋竞诚知道她就是她。他一时已经忘记了她的名字,毕竟那么多年了,他的记忆也不怎么强了,像是蒙着了一年一层的模糊,但他知道她就是她……

那个年月里,蒋竞诚城里的家在一条巷的旧楼上,是租借人家的房子,一间很小的房子,在楼后北面不足十平方的小间。他曾在那房里长大,那时却不能是算他真正的家。从户口上看,他已经迁出去了,迁到南方的农村去了。这是他父母的家,他是客居在城市里的知青。他一次次从乡下回到城里旧家来,躲避着农村的热季和寒季的农忙。那时他正在青春期间,现今城市里这样的年轻人已经恋爱了,而在那时的农村里,他的年龄也已是谈婚论嫁的了。每次他带着一点悲伤回到城市,压抑着年轻人性的冲动感叹着人生命运,他清楚自己与城市女孩子的距离,便是一般的女孩他都无可欲望,是配不上的。我是一个农村户口的乡下人。他总是如此提醒自己。他怀着一种自卑的怅然,熬着年轻的岁月。

那时,他就看到了她。自看到她的第一眼,他就迷失了自己。他发现自己陷入了深深的绝望中。他一直弄不明白,他对她是情欲还是纯恋。她是房东的亲戚,房东是一个很严厉的老太,那时城市的房子如金,很不容易租借到的,租出房子几乎是对无家可归人的恩赐。父母几乎时时讨好着房东老太,老太总说要把多余的房子卖出去,过个富裕的晚年。蒋竞诚对房东有些怕。她作为房东的亲戚,蒋竞诚自然也不敢冒犯,而她在他眼里几乎就是无法靠近的仙女。应该说她的美是有目共睹的,她每一次来房东老太这儿,蒋竞诚能看到几乎所有巷子里的男人,连同女人都会投过眼光来。也许

她被那眼光包围惯了，一点不在意似的。她作为女性的美，是公认的，在蒋竞诚父母的嘴里也不时会谈到。那个禁欲的年代里说美还不理直气壮。蒋竞诚确实是被她的美迷住的，他已经记不清她的容貌，反正很清丽的，更显着美的是她的皮肤，她那皮肤的白，一下子就把人的眼光抓住了。她的皮肤那么白净，如奶洗过般的，比瓷还要清净。到后来，蒋竞诚看多了女人，也有女人皮肤白的，只要看裸露出来的颈脖，便能知道身体上的肤色。她皮肤的白似乎是一色的，所有裸露出来的连同她的手，都是那么的白净。因为热天里到亲戚家来，她会在老太那里洗一个澡，随后是在家的打扮，穿一件圆领汗衫，和短一点的外裤，那裸露出来的胸颈手臂与小腿都是那么令人不可思议的白，如一个完整的艺术品，毫无瑕疵的纯净。

　　有一段时间，蒋竞诚都沉湎在对她迷恋之中，他一直期望着能够看到她。他每日在她来时要路过的巷口、路口徘徊，仿佛是一个沉思者似的走来走去。那时对女性的感觉似乎都是儿戏。可他感觉自己真的沉入单恋中，偶尔父母和他说话，他会神不守舍的。他的心里只有她。他在城市待的时间太长了，有时他会突然叫起来：为什么要我下乡去。父母的眼中含着茫然，带着忧虑地注意着他。

　　蒋竞诚终于忍不住，他用尽方式，打听到她的工作单位。他赶去那里，看到里面广场上，正在举行大会。那时经常有大会召开。他也不知道到底开的是什么会，撒谎混了进去。他在会场里寻找着她，后来，扩音喇叭里响起声音的时候，他随意地顺着人们的眼光朝台上看一下，发现目光集中的正是她。她就坐在台的一边，领着大家在喊口号。话筒里传着的正是她有点失真了的声音。她大概是个广播员，但坐在台上偏边的她，正在目光中心，那些坐在台正中的人的眼光，也都对着她。似乎大会是她举行的。她坐在那里，在

雪夜静静

一片目光集中处。她的存在恍若一片灿烂的阳光。蒋竞诚的内在生出一种冲动,一种热,一种心烦意乱。她的一举手一投足都在中心,她由男人出神的眼光抬着,仿佛升上去,升到高空中,一片光彩映遍整个世界。

蒋竞诚去她单位以后,虽然清楚了他与她的位置,但他更加陷在一种迷失之中。他不敢再去她单位,下台以后的她也是被男人眼光包围着。他只是一个乡下人。但他还是徘徊在巷口,他想看到她。那一段时间,他一直在绝望中。终于有一天,她又来了,他看到她的身影在巷口出现的时候,他的感觉勃动了,愣了一下,便退身奔回旧楼,一个念头似乎是突然出现的,又似乎早就存在他的心里。他绕过正在门口拣菜的房东,钻到楼下房东的屋里,躲进那个旧壁橱。那是楼梯下沿壁沿梯隔出的一个壁橱,一扇旧木板门,里面放着一些米面杂物,他半斜着头,略弯着腰,手撑着楼梯斜面站着。板门是几块板拼成的,从板缝中能看到几条分割着的外面情景。

她和房东老太进来了,她们说着话。他只顾盯着她看,也不知过了多长时间,也感觉不到身体弯着的累。后来,房东老太出去了。她出去一次,又进来,在房里走动着,有几次靠近壁橱来。后来,他听到了水声,她在往大木盆里倒水。他清楚了一点什么,那一刻他的心提了起来,他听到了自己的心有力地跳动着。慢慢地他看着她的身子抬起来,手臂伸起来,她把汗衫从上脱下来。他从板缝里看到了她裸露出来的身子,她略侧着一点身,他能看到她大半个身体。接着,她那片洁白的饱满的曲线分明的身子弯下去,很快,弯着的身子便是赤裸的了。那一瞬间,蒋竞诚从板缝里看到的那个形象,如玉,玉少了那种光色,如雪,雪少了那种温润。她整

个形体在闪亮,那光芒是柔和的,浸透的,小屋子里所有的一切都被映得温润半透,板缝被透化成朦胧一片。他想伸头贴近去,却没敢动,但他的喉咙里不可抑止地响了一下。她弯着的身子一时间没有动,仿佛凝定了,凝成了永恒。她弯着的身子抬起来了,那条短裤又回到身上。他还没有从那种感觉中回过神来,也没弄明白她的举动,她又套上了一件汗衫。随后她向壁橱走来,只一下,她伸手拉开了橱门。

　　蒋竞诚只觉得一片光亮映到身前,随后,她便站在他的面前。她穿着背心和短裤,他弯着腰斜着头,一动不动地看着她,他还从没离她这么近过。刚才她裸着身子的情景还在他心间,与眼前她的肌肤相辉映。他半张着嘴,不知自己想说什么,能说什么。他很怕她会叫出来,他等着那张脸的神情变了,听着那曾在喇叭里传出的声音高高地响起来,等着房东老太和邻居闯进房来,在那个年代会有什么样的结果,他不敢再想象。他只能等着,还是一只手撑着一点壁板,木木地看着她的脸和她的身子,一点没有行动的意识。

　　她没有动静,唯一的反应似乎就是微微地眯起了眼,她的表情凝固了。一张白净的脸,唯一显黑的是她的眼睛,黑得发亮,与她肤色的白亮反衬着。仿佛一片阳光,把他整个的内心从里到外都映亮了。其实也就是一瞬间,随后她转过了身去,她的身子离开了橱边,只有背心的一片在他的眼中。这时他似乎清醒了,他不知自己如何动起来的,他飞也似的跑出去,跑到巷外,跑到大街上去了。

　　蒋竞诚到夜才回到旧楼里来,他怕见到所有的人,也怕见父母的眼光,第二天他就到乡下去了,以后有很长时间他都没有回城。

　　那件事以后,蒋竞诚很长一段时间有着后怕,那个年代,一个"流氓"的名声,他如何能承受得了,他反复在心里回到那一幕,

雪夜静静

他想着对她告白。他真正的做法是退得远远地，只希望远远地看着她。同时那一幕中，那片白亮一直在他心中燃烧。他留在了乡下，当上赤脚医生，后来，被推荐到医科大学。

蒋竞诚认出她来的那一刻，他有一种惊异的人生感受，他不知如何会把一个很不起眼的老太，与那个她联系起来的，然而，他分明感觉眼前这位身材臃肿皮肤没有光色的老太便就是她。她由他望着，眼中浮起一层朦胧，脸上浮着一层笑意。

蒋竞诚大声地说：是你，果然是你，你还记得吗，有多少人曾经暗恋着你，你那么漂亮，我还没有再见过你那么美的。蒋竞诚大声地说着，并把她引到主桌上，坐在了女孩母亲的位置上。在所有人的眼光之下，她满是皱纹的脸上，带着了一点矜持的红晕。蒋竞诚给她殷勤布菜，把新端上的甲鱼裙边夹给她，与她碰着杯。他的助手和麻醉师们惊异地看着这个女人，因为他们还从来没有见过他们的主任蒋医师，这样恭敬地礼待一个女人。在他们眼中，他一向对女人都是很冷淡的，是没有异性形体感觉的医生。

晚饭以后，大厅里放起舞曲，蒋竞诚邀她跳第一支舞。他从来不跳舞的，她带着他，走着老式交际舞的步子。年轻的女孩都好奇地望着中间的两个人，慢慢地，她的神情有了自信，恢复了旧时在多少目光集中处的大方高贵。在众人眼光中她的身子舞动起来，舞在了亮点之中。蒋竞诚努力不去碰着她已经显肥胖的身子，偶尔看她一眼，便偏过一点脸，像绅士般地半扭着脸。舞曲呼应着他早年的感受，他让自己升浮着那种感受。

整个晚会，蒋竞诚都伴在她的身边。

一直到几日后，蒋竞诚的感觉似乎还停留在晚会中。他让自己静下来，继续去做他的工作。在一个中午时分，他做完了一个手

术，站在洗手池边解脱薄手套时，他抬眼看着面前的镜子，这面镜子装在这里有年头了，镜面已有斑驳的蚀点，显出一层雾蒙蒙的。如同一恍惚间，他几乎忘记有多少年了，他都是在这熟悉到不能再熟悉的镜子前洗手，然而他却几乎都没有看过自己的形象。这就是他，一个叫蒋竞诚的人，他的皮肤也已经挂下来，起了皱，眼圈带着黑围，鼓起浅浅的眼袋，脸上有了点点黑斑，透过眼前的形象，一直往深里去，与那一个少年时躲在壁橱里的形象，似合非合。那时的他正在情迷中，常常会对着镜子照看自己，那个留着平头的少年，是那么失落与无望。恍恍惚惚的，那形象便定格成了眼下的形象。在这之间，是几十年的岁月。似一层一层地蜕变，又似一层一层地贴浮，那一层一层都仿佛凝定了，在一个时间表上，每一层都是一个自我，一个串成的不住黯淡下去的形象。多少年多少月，多少分多少秒，多少个一层一层，一层一层地就变成了眼下的形象。那以后他很少照镜子，只是对着镜子，但很少"照"。相对那个年轻的形象，眼前镜子里的形象显得陌生，显得不可思议。年轻的他皮肤也是细滑的，而今是粗糙的并带着黯淡的斑点。许多的生活，许多的思想，许多的行动，许多的被病人赞赏的手术，都只成了一种惯性，不断地往他的整个形象上涂抹一层一层的老，变化出异样的形象。他也是五十岁开外的人了，在年轻人的眼中，他已是一个老头，剩下的只是他手中的一把刀，一种生命的异物，一个头衔，一个行走的医生，一种模式，一种习惯了的生态，一种习惯了的口味，一种习惯了的生活。已成规范化了的形象，再无生命蠢蠢欲动的色彩。

蒋竞诚在农村的后五年，当赤脚医生时，他给许多的农村女人看病打针，考入医科大学毕业后，当了外科医生，也见过许多女

雪夜静静

人的身体,他似乎对所见的裸体形象,都闭了眼睛,再没有认真看过,就像没有在镜子里认真看过自己的形象一样。在浅表的印象中,农村少女裸露出来的身体也有白净的,与她们露在衣服外的肤色反差很大。而城里女人的身体肤色总带着一点暗色,也许是一种健康的对比,也许是在农村时他还年轻。他的感觉一年一层地蜕变着,退进麻木中去。人,只是一个形体,一个习惯了的形体,再无美的感觉,再无欣赏的感觉,再无凝目的感觉。所有显露在眼前的形体,不管是同性还是异性,都只是与外科病理有关的肌体。

一时回想起来,他觉得自己形体的蜕化,精力的蜕化,感觉的蜕化,都是源于生理的蜕化。对这种蜕化的感叹,也已经离他远了。他的文学感觉已完全蜕化了,真正成了一个外科医生。

一个黄昏,他在专家门诊处当班,护士不再叫号了,在他面前站着最后一个就诊的病人。他放下写病情记录的笔,一边拿过病历一边用一个"嗯……?"来问话时,她轻轻地叫了他一声。他又看到了她,她这天穿了一身套装,在形象上似乎打扮了一下。她朝他露着笑,描画的眉毛闪动一下。他把眼低下来,落在她胸前的玫瑰红毛衣上。那件毛衣是新的,有着一点亮色。

她向他诉说自己的病情。她的身体里生了一个肿块,她一直不想看医生,她怕上医院,从来就怕上医院,也许是很早就养成的习惯。现在这个肿块似乎大了一些,有了一点反应。也因为见到了他,她才想到来看一看。听她诉说时,他想到,这也许应该先到内科看一看。这时,她边说,边从提着的坤包里掏出一个信封,递给他。

一时间,他想推回去:我怎么会要……他说。

她很快地说着:不是……是……我的一张过去的……照片。她

似乎费力地说出来。他瞥她一眼,发现她的脸上满是红晕。那是她形象上唯一还有着的色彩。

蒋竞诚一时没出声,旧时对年轻的她的感觉浮动了一下,他尽力不去反应。他觉得有荒诞之感,有不可思议之感,有带点痛楚之感,也有一点无可奈何之感。接着她说:你给我……查查吧。你说我会是什么病呢。她的眼光瞥了一下旁边挂着布帘的单人铁床,身子动了一动,把包合了,她的动作一如老妇人了。

这时,护士推门探进身子说:蒋主任,下班了。

蒋竞诚用手示意护士先走。他抬头看了她一眼,他想说什么,那种形体的感觉又浮起来,她的形体带着老年女人的臃肿,她露出来的笑,显得恍惚而陌生。一时他弄不清她与自己究竟有什么样的联系,那过去的一切如梦一般,似是一恍惚生出来的异象。他低眼看一看信封,那里面隐隐露着照片的印迹。他很想对她说:你还记得那一次的我吧。他很想对她诉一诉她曾经给他的感觉,他想诉一诉他对她的迷恋,他想对她诉一诉他有过的痛苦,他有过的迷失。他想告诉她,她对他这一生有多大的影响,但他一时不知怎么说才好,他还从来没对人这么说过,习惯让他开不了口。他就听她在喃喃地说:你……你们……那时我……对你们太……。她摇着头,她也沉进过去的感觉中,脸上红晕一层一层地浮着。

蒋竞诚突然身子一颤,他意识到面前的一切,意识到自己与她的年龄。镜子前的感受浮现出来,真真切切实实在在的。窗边水池前的镜子,闪着一片从窗外映进来的夕照光彩。她说的是什么?她并没记起他来,她也许把他当作了过去追她缠她向她表白的一个了。他那时并没有想得到她,他只是想看到她,连碰她身子的念头都没有生过。那时她的身边会有多少追她缠她的人呢?她是怎么对

064

雪夜静静

他们的呢？她用了一个"你们"，"你们"缠在她身边，用尽力量表现着，但她会怎样对"你们"呢？当然是太……，只能太……，她只有一个，她只能那样对待"你们"。她是那么漂亮，那么高高在上，那么不可触及，许多许多的"你们"，现在都到哪儿去了？

蒋竞诚把自己从浮想之中拔出来，清一清神，他看到她注视着他的眼光，他有点慌乱地填了一张单子，说：你去检查一下B超吧，现在仪器是最精确的。他对她说完，就像忙着下班似的站起身来。

她走了，他又坐下来。他觉得自己是把她打发走了，一时他很怕对着她，这时他才想到自己还没有给她做例行的检查。他对她太随便了，一个病人不应得到的待遇。是他忘记了……但他感觉并不是忘记了的。他隐隐感觉到，他是有点怕，他怕接触到她，他怕进一步"看"到她……。慢慢地，他把那个信封拿起来，抽出那张照片，那是一张黑白照片，是她旧日扩大的半身像。那时的她含着一点高贵无瑕的笑，带着一点童贞的稚气。这是旧底片翻印的，照片上有褪色的黑白斑蚀，但她整个形象依然光彩夺目，镜头前的她白肤黑眸清丽动人。

紫金文库

阁　楼

我去吴天成的阁楼。现在城市中这样的阁楼已经很少了,就像油画里的欧式乡村阁楼,底座方方的,顶上尖尖的。是那种青砖的木结构楼房,楼里所有裸露出来的木质,木地板、木楼梯、木窗、木门,还有阳台上的木栏杆,都涂着暗紫红的漆。漆应该是前些年重刷过的,却也显着陈年之气。

阁楼坐落在城市南区,沿着一条坡路向上,那里有好几幢类似的楼房。楼前有墙围起一个个小院落,墙上的爬山虎,院中的葡萄架,向阳处的桂花树与背阴处的芭蕉树,也都溢着古旧气息。就在坡子的四周,矗立着城市常见的火柴盒般的多层水泥高楼,站在坡子上看这两种重叠之景,让人有一种沧桑感。

这里有一个说不清哪个革命年代的纪念馆,这里住着几个有社会地位的怀旧老人,听说还有一个离休的高官,于是,这里的旧楼就以保持纪念馆环境的名义,留下来了。

雪夜静静

吴天成的那幢楼中，住了两户人家，底楼一家，吴天成住的是二楼与三层阁楼。二楼有厨房、卫生间与卧室。从小小的木楼梯爬上阁楼，楼门框上一条横幅，写着"不知有汉阁"。阁楼是尖顶，四围低矮处都是书橱，东、南、北三面有窗，从东与南窗望出去，迎面是现代水泥楼房的一个个鸽笼般的方窗。

我去吴天成家。虽然二楼显得宽敞，但他总在阁楼上，面朝北窗，窗外是一棵高大的树，阳光映得半明半暗的树叶，随风摇动着亮亮闪闪的一片绿。

吴天成坐在一张边缘有点破旧的藤椅上。他动身子的时候，椅子便发出一点吱呀声，声音与环境相吻合。我喜欢听这声音，有一时的心境，也喜欢这环境。我觉得吴天成的阁楼有着一点深沉的与历史相通的东西。我已经在现代社会里，见多了浅薄的时尚。

吴天成放下手中的书，看着我。他的眼光深邃，没有一点波动。我相信这是与许多的知识积淀许多的岁月沧桑相融通的。他的眼光让人觉得安定，宁静。

我渴望有书斋的理论气息，来安妥我的内心。而我的心正紊乱着，有着年轻的虚浮和莫名的烦躁。这是我的女朋友给我的感觉。她是我的第三任女朋友，我相信她的男朋友肯定比我的女朋友要多。现代的青年没有几任异性朋友，不要说别人看不起他，他自己的心理上，也会对自己抱有失望。

你在恋爱。吴天成说。

他的神态没有变化，但他的眼光中带了一点近乎嘲弄的温存。在我的心目中，他是我的一个父辈，与他的交往，总让我有不少收益。他应该知道我有过几个女朋友的，但以前他从来没说我在恋爱。他是睿智的，一眼就看出我与以往的不同。我与以前的女朋友

交往，多少有点随便，心似乎没有粘着感。当然我并不太洒脱，我的内心还是有保守因子的，虽然我不断想突破。

我的现任女友段圆圆，她经常有的随意举动，会让我有出乎意外的感觉，比如说：她会把头发焗成很奇怪的颜色，只是刘海那一绺变成红色，很醒目，老远地就能看到她的模样。也许就是这种极致的随意，我才要她。但我又知道她只是感性地追逐，是现代社会中浮浅的标新立异。

我对吴天成说起段圆圆，我说她的模样，我说她的举动，说着说着，我发觉自己沉入了一种情感地叙述中，段圆圆对我来说是那么的重要，我想对人说一说这种感觉。我从来没有对人说过自己的女朋友，对吴天成是个例外。我想吴天成会让我紊乱的头脑清晰。

吴天成端着一只紫砂壶，那只茶壶被他的手摩挲得黑黑亮亮。他说：我明白你的意思，你确定不了你是不是在恋爱。你确定不了自己的情感，也确定不了她的情感。你们有了肉体上的一切，有了男女交往中的一切，可是不能确定的却是情。你怕承认这一点。

我有点咕哝着说：我……不是……怕承认。

吴天成说：现代社会，说滥了的就是情。报纸上、电视上，不论是什么媒体上，什么真情、假情、虚情、实情，所有的大块文章都含着情，似乎世界到了一个无情不在的地方。只要有情字，便有公众，便有市场。杀人也用情断的标题。整个社会都在一个煽情的大运动中。简单地看，中间有一个根本，那就是女人……

吴天成说到女人的时候，他吞咽下含在嘴里的水，顿一顿，发音带着拖声，似乎是轻蔑，又似乎是加重。

……都说女人是情感动物，这个社会的开放是解放女人。其实这是一个彻头彻尾的男性世界，是有钱与有权的男性的世界。

雪夜静静

"情",与这个字相连的只是一个共谋,鼓励女人入彀。这样才能让有钱与有权的男人可以得到更多的女人,让他们尽兴。偏偏他们是不需要任何情的,要的只是享受。是有权人的消遣与有钱人的消费。于是,女人也就在情的泛滥之中,没有了思想,没有了理性,化成了一类感性动物。所以,别谈什么情与爱,要弄清楚的,是你们有没有共同的思想,对这个浅薄的现代社会,她有没有理性的思考,是不是和你有着一种共同的超越?超越,必须超越。

吴天成说话的声音低沉,仿佛是从装满了水的桶里回旋出来,在很远很深处回旋着。要说这个社会还有一个能使我信服的人,那便是他了。他随意说出的话,带有理论色彩,能把所有不清楚的事,说出它的背景来,说出它依存的根本来,说得那么深那么透,像是钻到事物的内部核心去。

楼下院子里有一声叫喊,是一个姑娘在叫什么人,声音清脆,尾声带着一点嬉笑的亲昵。吴天成神态一点没变,我相信他不会为外在所惑,山崩于前也不动声色的。

到我走出阁楼的时候,我弄明白了自己的感觉。我很想对段圆圆说一说。

一旦见到段圆圆,我就觉得吴天成的话抽象,而段圆圆是一个具体的女人。

段圆圆小小巧巧的,天真单纯,她总是喜欢说:我喜欢。她是顺着她的喜欢而生活。

在一个咖啡厅里,我进去时,认出她的背包正占着一个空位。我知道她到了,但不见她的人影。她站在几个招待小姐的当中,用清脆的声音招呼着来客,我这才发现了她,她笑起来。那些小姐似

乎一下子与她熟了，跟着笑。她坐到椅子上，对我悄悄地说：我真想在这儿待下去。

我说：做服务员吗？你做服务员？

段圆圆说：这里很好玩的，我说好了帮她们写情书，她们告诉我她们的艳事。

我说：你来了多长时间了？

段圆圆说：她们都告诉我的。这里真好玩。我就留在这里。

我说：这里的小姐要三陪的。

段圆圆说：滚你的蛋。她笑声很脆，旁若无人。

我说：你骂人了，我还是第一次听你骂人。

段圆圆说：你喜欢么？我以后多骂骂你，好么？

我看着她的眼睛，她的眼皮一层一层好多层，她称它们为"五加皮"。我喜欢看它们眨动起来时，拉平了又迅速折叠着，很有层次感。我想到了吴天成的话。

段圆圆说：你别提吴天成好不好，一个糟老头子。

我说：吴天成并不老。

段圆圆说：我感觉他老，他就是老。

我说：这就对了，他的思想是深的，远的，化作了他的理论，给人感觉有了时间上的长度，空间上的宽度。理论上称这为……

我停住了口，我注意到段圆圆眼盯着旁边的案桌，那儿一只小瓷瓶里插着一朵玫瑰花，在小瓶的下方暗红桌面处有着一颗小圆粒，仔细看，那是一个橘红的小甲虫，甲虫正在往瓶上爬，摔倒下来，一边挣扎着，一边把半个很小的翅膀往甲壳里收。段圆圆用手上调羹的柄尖挑起它，想把它放到花上。甲虫并不配合，一下子又掉下来，肚子朝天，动两下就不动了。

雪夜静静

我说：你喜欢玩小甲虫？

段圆圆说：看到小虫子我就恶心。

我说：那你还玩它。

段圆圆说：它会动啊。

我说：现在它死了。不动了。

段圆圆说：就是它死了，它也是一个东西。你看它的壳圆圆鼓鼓的，一个个小黑斑点像印上去的。

小甲虫圆圆鼓鼓的背壳像涂着一层亮，橘红之中嵌着几个黑色斑点。我说：你只要注意看一件东西，心与它相合，你就会觉着了它的美。

段圆圆说：又是吴天成的理论。拜托你，别张口就是理论好不好。

我说：这不是吴天成的理论。我没再说下去，我觉得段圆圆已经不喜欢听任何的理论，她把所有的理论都认为是吴天成的了。她不喜欢我谈到吴天成对情感的理论分析。她只想与我确定关系。

她在一个浅层中生活，似乎活得很开心。我却想提升她。我不希望我的女朋友这样浑浑噩噩

地生活着。我明白这种提升路途遥远。

我和段圆圆一天天地厮混着。在我的感觉中，我作为理性代表，她作为感性代表，我们有点互不相让。

我和段圆圆一起到迪厅去蹦迪，她在灯光旋转的迪厅里满场转着跳着。有时我跟不上她的脚步，她会随便与一个年轻男女，作对而跳。她脸上那种快活的笑容，被旋转的灯光，分割成一片一片，如静止的，却又宛如闪动着的。我独自坐下来，喝一口茶，转眼就看到旁边隔成一个个车厢般的厢座里，有年纪不相称的男女在隐暗

中亲热着。往往男人都是油光光的国字脸,挺着大肚子。你常会在地方台的电视镜头里,看到那种形象,只是换了一点打扮。

段圆圆坐下来的时候,我把这现象指给她看。她说:男人脸很肥肚子很大头很秃,女人年纪很小腰身很细样子很嗲。

我高兴地说:你总结得不错。理论其实就是一种总结。你还需要从表象往里透视,为什么会有这种情景?

她说:男人有钱。

我说:对。为什么会有钱?

她说男人是当官的。

我说为什么?

她说:我就知道他是当官的。什么为什么为什么?

我说:这就涉及一个理论问题。你不知道为什么,但就知道他是当官的。这证明表象具有了一种共性。在男女最放松最活跃的地方,滋生着腐败的细菌。你听说过这样的理论么:没有腐败就没有社会的进步。有什么样的客观存在就会生出相配套的辩护理论。

她说:说得那么啰唆,麻烦不麻烦?

我还是耐心地说:理论具有一种高度。你不能一直生活在平面的表象中,要深入到里面。

她说:我看你们男人转着圈子,就是想着要深到里面。

她的脸上含着笑,笑中含着鄙夷又像是诱惑。就在这时,音乐响起来,节奏如昂扬的进行曲。于是我的身体自然生出了想深入的生理反应。人与环境相通,总会浮起与环境相适应的感觉。

我无奈地抵抗着,我想起了吴天成对女人的分析。吴天成是对的。我不愿意自己降低到动物层次。但是我明显喜欢段圆圆,我总结自己为什么会喜欢她:我觉得从表象来看,段圆圆的外形不错,

雪夜静静

应该说有着一种朝气的美,野性勃勃,勃勃野性。她的圆脸,白白净净,色如凝脂,光光滑滑的没有一点斑点。往下看,她的身材也很丰满。我喜欢丰满。为什么我喜欢这样的身材?有感觉上的原因,也有历史的原因。我特别喜欢唐朝,我认为秦朝太暴虐,汉朝太权谋,宋朝太畏缩,明朝太残忍,清朝太无能,而唐朝整个显现着一片光明,也就自然喜欢唐朝崇尚的肥胖外形。当然,只限于对女性的赏析。对于男人,我还是喜欢感觉中的老子,他的外形是瘦削的。还有当苦行僧时的释迦牟尼,他饿了很长时间,最后喝了一碗牛奶,坐在菩提树下求悟时,也是瘦削的。再往深里想一步,这里面也许有着性方面的感觉,丰满的肉体在手的触摸下,自然是美满的。再深一个层次想,段圆圆是一个单纯的女子,单纯到洁白,正好让我可以在上面画最美的图画,进行最好的理论教育。

我把这些对着段圆圆说了。我问她,你喜欢我什么呢?也可以总结一下。段圆圆好像皱着眉头想了一会。我喜欢你什么?喜欢就是喜欢呗,我也不知道喜欢你什么。我连我自己是不是喜欢你也不知道。她说着笑起来,笑得前仰后翻的。

我说:男人是理性的,女人是感性的。

段圆圆伸手来抚我的眉头,她说:你老是皱着眉头,会老的。

我叹了一口气说:你还是懂理论的,皱眉头与老,这就是深一层的联系。

段圆圆说:是不是我懂了理论,你就会多喜欢我一点?

我说:女人有了深度,就增添了内在的美。人需要有内在的东西,只有这样,她才超越一个简单的层次,具有了永恒的美。

我注意到她的眼神移开了,她看着一个女孩,那个女孩的一只手戴着两只手镯,跳舞的时候,手镯撞击出叮叮咚咚的响声。

音乐声中，灯光暗了，手镯的叮咚声音十分清脆。段圆圆在我的耳边说：两个太少，要是我，戴十来个一串。而且要是那种能发光的手镯，你想，一串发亮的手镯戴在手上，舞步转到哪儿，哪儿就有一串响，还有一串光，是不是很有深度？

我决定一步步来引导她。我听吴天成说过：在佛教中，男身比女身尊贵。说三世因果，女身行善而转世投胎男身，是一种善果。确实，女性是感性的，喜欢留在浅层，加上现代的社会，一切都物化了，女性比男性更多了一点物化的便利。可是，我就不信改变不了，我不甘心与我偕之于老的女人，只停留在感觉表层，我不愿意与她平庸地过一生。摆在我面前是两条路，一条是改造，一条是适应，我只能走改造的路。因为段圆圆只有一个，而对之产生感情的女性毕竟是难得的，我对段圆圆有着一种责任。

我约了段圆圆到天文台去，迪厅是一个物化的所在，很难与她谈深刻的问题。

上山是坐缆车，我没想到会有那么多人排队乘坐。现代社会，人是过多了，以致我们无法将心灵空出来，思考一些问题。坐在缆车里，低头看一片林子，感觉人在往上飞升，但我知道上方缆车里也都是人。我记起了吴天奇说过的一句话：我们到底超越了什么，也许在我们超越所能达到的地方，正有着许多的先行者，并且挤得不可开交。我们总认为自己超越了一般的情感，我们认为面对的那个女人是不同于一般的，我们经历的是真正的爱情，其实我们真正地睁开眼睛来，挤在一起的她，与别的女人没有什么区别。

我觉得自己还是清醒的。我要提升段圆圆。我起码没有觉得我与段圆圆的情感是唯一的。我想到要提升她。

雪夜静静

段圆圆似乎对天文台上的一切都很感兴趣。她并不用我介绍,她说她知道。她毕竟是新一代的中专生。在那个地震仪前面,她转着圈,看了很久。我觉得她是有耐心的,真是孺子可教。她一定会有思想。

我问她:你看着它,想着什么吗?

她说:我知道,这是地震仪。早在读中学时就知道了。书本上印过图片。她的口气是责怪我小看她了。

我说:你能想到什么?

她说:古人真是,你看这龙头做得多精细。活灵活现的。要是真的龙,大概也不会比这个更漂亮。

我说:这个地震仪,能测几千里外发生的地震,震中在哪一个方向,那方向的龙头口中的珠子就会吐下。

她还是转着看:我知道。

我说:所有我们看到的现实表象,集中到我们的思想里,进行着整理、归纳和分析,就产生……

我没有说完,她就说:我知道。你别以为我什么道理都不懂。

我说:你懂了什么?

她说:就和算命一样。我前任男朋友带我去算过命,那个算命的人不是瞎子,是一个和你一样喜欢讲理论的男人,一副书呆子样的男人。他说,算命靠的是八字推算,也就是从出生那一天的信息中,推算人生的未来。出生就是一个集中的信息,顺着这个信息放射出去,就能看到什么时候会发生问题。你说对不对?

我望着她笑的样子,她笑得很神气。我不懂那五行之说,也没想到过算命会与信息联系在一起,所以我无法开导她。不过我很高兴,她起码有了联想。

她说：那一次，我就觉得有一个样子很书呆子气的男朋友，该有多美妙。

我根本没想到，我作为她的男朋友，只是她对一个算命先生的好感所延伸的结果。

我引段圆圆站在高倍望远镜前，日月星辰都在眼前。段圆圆一边看，一边赞叹着。

我说：很多隔着我们很远的东西，我们都能看清它们，只要借助一种东西，它们就离我们很近，是不是？

段圆圆说：是的，它们就靠我近近的，我好像伸手都能碰到它们。

我说：对，只要你想着，它就存在于你的心里，所有的情感与思想都是如此。你都可以把它们拉到近处。看清它们。只要思想着，你就超越了那些空间。

段圆圆退下身子来的时候，她说：我知道。还是靠天文望远镜，没有望远镜，它是多远还多远，该多远还多远。我要是老想着那么多星星都靠我那么近，我不发疯才怪呢。

我带段圆圆下山。不再坐缆车，而拣了一条很僻的山道。这条路没人走过，树木与荆丛长得密，带着刺的荆枝，拉毛了我们的裤子与皮鞋。我尽量用手去移开带刺的荆棘，手上被刺扎了好几下。段圆圆还笑着。她在笑我找的好路。到了一个林子的边上，眼前一片绿绿的草，很安静，四周看不到路，很安静，由着这块空地上绿绿的草整齐地长着。段圆圆说累了。她一下子坐下来，身子伏倒在我的身上。我想，这是一个说话的好地方。看四周山野，树木青葱，不会有游人到来。我觉得只有贴近大自然，才会摆脱物化的现实，让思想有所升华。看段圆圆一路来脸上难得显现的沉静神情，

雪夜静静

我想我应该带她经常进行古典式旅行,古人常会在旅行中深思。

伏在我腿上的段圆圆朝上伸出手来。她的那双有点过于大了的眼睛,朝我望着,里面好像透映着蓝天。那双眼睛中含着了天色的水亮,带着一点自然活泼的笑意,有着一种让人深深沉进去的感觉。

她说:来吧。

我说:这里?

她说:来吧来吧,总说为什么为什么?我知道,你带我来这里不就是为了这个吗?

要命的是,我的身体也已经被她活泼的情绪感染。也不知是她诱惑了我,还是我诱惑了她。我所有的说词,所有想在清静的地方沉思与超越尘世的话语,都化作了动作,让自己在外在的感觉中,沉了进去。

我对段圆圆已经没有办法了,我也许只有与她一起沉沦。那种沉沦的滋味并不难受,而抗拒时代世俗的力量却是微弱的。我也许只有成为吴天成所说的世俗的人,与世俗一起沉沦。许多外在的力量是强大的,超越是有难度的。屈子在汨罗江边奔跑,渔夫问屈子:你为何这么痛苦?屈子说:世人都喝醉了,只有我清醒着。渔夫便对屈子说:大家都喝醉了,你又何必不也喝一杯。

我把段圆圆带到阁楼上去。我要让吴天成见一见段圆圆,也让段圆圆感受一下吴天成。我带她从小木楼梯爬上阁楼,段圆圆在后面爬,她的头有意无意地顶着了我的大腿,她笑起来。她说:现在还有这样的楼,真没有想到。可以当文物了。

我想吴天成会对段圆圆说一点深层的道理,我想段圆圆肯定会

抗拒的，我想看到是吴天成的道理有力，还是段圆圆的抗拒有力。

吴天成依然坐在那把旧藤椅上。段圆圆走近去，在阁楼的正中站立着。段圆圆一见到吴天成，就笑了一声。他看了她一眼。段圆圆走近他的时候，又笑了一声。吴天成把头往藤椅背上靠了靠，又看她一眼。段圆圆又笑了一声。

我对段圆圆说：这是吴老师。

我对吴天成说：这是段圆圆。

一共就说了这么两句话。吴天成看着段圆圆，他什么也没说，只是看着她。而段圆圆没有动作，也看着吴天成，他们的眼光凝停了一段时间。吴天成的眼光还是那么沉静，段圆圆的眼光还是那么活泼。他们通过眼光在进行对峙，但我没有想到，似乎他们一直只进行着眼光对峙，一直对峙到我带走段圆圆，他们也没有说什么话。我想也许吴天成根本没想到要对段圆圆说什么。我想也许段圆圆根本不想听吴天成对她说什么。

我有点失望。正好有一个外出的机会，我到南方城市去了一次，想让自己独自安静下来。可是南方却是热闹的，空气都是热的。每晚都会有电话打到房间里来，响着轻哆的女人声音。要想在那种地方沉静下来，实在是很累的。

我还是回来了。有几日没有见段圆圆，与她手机也联系不上，这是难得的。她似乎带着了一份沉静。我想她也许是生我的气了。然而我一出火车站，却在操练的城市秧歌队伍中，看到了吴天成，他穿着一身蓝绸衣，束着一条黄绸带，手里拿着一把彩扇转动着。从阁楼上下来的吴天成，满面红光。

我上去招呼他，与他说话，谈我对南方的思考。他望着天空，手中不住地转动着彩扇，他说：天气多好，云多白。

雪夜静静

我想他已经到了对思考的超越,所谓饥时吃,困时睡吧。

我不想打扰他,我离开的时候,我听他说:我的女人在阁楼。

我没想到,吴天成会有女人,是怎样的女人,才能与他对谈那种深刻的思想呢?

我去了阁楼。阁楼没有变,依旧带着一点腐木的气息。我在阁楼上看到了吴天成的女人,她是段圆圆。段圆圆坐在阳台上,坐在那张藤条发着亮的旧藤椅上,手臂靠着暗紫红色带点朽斑的木栏杆。她看到我,把颈上的一条长围巾很优雅地围了一围。我问她:你是不是吴天成的女人?对我的问话,她显得十分沉静,她用以前吴天成的口气对我说:女人不像男人,需要占有许多的异性,女人只需要一个男人,或者把他包容起来,或者从他之中穿越过去,向上飞升,留下的只是一个躯壳。

紫金文库

莲 如

细细的雨星若有若无地飘,那花色一忽儿恍惚青蒙,一忽儿又恢复纯白。那花瓣一忽儿微颤如舞,一忽儿又静如处子。曹秋白蹲在花前,他看着花的色彩变幻,看着花的动态变化,似乎还能嗅到星星雨点濡湿而泅出的些许花香。

曹秋白知道是自己心境的缘故。

他看这朵花好一刻时间了。他静静地蹲着,似乎忘记了自己的年岁。有时候想起来,年岁在路上走得悠缓缓的,有着梦幻般的色彩,一觉刚睡醒的时候,一时不知它走到哪儿了。定神才想到,年岁已经走过很长的路了,也许离开尽头不远了。

不知时候起,他内心的感觉这么柔软,像拉长了,被拉得这么细。他是理性的,对事物的看法都具有理论性。以往他认为细腻的情感是无聊的,是一种个性自闭的人所有的。

曦光初现,他就在莲池边,对着这一朵莲花。天慢慢地亮开,

雪夜静静

一时间花色有着一种莫名的变化，不知是天色的变化，还是莲色的变化。满莲池开出的花，在铺展的绿叶之上，都在变化着色彩，许多的色彩，浓黄如金，淡黄如粉，红中镶着白，白边嵌着红，而那许多的色彩变化在他眼里，都仿佛融于眼前一朵花中，纯得晶莹，胜于染着点点的胭红，像是娇羞，像是难以诉说，像是微含着泪，像是轻咬着牙齿……

种莲人李寻常光着脚板，沿着水边的草地走过来，双手捧着一盆碗莲。绿色的草尖，盖着了他的半个脚踝，他总喜欢赤脚。

"早上来的？你来得早。"

"昨晚来的。我来得晚。"

"大概已交子时，也算是今早了。我昨夜思考点事，睡得迟，也没感觉有车来的动静。"李寻常笑说着。

曹秋白眼光还粘在那朵青莲上，未来莲园前，他对青莲有着莫名的感受，那是因了大诗人李白的缘由。刚来莲园，曹秋白便问到青莲，经李寻常解释才知道青莲便是白莲。

李寻常说："变化无常的社会，变化无常的人生，现今社会上的人，喜欢不断变化的东西，对花对人都一样，今天喜欢，明天就厌了。你是高层研究人员，胸中自有变化无限，我看你却是单单喜欢一种花，还是这一朵花，去年我就注意到你总是对着它。你和我的一些国外订户一样，几年了，他们继续要一种花。"

曹秋白说："看多了复杂就希望简单，一直简单的就喜欢变化吧。"

曹秋白话是这么说，但对于花来说，他又何尝是看多了？他以往并不喜欢花啊草的，女人总是说他缺少艺术情趣。他的研究，天

文地理无所不包,却都不在艺术上。

曹秋白与李寻常相对笑看着。曹秋白与种莲人李寻常认识是很奇怪的事。曹秋白是环境委员会的主任,有一次环境委员会承办了一个全国性的环境保护会议,邀了全国各地有关环境生态的人员,没想到会场里来了肤色黑红的李寻常。曹秋白在演讲后,下得台来,刚坐下,李寻常就赶了过来,坐到他的身边与他搭话。曹秋白问了一句,你是搞地质勘查的?李寻常说他是种莲花的,接着就说到了"起自耕农,终于醋酸"的《齐民要术》。

曹秋白对花草并不感兴趣,但对莲花有所独钟,他也清楚莲花对环境的要求。也就与李寻常谈到了种莲。

李寻常却大谈起莲荷文化,倒像是曹秋白是种莲人,而他是教授。

曹秋白也没想到,他会与这位种花人相处和谐,像朋友,也像父子。当初李寻常请他来莲园小住,曹秋白说不好叨扰。李寻常说,你当我的老师,给我解惑。每次答我一个问题,就让我受用了。像是玩笑话,并非是玩笑,每次曹秋白来,李寻常总会问一个个问题,那问话看来随便,却也都是有意思的。曹秋白初来的时候,李寻常还只有几十几亩莲池,几年中,与周围的社会一样,莲园如梦般地变化着,发展到了二百亩莲池。李寻常在新砌的这幢小楼上,给曹秋白安排了一个房间,

平时没有人来,曹秋白只管自己出出进进,图个清静。

"这盆碗莲是我精选的,绽放开,很清雅。给你,放在房间里。"李寻常走近了,把瓷钵托到曹秋白面前说。

曹秋白朝碗莲看了一眼。细瓷盆中,自叶片下伸出短茎,有

雪夜静静

几朵含苞的莲蕾，边缘与脉络露着浅浅的红。莲蕾宛如闭着眼的婴儿，小小的团团的。一张农民模样的黑红脸，映靠着瓷钵上一朵朵小花苞，有点别样的味道。

小花自有小形态。曹秋白还是喜欢脚边莲池里开出来的纯色大朵莲花。李寻常却喜欢碗莲，说小就是美，碗莲别具韵味。

李寻常上学虽然只到高中，但他喜欢读书，空时便捧着书看，他喜欢说一点文乎乎的话，也许他以为那便是一种文化表现。曹秋白早就发觉黑肤农民模样的李寻常却有着酸酸的文人气息，他也已习惯了。

曹秋白又移眼去看那朵孤独在水中的青莲，风过处，花瓣颤颤，一种妩媚之极的风姿。

对着花他会忘掉许多的东西。

两人从莲池转出来，沿池的路边种着夹竹桃花，美人蕉，千屈菜。

前面是一片睡莲，莲叶铺在了水面上，花还开得少，一朵一朵点缀在池中，池角是蓝紫色的梭鱼草，水上溢着清清的莲香。

这是一年中最热的季节，莲花是越热开得越好。上午李寻常总在莲园里转，一般莲花都是清晨开，午间闭。

花开选种，一边欣赏着莲花，一边记下花色。订花的人需要各式的花种，有的需要红色的，有的需要黄色的，有的需要纯色的，有的需要杂色的。只有在花开时才能确定花种。

花的杂交是李寻常的种莲研发，以求培育出新的花色。人工授粉，嫁接，或者在莲池边种一些花色如意的植物，然后守株待兔，靠蜂蝶传播花粉。花种变异，有时会出现新奇的色彩，让人有奇妙的感觉。莲的底色有红、粉、白、黄。黄色莲花原来中国没有，从

美洲引进，花色深黄重瓣，明净华贵，李寻常植入雄蕊花粉，远缘杂交，培育出的却是鲜红的花，比原来的红莲还艳红。花开之前，有所期待，花开开来，有所呈现。这也是一种艺术。大自然出奇的艺术效果。

称之为艺莲。

曹秋白住的莲园小楼，由四面莲池围着，是常见的那种四方形的水泥建筑，房里的家用摆设也是一般常见的，但白墙上挂着一些字画。李寻常招待过不少出名与不出名的书画家。楼下的一面墙上，到处如涂鸦般地勾画着斜字斜图，听说是一位画家喝多了酒，信笔所作，画家自称是他最得意的作品。

曹秋白临窗站着，外面的光色慢慢地亮开来，不时地有一阵阵不同于城市的野风扑面而来，风中夹带着暑天的团团热气。从楼上看过去，一片片的莲池，那朵青莲隐隐可见，越发显着洁白。

莲池隔着一道闸的那边是清水河，河边也是连片的莲，是莲池的莲子自然繁殖开来的，显着物种绵延的力量。中午的时候，花大部分都闭了，从小楼上看去，绿色的荷叶也染着了黄黑色。

曹秋白燃起一支蚊香。乡村里嫌电蚊香不够劲，还是使用火柴点燃的盘状蚊香，蚊香架放在一个畚箕里，过一会落下一点浅色的炭灰。房里摇曳着一点青烟，流溢着蚊香的气息。白天里，蚊子不多，但隔着纱窗，还是会钻进来小虫子。水多的地方小虫子多，小虫子很小，黑黑的小蠓虫，也会咬人。白天这种小虫子还飞着。烟香合着房间里的暑气有点蒸。这幢乡村里常见的两层水泥方形小楼，似乎不隔音也不隔热。热气蒸进来，亮度透进来，声音也传进来。莲池朝东远远处是李寻常自铺的乡村路，过路的车声会传来，

雪夜静静

好在来往的车不多。

房间里有壁挂空调，曹秋白不打开它。在城市的办公楼里，空调开得足，衬衫外面总要穿一件外套，每个人都显得格格正正的。而到这里来，曹秋白就喜欢穿着背心短裤，开着窗，感受着自然暑热的乡野气息。

从城市到乡村，知识分子往往会有一种文人情结，感觉城市的沉重与乡村的单纯。其实，一般人都会难耐乡野直射的阳光，还有那夹着粪土与污泥的肮脏气息。城市的街道上有高楼遮着荫，街面上也是干干净净的。而曹秋白有他职业的感受，城市众多的人的气息、车的气息、工厂的气息、商店的气息，还有城市底下流动着的水质，整个地是污浊的，人生无法解脱地在污浊中游动，往往都麻木了，任由污浊无时无刻地潜入到人体的内在。曹秋白来到这里，就是要晒一晒乡野的阳光，蒸一蒸内在的机体。

到莲园来的原因，曹秋白自己也难以确定，当然不只是为了晒太阳。莲园在李寻常的介绍中，是很奇特的地方，种出的莲特别丰腴，且会变异出特别色彩来，这自然使他留意。

培育新品种的李寻常常说"立体环境"，而曹秋白是研究环境的，他们是相通的。

土肥有机质含量高，莲重瓣度就高。花有十四瓣到二十一瓣的称少瓣莲，是原始的莲。花有二十一瓣到五十瓣的叫复瓣莲，五十瓣以上叫重瓣莲。莲园多开着重瓣莲。

曹秋白想到城外江北这一带古时曾是大片的养马场，然而，这里也曾有过大屠杀，那么这儿的土肥是因了马还是血？

曹秋白有时内心中也有疑惑：他到莲园来到底为什么？他做事从来都有目的的，有筹划的，有条理的。但来莲园，如说目的是环

境问题，从某个角度讲，环境含有隐性，他来了以后并没有做什么了解与检测。他只是来感受这里的空气与色彩，大热天里，蒸得他的头昏昏然，心空空然。他隐隐地有着一点意识，为什么老要想着目的呢？

曹秋白来这儿本不用找借口，本来他的工作连着环境。并且他能作他自己的主，在单位只有他问人家的去处，而无人来问他的去向。但他来莲园从没告诉任何人。

看楼外，常见到的是黝黑的李寻常赤膊半蹲在莲池间，手上抓着一把量花的尺子，那造型仿佛是凝定了。整个花季，他量伴生叶，量花面，像给每一朵花做档案，似乎根本不在意暑天的阳光。眼下莲池间没有看到他的身影，却有一个女人在走动，曹秋白知道那是莲女，李寻常的妻子。莲女和她的丈夫一样，皮肤黝黑，现在在农村也很少见着这样黑肤了。她喜欢穿上身短而紧的红色衣服，远远看去，身形窈窕。她的手轻轻地一扬，风姿绰约，像是与他招呼着，细看她是在撒化肥，她那有节奏的抖撒动作，在朵朵莲花的映衬下，像舞蹈般地轻盈。

一瞬间，曹秋白恍惚自己还在年轻的岁月里。仿佛无数莲花在动，天边的山影也在风中摇动。

下午在床上迷糊一会，起床后来到河边。阳光在河面上闪着金箔一般的亮。树荫处放着两杆钓鱼竿。

莲园里常有人来钓鱼，往往是区衙门里的官员。曹秋白不喜欢这些人，觉得他们是来打秋风扰民的。有时想，自己不也是这么一类人物吗，不免又会问自己到底为什么来？

李寻常也在区机关里待过。二十年前，那时县还没有改区，县

雪夜静静

机关搞了一次招聘干部试点活动。几百个城镇乡村青年参加招聘，李寻常经过多少场考试，经过多少层审核，最终招聘到了农村工作部。招聘就搞过这一次，户口却没动。李寻常自以为在机关里是能干也肯干的，但他是农村户口，关系一直没有转正，后来机关搞精简机构，首先就把他精简了。

从机关里被剔出来，李寻常因着一个缘，便开始了种莲的生涯。

总是莲女陪着来钓鱼的区机关干部。李寻常陪的都是文化客，现在的文化人偏偏都不喜欢垂钓。

曹秋白脱了背心、外裤与鞋子，用脚尖在河水面划一划，水暖暖的，他便纵身钻下水去。河底下的水清凉清凉的，身子不由地颤抖一下。使劲地游动一段，半温半凉的感觉调和了，那清凉的水意仿佛浸入了心里。曹秋白喜欢在水里睁着眼睛，看透着光亮的绿水中，碧叶水草微微地摇曳，银鳞鱼儿甩尾一窜就离去了，仿佛摇动了他的内心的水，清清净净地在心中晃动。

浮起呼吸时，水面由身子涌起一片水波，亮片陡然破碎了，星星点点地闪动，闪到浮在水面上的睡莲叶周围隐去了。

同时看到一个人头，开始是个后脑勺，远远的一头黑发。对方潜水出水似乎与他一个频率，绕着半个圈游来，便看到黑色的脸了，原以为是李寻常，还是第一次看到李寻常游水，游略近些，发现那不是李寻常，虽然他们同样是那般黑红的脸。

莲园来的人不多，但李寻常并不是研究人员，种莲还须卖莲。有一度时间，承包的田亩扩大了，成本增加，莲花的销售额跟不上，曹秋白就遇过一个上门来讨债的人。那人敲响了曹秋白的门，曹秋白听敲门声就知道他找错了门。

打开门来，对方是位穿黑衣的高个年轻人，见曹秋白的年岁与气度，不由有点犹豫地问："李寻常？"

原来借钱给李寻常的老板找李寻常几次，都见不着他的人影，便派人盯到莲园来了。后来，曹秋白才知道李寻常借的债务还不止这一笔。曹秋白曾经是大建设开发项目的领头人，接触过好多空手套白狼起家的承包商和企业家，但他没想到满口文乎乎的李寻常也会东拉西借这么多资金，让莲园膨胀似的发展起来。

穿黑衣的大高个知道了曹秋白的名头，便回走了。晚上，李寻常和莲女端着饭菜到楼上来，与曹秋白一起吃。莲女手上的一个小托盘里，是蜜汁腌泡的去芯莲子。

李寻常有点不好意思地说：今天要不是你，我还过不了。

跟在后面的莲女说：请你来，还是请对了。

曹秋白心里突然豁亮开了。他喜欢听莲女口无遮拦的话。

你欠了多少？曹秋白问。

李寻常说：我的花卖不了。碗莲只供欣赏，真正喜欢的局限在文人雅士。

曹秋白说：我并没有想要贷款给你。我也没这个权力。我想你还是要卖花。可以到网上去看一看。你有文化，现在都兴上网，国内国外买家多呢。

李寻常说：我知道电脑，还以为上网只是和女人聊天的。明天我就买电脑，拉线上网。

莲女觉得李寻常又发痴癫了，与文化人在一起他就会癫。不过，她对曹秋白有着一种父亲的感觉。乡下的老人都早早地枯了脸瘪了嘴，他还是头发黑黑只是有点稀疏而已。

088

雪夜静静

两个划着水的人对看一眼，都微微地笑一笑。黑肤的那人笑有点怪，他的脸不笑的时候紧绷着，而一旦笑起来，绷着的脸展开来，显得很生动，也很有点生气。

他们同时游向河心。曹秋白幼时在学校学过游泳，是标准的蛙泳，而那人泳姿很怪的，仿佛是随心所欲，手像是从水里推什么，而抬头的时候，又像是在水里抓什么。

有水波涌来，河水在炎夏间发着淡淡的一层灰白。一条鱼在水草间一触碰便甩尾游开了，那是一条小鱼。

游到近时，他们凫水而行。

曹秋白说："你也是种莲花的？"

那人笑了，说："我是个看莲花的。"

从口音中曹秋白听出他不是本地人，从远方来。

"喜欢莲花？"

"喜欢旅行。"

"走了很多地方？"

"走了很多地方。"

"这些年，国内变化大。"

"房多，路宽，水浑，心乱。"

"物的层次高了，人的境界低了。"曹秋白跟着说，他们都笑了。

随便的谈话中，曹秋白知道那人叫达西，从藏区来。两人谈得都很大，达西谈大自然，曹秋白谈大社会，似乎谈的不是一回事，但又能融起来。

在水面上看莲花在水波上摇动，花如轻舞轻语着。

达西说游泳就像他的旅行，他喜欢在水里面看东西，他的游泳

不可能有一个目的地，他旅行的目的地也是随意的，一路上有让他动心的地方，他便停下来多看一看。

曹秋白说游泳就像他的散步，他喜欢在水里面想事情，有时会想通平时难想清楚的事。

曹秋白说时若有所思。他的心并不在游泳上，但说到游泳时，他又会想着手脚划动的一招一式，要把心完全从事上放开来，实在是很难的。游着的达西猛一窜，手里就抓到了一条鱼，鱼由他双手捧到了水面上，他手一推，又把鱼远远的甩出去，像是鱼在空中窜动。他哈哈地笑起来。这时曹秋白感受到他的年龄不是那么大，他的肤色模样使他显大。

太阳偏西一点的时候，莲女在岸上招呼他们。她提着一只篮子，篮里是一钵莲羹，还有两只空碗。羹上飘着的几片新鲜的莲瓣。

曹秋白与达西又对视一笑。他们不是在一处下水的，达西一窜动，又潜进水里。

曹秋白从河边浅水区上了岸，柔软的淤泥从他的脚指缝挤到脚面上来，他赤着脚，提着鞋。他的脚很久没触到泥了，黑淤泥在他腿脚上沾得一片一片的。迎着他的莲女说：你的脚真白。曹秋白笑了一笑。他知道自己肤色白，在男人中少有。如莲女裸露出来的肤色的黑，在女人中少有。

曹秋白在河堤边上洗了脚，用莲女递过的毛巾擦干了，起身的时候，发现达西已经走向莲园的大门了，边走边朝后挥着手。他怎么说走就走了？莲女也不知道拦住他。曹秋白不知他是做什么来的，与李寻常到底是什么关系，很想和他再聊聊的，却也不便叫住他。

雪夜静静

曹秋白只是问了一句：你去哪儿？

达西只顾往前走：我去我想去的地方。

曹秋白后来生出疑惑：达西到底来做什么？这个人太奇怪，突然出现，突然离开，会不会是他一时的幻觉。只是他意念中的人物。他也记不清他是不是叫达西。

莲女对曹秋白说：你又来了。她与他说话随便。莲女说任何话都是一种调子。曹秋白却觉得她的语言很合他心境的需要：直白而干净，如莲花一样白净。她的身上也总有着那种清清的香气，如莲香，又似乎合着草气与水气。也许正因为她与莲一起的时间长了。女人似乎天生能吸纳香气的。李寻常就没有那种气息，也许男人和男人与男人和女人的感受是不一样的。

他接过莲女递给他的碗，碗里的莲花羹上洒着了几片鲜莲花瓣。她做出来的东西也都带着那种清纯的香气。

莲女看着他说：你这个当官的一点架子也没有。

曹秋白明白，在社会上对有的人，你就要有架子。经常忽视别人存在的人，你必须让他感觉到你的存在。他曾经让多少人强烈地感受着他的存在，因缘和合，他也就必须要应付别人，因为拓展工作。然而现在他的想法是：存在不存在又有什么意义？他来莲园，似乎就是让人忽视他的存在。

河边上飘着点点莲花瓣，是莲女洒到碗外飘落而去的吧。水上的色彩与气息，清清新新的，明明净净的。

夜晚，李寻常来了。灯没有开，曹秋白在夜色与烟香里独坐着。李寻常进了房间，他抱来一台电脑，手里的电筒光在房间墙上乱转。

曹秋白扭头看了看,说:"我在这里不用电脑。"

"用不用,我都得在这里配一台,现代人必须用电脑,还是你对我说的。"

曹秋白由他放着。像空调一样,曹秋白到莲园来,似乎就想避开这些现代化的物件。

"这一次出去,我又添了不少阿堵物。……网上联系好英国花商,还带来了一个留学生翻译,一笔合同就是一万株。外国花商高看碗莲。"

几年前还负着债,为几万元周转不开,现在一笔就是几十万。曹秋白多少也有点为他高兴,但脸上并无表现。曹秋白看多了农民企业家的发达,成了几千万上亿的老板,财富仿佛一下子堆积起来。从马克思主义经济学上看,赚的都是剩余劳动价值。李寻常赚的似乎不同,他是自己种植的莲花,不过李寻常原有的家庭亲属式的帮工不够用了,肯定会在忙季找新的劳工,在这上面劳动的剩余价值……曹秋白摇摇头,他的意识太习惯理论思维了。

"你可以做大老板了。"曹秋白难得地说笑。

"什么大老板,人生虚幻啊。同样是莲花,早年到处求人去卖,现在是远涉重洋,供不应求。"

李寻常一边说话,一边过去给窗台上的碗莲浇点水。而后他在依然默坐的曹秋白对面坐下来。曹秋白盘着腿,李寻常也试过盘腿,但他无法盘起腿来。他们就在月光下对坐着。

李寻常种莲的人生起始于偶然。当年从机关被剔出来,再回农村去,他无法想得通,就去后山宝成寺想出家,老和尚说他尘缘未断,留在他庙里待着,只是不给他削发。他每天在寺里扫地做杂事。十八天后,他想回家了。老和尚说你心虽不在庙里,人来便是

雪夜静静

有缘,十八天中,把寺里的花草照顾得不错。于是,给了他十八颗莲子。

这是十八颗碗莲的种子。过去观赏莲只有皇宫官家与寺庙里有,民间种莲一般目的是收藕食用。李寻常拿回莲种,起初不知如何种它,用两颗放水里浸,放泥里泡,陈莲子黑硬如铁,就是不发芽。李寻常不知找谁去问,只有找书来读。他在市图书馆泡了好几天,得知干莲子埋在地底下上千年也不会发芽。终于在古书《齐民要术》中找到育莲之术,书中提到把莲子一头磨破,可长出小戟叶。

莲子有两头,两头形不同,磨哪一头?李寻常就磨两颗莲子,各磨一头,发现是有凹点的一头磨破可发芽。这莲子算是倒发芽。莲种了,碗莲长成,看到第一朵小小的白莲花开时,李寻常有点吃惊,他没想到莲花有这么小的;他没想到莲花是这么的好看。

李寻常开始了他种莲的历史。观赏莲的收入必须要靠销售,最先他用板车拖几盆碗莲到南唐殿去卖,南唐殿外一大片广场是工艺品古董市场。李寻常觉得想买古董的人,相对才有心思买莲花观赏。

早先一天卖不了几盆花,一盆花也就只三五元钱。市面渐渐打开,直到网上与国外的交易建立。外国花商的收购价也是三五元,但那是美元。

刚种莲花时,李寻常不满足单调的莲花色彩,满世界求种,从报上从书中,只要知道哪里有好莲花便赶去。身上缺钱,就扒火车前往,住的也都是最廉价的小旅店,现在的李寻常外出城市,都找高级饭店住,他告诉曹秋白既然花了大价钱,他就要挑饭店的文化品位。可是,布置雅致的大厅服务台人员,总是用鄙俗的眼光迎着

他。硬件行了，软件不行，建筑有文化品味，服务员却缺少文化品位。

曹秋白说："你住得起，我住不起。"

李寻常说："你每次出行，不都是住高级饭店？"

曹秋白说："那都是听命于人家，由人家安排，不用我的钱。"

手机响了，曹秋白打开手机盖板。他还是不习惯手一甩打开，要用手去扳一扳，在李寻常眼里显着一点笨拙。

曹秋白对着手机说："省里的什么会？……喔，我忘记了。……你们去开吧。……什么一把手不一把手。……谁去谁就说他是一把手。"

曹秋白口气随意地说着，神情却与李寻常对话时不一样，显着一点郑重。

李寻常已经熟悉了老人的神情，一涉及机关里的事，神情便带有认真，无法松懈下来。他所见到的曹秋白，在城市里与在乡野间神情大不相同，像是两个老人。一个很精明，很有庄严感与威严感，另一个则是随随便便的什么都看破了似的。

李寻常问了一个问题，曹秋白回答了他。李寻常想了一想，也就站起身来。也不知道他明白了没有。没有明白才有意思，他可以去想一想。

人有魂，莲有魂么？

人有魂，莲就有魂。

莲魂怎么表现的？

和人一样。

雪夜静静

天更热了一点，曹秋白来得多了，一住好些天。天越热莲花开得越盛，他似乎是循着花来的，莲花朵朵，花瓣片片，使他有一种神清气爽的感觉。

他总是坐公共汽车来，是为了避免单位的人知道他到了哪儿。他让司机送到郊区公交线附近。

不声不响地来了，也不与李寻常打招呼。莲女知道他来了，每餐给他送来有莲荷配制的饭菜。

"蝴蝶"台风来时，这天黎明前，暴雨倾盆而下，挟着狂风，闪着雷电。曹秋白醒了，在床上感觉到有雨星飘在脸上，便起身去关窗，窗台与窗下一片地，已积一片水。突然眼前一亮，满世界都是惨白色，曹秋白没有感觉紧跟来的炸雷，竟然看到莲池里的那朵青莲绽开着。他回身从楼上冲下来，撑着一把伞，赶到莲池的青莲处，远远地就见它真的开了。此花非早前那朵花，却是一枝莲上开出的，眼下这朵青莲，三天已经开了三次。每朵莲花开时只有四天寿命，所谓四开三合，这应该是青莲开的最后一天，开开来也就闭合不了了，一直到花瓣脱落，花蕾成蓬。曹秋白看它完全绽开了，开得饱满，花朵在风雨中摇晃着，跃动着。

闪电白灿灿地亮着，一瞬间似乎定了格，莲池里的花都蜷向一边，像要脱节而去。曹秋白手里的伞，也向上飘晃，像是要引着他升上雨空。伞骨一下子被风拉翻，伞篷朝上。他没有注意到反过来的伞篷，他的眼里只有它向上飘升的形象。风很大，雨点乱飞着，飘着，卷着，旋着，翻转的伞篷像是冲天之冠，一任雨打在他的头上脸上身上。突然又一声雷炸裂在他的耳根，一直裂到他脚下的土地。

他蹲下来，把伞篷折转过来，那动作是无意义的，他把伞压在

了自己的肩上，盖在眼前的青莲上方，当一个象征性的护花使者。花在风雨中飘摇着，有一片花瓣抖散着像要脱杆而去。他身子前倾，尽量把花盖全了。他也弄不清楚这花与他到底有什么关系。人世间许多的关联仿佛很深，但又不能细想。

  他一直在那里蹲着，雨从伞后落下来，从他的背上落下去，从他的背落到裤里，直淌下去。他只是任由雨水淌着。

  风小了，花停止了飞升之势，花瓣却显着一种微波似的颤动。那颤动应着纷飞的雨点。他的感觉随着颤动。

  又是一道闪光，整个世界刹那间化成一片白，完全的白与完全的黑一样，什么也看不见。炸响的雷声他久久没有听到，眼前却显出无数跳跃着的红色，大红、深红、褐红，如奔马似的跃动着，一念之中，仿佛听到奔腾的马蹄声，无数的马像被巨大的力量驱赶着，从天际处奔来。无数的马蹄敲着坚硬的大地似的，发着呼啸般的悲壮之声，脚下的土地随之摇晃着。红色越来越显透亮，而蹄声越来越显刚性。曹秋白浑身都在呼应着，如在浮动的大地上颤舞。形如饱满的红色涌动，神如敲击的蹄声激荡。

  马从地之尽处奔来，一直奔来，眼见近了，还在无尽地向前，细看处那匹马，鬃毛飞扬如红云，遍体斑点，越发地血红，昂头嘶叫着。再看去，无数的马匹红鬃如云，遍体血斑，昂头嘶叫着，踩着同样的节奏，蹄下溅着泥点，他分明能看到那点点黑浆，那呼啸般的泥浆仿佛扑面而来。满世界溅满黑色的泥浆。天与地混然成一体，没有其他的生命，没有其他的物，只有着马匹血红的生命与泥浆黑色的物。

  没有了。所见所闻，所存所在，所意所识，所有的一切，在马

雪夜静静

蹄下都化作了泥浆。天地万物。只有马蹄,只有泥浆,只有无情,只有激昂。

她的模样幻化出来,在跳闪,在飘浮,在凝定。多少年了?映现出来的是他那次戴着手铐见着她的模样。她那苍白的却是神情决绝的脸庞。他似乎想对她笑一笑。她仿佛一下子长大了。她以前的形象是模糊的,平板的,小姑娘似的,如抖动的一张锡箔纸,哗啦一下就过去了。而他以后凝视她的时候,她的形象都仿佛是那一瞬间的复制。他再也看不到其他的人与神情,连同那开飞机式地低头挨批的屈辱时刻,仿佛都没有留在记忆中。

他与她以前有过的关系,也仿佛淡忘了,感觉中是纯洁如莲的,经不得一点污浊的。能记住的只是眼神,清澈如水,水面上飘过片片莲瓣。就是有过手与手的接触也都那么惊心,惊心得莫名其妙。更多的是含蓄的语言探触,小小的用着心的感受,入睡之前的假想与幻想,见了面,讷言无语的对视。那些过程回头叙述过来,显得轻,显得小,显得细。特别是经历了以后许多事的曹秋白,觉得实在是没有什么意义的。只记得那苍白决绝的一面,让他觉得深深的悲哀,强烈地透进了他的心底。

那个年代,年轻的他,犯了无大不大的罪,几乎是没顶之罪,只是因了他年轻狂妄的语言。因言获罪正是那个时代的标志。让他记忆终生的那几个月,对他是一种触及灵魂深处的洗礼,他反思那些人揭露出来的他的言行,连着他极其微弱的心机,他才发现他以前接触到书中的思想与理论,都那么空洞,单调的现实却是那么强大,沉重得让他要匍匐下来。只有现实的重量是实在的,所有的思想都无用而空。他有过死之念,连死之念也是空的,一切空空如

也。正因为一切空了,以后许多生活所需要和理解的东西,才一点一点很实在地放进去。

他对她的背弃无可奈何。他经历过的事情给他年轻的心带来覆顶的绝望之感,相比之下,她的离他而去,在那个时代中是很正常的,是可以理解的。他的心灵堆积了厚重的淤泥,每一次的自我交代都往上再堆积一层。其实那一次批斗,是对他排查的终结,但他是不清楚的,他头上悬着的一支剑,让他有着一种无始无终无可解脱的压力。剩下来的只是对他的处理,那处理是因时因势的,也许可以教育释放,也许就可以送上断头台。

那种等待着的恐惧使他麻木,那张苍白决绝的脸却一直印到心的深处,或许他是不自觉地用她来排解那种他自己也弄不明白的恐惧,以致后来他回想那段生活的时候,那些交代,那些夜审,那些恐吓的话语,那些让人痛楚到无助与绝望的感觉,都被那张苍白的脸隔在了模糊的一边,显得不真切,显得遥远,显得空。

好在那一切不可思议地结束了,似乎一下子消失,一切变成了另一种形态,绝望沉下去,希望升起来,他的世界不再是淤泥堆积,而是干干净净的一片,宛若从淤泥中开出来的青莲,开花的那一刻,淤泥便如幻象般地消失了。

两年后,他从困境中出来的时候,她已经结了婚,有了一个家。他感觉是那么空,她却实实在在地进入了家庭妇女的生活。

他回顾往事,发现留下的最大伤痛,便是那一张苍白决绝的脸。

灾难是社会性的,而要求弥补的时候,承受与消解,只剩下个人的。

雪夜静静

接下去他所做的一切都是有步骤的。也弄不清是不是他内心里渴望的报复。她屈服了，也弄不清是不是她旧情未消。对他的做法，她几乎没有任何抗拒，仿佛一直是等着他的，又仿佛一直是在忏悔着自己的背弃。其实，她以前并没有答应他什么，但似乎她又早就承诺了便是他的，随时等着他拿去。她是一个本分的女人，一个保守的女人，她见了人会脸红。那次，她见他的时候，一下子脸便红了，从脸颊红到颈脖。他们的相遇是在一条小街上，他知道她就住在那条小街的巷子里。他借小街边朋友的楼屋住下，说要写一篇论文。那时，他也已经有了自己的家，自己的妻子，也刚有了孩子，但这一切都没有成为他行动的负担。他每天写了一会儿，便下楼在街上散步。那条小街是他早就熟悉了的，他经常匆匆从街上经过。多少年了，小街一如旧时，不热闹也不安静，他在街口遇见了她。她上街买东西，手提着一个直筒形的藤篮，家庭妇女模样。但她的肤色依然白皙明净。他不知道她算不算漂亮，但她是清秀的，很难见到的白皙。他人生的几十年中，见过接触过许多的女人，她的白皙从无可比的。

她与他在小街上相遇了，是偶然的，又有着必然。离动乱的年代还没有多长时间，社会风气还不开放。但他有着这个念想，就是她注定要成为他的。是完成他的报复也好，是终结他那一瞬间的记忆也好。四目相对时，她突然脸就涨红了，红得很艳。因着肤色的白皙，因着小街上阳光明亮，她脸红得十分鲜明。街口有一摊积水，是街边菜市场里流出的宰杀鸡鸭的污水，她站在那一片污水边，正要跨步过去，她蓦地收住了脚，抬起头来，仿佛是第六感知觉到了他。于是，他们的视线相对，于是，她的脸通红通红，仿佛是第六感知觉到将要发生的事。

她跟着他同行。他们间没说什么话,她只是听着与应着。他们的说话没有提过去,没有谈将来,也没有讲现在,而都是即时性的。比如说:我住在楼上。是吗?跟我来。喔。他们没有提及各自的家庭和职业。

她跟着他上楼,跟着他进房间,那是一幢旧楼,街边的旧楼里是木楼板与木窗棂,有着剥落的漆皮与油灰,也有着一种阴凉。从天花处悬挂下来的绒窗帘,帷幕般地遮掩了外面的世界。她听任他抱着她,把她放倒在床上。她接受宿命般地柔顺,似乎一直在等候着这一天与这一回。

她的身体打开了,如莲花般地开了。白白亮亮地映到他的心里,他一时感觉自己内心深处显着一层层污垢,那污垢是一串串的思想泡沫,所有的思想与念头都呈现着莫名的泡沫状。以前那一瞬间她苍白的脸,与眼前遍布红晕的脸,仿佛是两个人,仿佛处在两重天地中。而他的意识很清楚:她便是她。他像是要把那所有以前的一切都归罪于她,他要猎取她,他要羞辱她。她还是那个小姑娘,身子光滑,富有弹性,应该没有生过孩子。整个过程在以后梦一般的记忆中,她是柔到极致,是完完全全女人绽放的感觉。只有在最后一刻,她使劲地偏过头去,像是不想让他看到她的脸。

女人的肤色竟会是那样地白皙明净。快感的同时,映现着他内心层层叠叠的淤泥。只有这一刻他才看得清楚,只有这一刻他才无所顾忌地呈现着,这以后,那一切不由自主地掩起来,盖起来,就像隔着的世界,他永远也无力拉开内心那窗帘般的帷幕。

第二天,他就离开了小楼,离开了小街。

曹秋白起床的时候,已过中午。昨夜的一切,恍惚只是他的一

雪夜静静

个梦,一个幻境。他觉得身子疲惫,心里也有着一种疲惫感。年岁流动的意识又向他袭来,毕竟这个身躯在尘世的时间长了。

站到窗前,眼前残花一片,水上漂浮着叶与秆,荷叶翻转,叶秆倒伏,花瓣吹积在莲池角。以前那些碧叶娇花之景,换作一片狼藉之像,连着那边的河里,尽是一片残败,远处的山影,也显着了枯黑。蓦然一望,仿佛感觉是见过的。熟悉的感觉一点一点地浮起来,逼近来。应该是什么时候见过,过去那漫长的时日,没有逻辑地流动在意识中,也许是在梦中,也许是在不确切的头脑幻境中,那点熟悉的意识在跳闪着,在浮游着。似乎是残梦,却与梦不一样。应该是在过去发生过,在那一个时空发生的,在那一个场景中发生的,需要埋头想一想,定神用逻辑法来想一想。是在人生的哪一个区域?生活的哪一个场所可能发生?哪一个年份会遇上这样的情景?他需要想一想,才能确定是有还是没有过。一时他还无法确定,他的一生变化太大也太多,感觉与思绪往往沉重地扭曲着,零乱地飘浮着,难辨真假。

人生的一种梦幻,似乎在别处生活过。有一种相映成实的真切感。他有时会怀疑,人过去生活的一切是否真正经历,或只是现时浮起的一点似曾相识的幻境。过去的一切只是逻辑般的记忆,可以称为忆幻。

李寻常的身影出现在莲池边,他依然光着上身,用手扶起翻倒的莲秆。他正在那朵青莲前,它怎么样了,他的护卫有用么?不用去看,那株莲的结果也是一样的,他不想下楼去看,既然花败了就败了,又值得什么留恋。以前有一个人评价过他:是一个心硬的人。那个评价也不知出于哪一位女人之口了。也许只是他自己心里的一点意念,是一点意幻。

既然花已委顿,又何必再去看它的残体。

他没再去见她,偶尔见着她,只是像对一个熟悉的一般朋友,简单地说几句话。她的眼光中是不是带着怨恨,他不清楚,因为他从来不去看她的眼光。他就是这种性格,有着一种果毅的意志。他也弄不清自己,似乎那一次给他带来的是一种痛苦,有时痛苦与强烈的快乐连着。后来的社会渐渐开放,越来越开放,大学生的儿子告诉他,曾谈了七个恋爱,每一次都上过床,分手都是那么简单。他还是无法去约见她。并非因为道德,被关过黑屋以后,他认为道德是一种虚伪,一种上层用来让下层守规矩的东西。他就再没有这方面的束缚,他只顺着自己的感觉去做事。他从来没想过她有家庭,自己的老婆也没在他的意念中。他的心里有着一层层的黑污,只有那一刻才一层层剥开。

他也许是怕再也没有那一刻的震撼。不是"震撼"这个词,不是。这个词对他来说是虚饰的。这种强烈的词,是属于年轻人的。对他来说,已留在了久远的时代。他怕再一次不会有那种感觉,不过失望对他来说,也是并不经意的。他的理智已经强大,强大到非理智不会产生。

他觉得他对她有一种排斥感,一种深深的内心距离感。不是她的一切对他已经没有吸引力,不是。而是那一次他的满足感是特别的,以后再没有过。使他生出一种近乎宗教的感受,供在了内心的某个角落,而把具体的对象给虚化掉。每想到那一次,他都觉得有污秽的神圣感。他似乎报复了,用占有来报复。其实根本没有占有一说。男人与女人并不存在身体报复的感觉。他心中也没有对她产生过轻视。只是那一瞬间她苍白的神情与那一刻她如莲花打开的身体,两种感受连在了一起,融在了一起,使他一下子缓解了,轻松

了。他不愿意再勾起以往的感觉来。

　　莲女来了。她总是不敲门,直接走进房里。也许她没有敲门的习惯,也许她认为这是她的家。她每次来,都用托盘端着好吃的东西。眼下是一碗蜜汁糯藕莲梗。他吃了一口,在嘴里抿一抿,便大口地吃起来。莲女看着他吃,这个男人给她的感觉很奇怪,听说南城的许多高楼都是在他手底下建造起来的,还有那么多条高一层低一层的马路。那么高的楼,该有多少人建,那么长的路,又该有多少人建。可他一点架子都没有,那么多的人怎么会听他的?
　　是刚做的吗?
　　昨天就用蜂蜜腌渍的。
　　莲女讲着她的点心制作法,说鲜莲梗有着一种青滋气,把皮先剥去,要细细地剥,剥重了,半个梗子就没了。莲梗调了米汁,插进嫩藕孔里,蒸糯了,再用蜜汁腌。曹秋白很喜欢吃,只要好吃的他就吃,他这个年龄不能多吃甜的,可他并不管身体,总是把预约检查身体的单子撕掉。
　　曹秋白听得认真。这个时候,他是个谦虚的人。世界万事都有知识。知识是没有高下之分的。
　　他与李寻常聊的是她听不懂的东西。李寻常与他聊的时候也是她听不懂的东西,好像在学他。所以男人在一起的时候,她便走开做自己的事。她和他聊的都是谁都听得懂的。
　　房间里透进微微的风,莲女进来时,带着的莲香气息变得淡了。气息也会变幻,有生有浓,有死有残。
　　连同她的声音,似乎从远处浮过来。
　　曹秋白想到,自己还总是被生与死之感分割着,开着的莲、残

败的莲与碗里的莲本是同一物，又何必要有莫名的感伤情绪？

　　他与李寻常一起去庙里，他想见一见老和尚了。
　　从莲园后面上山，走七八里地，山路环曲，满目苍翠，忍不住走一段，回头看一眼，无论上下，所见天之色，都是浮动的云气，所见山之色，都是苍郁的树草。一段山荫小道，微风清凉。前面道边一个小潭，潭水染了树草之影的葱翠。曹秋白没想到这里曲径通幽，不由赞了一句："好地方。"
　　李寻常说："天下名山僧居多。"
　　曹秋白习惯了李寻常的文句，微微一笑。
　　从幽处转出，那边是一条大道。行人多起来，有城市来游览的年轻男女，有提着篮的老人，也有远途来的香客。
　　李寻常说："宝成寺香火旺得很，是老和尚的名气所致。都说老和尚是神仙，山不在高，有仙则灵。"
　　曹秋白说："神仙说法与道教有关系，不是佛家的说法。"
　　江南山多不高，山腰有一片宽场，有几家小店铺，两边是地摊，摆着的都是常见的竹器等旅游产品。
　　这就看到了一座庙，不大，里面只供着一尊塑像。李寻常说这里供的是最早修庙礼佛的一个大施主，这位施主后来就成了仙。曹秋白进庙看那塑像，见那塑像塑得奇，光头却穿着古代俗家套装，模样与神情有点像精于算计的商人，半闭着眼，手上抱着一支莲花。曹秋白看入神了。
　　两个和尚在聊天，谈到开心处，都在笑着。从曹秋白后面来了一个模样虔诚的年轻男人，看上去不是本地人，一进来就去桌上拿了三根香，点着了，插上了香案，回身在拜毡上倒头就拜。一个

雪夜静静

和尚走过来,教他把双手心朝上,这样叩拜者手心脚心与背心都朝上,称为五心朝上,才是真正的礼佛仪式。坐着桌边的那个和尚敲了一下旁边的钟,钟声在庙堂里回响着。

和尚问:"你求的是什么?"

男子说:"求财。"

曹秋白觉得这个面清目秀的年轻人真俗,倒也俗得可爱。原以为他是一心向佛的信徒。

和尚说:"求财求不得的,哪能与菩萨谈生意的。你还是求平安吧。"

和尚带着训斥的口气。年轻男子被斥,神情有点茫然:"我捐点钱吧。"拿出二十元来。

面前的和尚说:"这里捐钱起码五十。"

桌边另一个和尚拿起笔来,在捐款簿写上了五十元。男子在口袋里摸索了一会,掏出了五十元钱。

男子出去了。曹秋白和李寻常也出门来。外面的人更多了,三三两两都往庙那边走。

路边有摊贩在招徕生意:"这里的香便宜。到庙里面贵一倍还不止呢。"

有的人便买了,也有的人说庙里的香要灵验些。卖香的人就冷笑一声:"灵什么?还不是一个厂里出来的?就不信进到里面就灵了。"

那个人说:"庙里不灵我去烧什么香?"

卖香的人说:"灵不灵在于心诚不诚,买再贵的香有什么用?"

两人说着争着。

曹秋白转身便说:"走吧。"

105

李寻常拉他说："庙在那边呢。"

曹秋白说："我突然不想去了。"不由分说地只顾回头走。

李寻常跟上来说："怎么了？"

曹秋白说："有兴而来，兴尽而回。又何必拘于一定呢。"

"大和尚等你去呢。我昨天与他说定的。"

"见与不见又如何呢？"

李寻常见着了老人的固执，他一下子不去了，又拉他不得，也只能由着他，老和尚那里少不了要找个话解释一番，口中念道：有兴而来，兴尽而回。

城市交通越来越忙堵了。曹秋白坐在汽车里，却缺少了耐心。曾经作为五百万人口交通建设的超前设计，被日益增加的流动人口与日益增长的私家车挤得狭窄滞后。宾馆的大厅显得那么广敞，水晶吊灯从高处垂下来，三层的空间有着通透的感觉。十几米高的壁画有红岩石般的雕刻效果，包头巾的人物造型显着少数民族风情，中央空调让空气带着均衡的凉意，舒适地贴近人的身体。

曹秋白独自坐在会议室外大厅的沙发上。

有人出来搭话，也是烦了会议发言的。官场一级一阶，能烦发言的起码能与发言者同阶，与曹秋白说话的口气，也是同阶的。各阶层之间，说话的口气与神情都有不同。

"很想听你的高论的。"

"没什么好说的。"曹秋白懒懒地说。

此人脸上在笑，声音多少尖利了一点："你过去宣称发展硬道理，城市里多少棵古树给倒了，多少处古建筑给推了，那时你只有一个词，建设。现在，别人做一点事，都因你束手缚脚的，你又谈

雪夜静静

是硬道理，只是换了一个词，环境。"

"干什么活儿吆喝什么吧。"曹秋白也是一笑应答。

曹秋白是自己要求换到了环境委员会工作。这适合于他的年龄，又合着他对社会发展的认识。过去是热门单位，多少人求着围着，眼下的工作主要是研究，自然冷清，已经被同僚认为往下走了，说话的客气程度多少会有些不同。

在这里，在这个群体之中，在这个场景之间，曹秋白显着一种自如，虽然有寒暄，虽然有发言，虽然有交锋，虽然有应付，多少年的经历，多少年的习惯，让他有着自如。不管是千元一餐的伙食，不管是千元一夜的住宿，他都无意识地承受。没有人会出来对比，社会发展的过程中，已把对比的杂音都消弭了。过后他会有累感，那种累感会在轻松的时候展开。而在这一刻，他是自如的。

眼前的壁上挂着一幅工笔画，画中花团锦簇，红玫瑰白牡丹正开得艳。

"我记得你是属虎的吧。"

"是。"

"我是马尾巴，是羊年的阳历年头上。小你五岁。五年不短，过起来也快。"

此人说到这儿，身体晃了一下，像是要躲避什么。

岁月的流逝，谁也无法躲避的。

手机响起音乐声。曹秋白还不习惯手机音乐，总以为是别人的。

他打开手机盖板，里面是一个女人的声音，感觉嗲嗲的，像唱歌一般。

"有一件好事要告诉你，我考上研究生了。"

"什么研究生？"

"生命科学，研究生命的。正好学到精虫一课……呵呵。"

莫名其妙的话语中，自然随便，又带着一点年轻人的激情。

"可以确定的研究方向，生命的起初状态，呈现着的原始力量。动物是如此，植物也是如此。"

她高兴地说："还真的与你说话才有意思。我身边的小男生们都死气沉沉的，都只是读死书，做死题目，想死问题。还是你有青春精神。"

曹秋白嘿嘿笑了一声，说："承蒙夸奖啊。"

那边也笑着说："该的该的。"

会议室门大开了，许多的人走出来。曹秋白起身跟着走。该去吃饭了。他突然想好好喝上几杯，吃上一顿。他并无饿感，本来想不吃饭就离开的。现在他只想好好吃一顿。管他身体不身体的。

窗台上的碗莲竟然开了花，小小的花朵在微风中微微地摇动，那妩媚风姿，如同一种小妇人的神韵。小小的花瓣，小小的花面，小小的花蕊，所有小小的都是完整的，齐全的。有着一般花的韵致，又有着不一般的精巧。曹秋白一直没有关照这盆碗莲，一定是莲女每天来伺候的。细看洁白的花瓣边沿上，还有着了一点点如洇开来的轻红。

小花瓣一瓣一瓣细细数来，竟有二十四瓣之多，每一瓣缩小一围，比例是那么精确，花之中，绒绒之红蕊，浅嫩如极幼之芽，宛如能渗出水来。轻轻去触，仿佛指头还没碰上，那指尖之气，已让花瓣颤抖起来。那颤抖波动整个花瓣，波动整个花朵，一直波动到花蕊之间。似乎有细微的嘶嘶声传出。

雪夜静静

　　静静相对，花我相融。碗莲整个地印入了曹秋白的内心，他再也忘不了窗台上的它。时而去看一眼，它静静地立在叶上，因着窗光的变化，每一次显着不同一般的情态，显着不同一般的韵致。似乎像一个处子。莲是有牝牡的么？

　　这天下午，听到有车声在莲园门口停了。花开季节，有车来莲园，并不少见，曹秋白往往是闻如未闻，并不在意。他知道是自己的心境缘由，随着年岁与思维能力的增长，他有时会觉得通神了。一个预见，一个判断，往往会在其后得到印证。他归之于世事相连，或归于某种心灵感应，所以他转向于环境学。建设重在规划，环境重在研究。他还是希望自己的事业在学术上。环境的研究应该是立体的，他把心灵也放入，世上的一切都应该是圆融的。

　　一辆轿车开进园中，在阳光下的车身一片斑驳的亮色。他突然想到，这里的一切与他并无直接关系，他来这里是寻求一点安宁，莲花本是安宁的象征。既是这里的客，一切不必由他关心，心才宁静。如能想，人来世间，也只是过客，人心才得安宁。

　　李寻常过来，说有客人来，请他一起到饭店里去吃饭。曹秋白本不想去，却挡不住吃的诱惑。他喜欢吃。听说镇上新开的这家店，吃土菜，吃土鸡，吃土菇，吃土果。

　　店面不大，上得楼去，楼梯拐角贴着乡下的红刻纸，花里胡哨的。曹秋白知道一旦土得不标准，便无一点土的感觉了。

　　一到城镇，他就觉得内心突然添了许多脏乱，有着另一种色彩，油腻腻，污糟糟的。

　　菜端上桌，都是一个个大盘。土菜里做着洋花样，土鸡里放了高丽参，土菇里放着美国腰果。所有的菜都涂着荤油的亮色。

坐在主客的是一位税务官，一副脸宽形粗的乡官模样。税务官谈兴很浓，开桌以后，便一直说着官场上的事，显得知道得很多。听李寻常介绍曹秋白搞研究的，有点轻蔑地对比着知识分子与官员的差距，端着杯硬要曹秋白与他碰杯喝酒。曹秋白只管吃着面前那盘土菜，并没有理会他。李寻常端着杯，想与税务官碰，税务官却又不理会他。

莲女说："他不爱喝酒的。"

税务官说："哪个爱喝酒？"

莲女说："他有病的。我看到他吃药的。"

税务官说："哪个没有病？我查出好多病来的。"

李寻常带笑看着他们。税务官放下杯说，他也不喝了。李寻常说："还喝还喝，拿好酒来。"

曹秋白只管挟着面前一盘蕨菜吃。突然他抬起头来，问了一句："你们的区长还是小刘吧。"

李寻常说："是刘凤区长。"

曹秋白说："上个月吧……不过现在的官升得快，说升就升了，也倒得快，说倒就倒了，一升便是龙，一倒便是虫……上个月刘凤和市长到我那里去，说要请我搞规划。市长走了，他特地留下来。他说要把他的儿子送来跟着我。他的儿子好像就在理工大学吧。他说不想让儿子当公务员，还是搞规划研究好。他说不想让儿子当官，手上有权，总会有危险。最危险的行业就是当官……其实我手里也有权，也危险……我看这小刘倒是个有心的官。"

税务官不再说话了，随后，举杯来敬曹秋白，发现曹秋白端的是茶，也就说你以茶代酒吧，说了又觉得哪儿说得不对，笑笑。曹秋白倒反而放开来了，大谈起菜谱来，说这个菜不土，说那个菜假

雪夜静静

洋。单一个西红柿,他说到了七八个国家的做法。

税务官红红着酒脸,像是有点微醉的样子,憨憨地听着曹秋白说。

夜色很好。曹秋白下了楼,觉得气息凉爽,便返身回房间捧了那碗莲。想它不应受着水泥楼中的暑热,该让它接接地气。他把瓷钵捧到莲池去,放在池水里。满池的莲,晚开午合型的花开了,小碗莲的色彩在其间被淹没了。曹秋白以往不喜欢小花小草,要在平时,置身于莲池的这一盆莲,根本不会被他注意到,然而,这几天,曹秋白每天给放在窗台上的小碗莲换水,看多了它的微细自然情态,觉得它在这许多的花间,依然显得独特而精巧。

曹秋白很少对花有这样的劳作。对美的喜欢才有关注,才愿意付出。而只有发现了,才有美。

小小的莲,托在碗里,莲瓣合起,微微地开着一点,如小嘴般,却有韵致,如婴儿粉面。曹秋白莫名地想着了多少年前看到的一个女孩,只有四五岁的样子吧,依偎母亲怀中,小小的脸,却是一副成熟小妇人的模样。

许多细微的感觉都到心头来。人生柔软的记忆连着的尽是细致的场景,细微的感觉,细腻的情调。

对于官员来说,权力的丧失往往连着许多力量的消失,如一场生死。一定的年龄要退下去,有着无可奈何花落去的感觉。这两年,曹秋白心里总有年龄的感觉,也许要求转换工作,也许常来莲园,都与这种感觉有关。

小碗莲仿佛在风里伸了一个懒腰,直起来了,花苞抖动一下,微微张开了。这小小的一朵花也有阴晴的变脸。莲池里已开的大朵莲花，摇晃着身子，花朵轻抖着，仿佛与碗莲在细语。大片大片的花瓣飘舞起来，仿佛对微开的小碗莲带着一点嘲笑。他在稍远的地方坐下来，看着满池的莲花，红色的花在夜间有点暗，黄色的花在夜间有点浓，白色的花在夜间有点粉，一朵朵的花仿佛在花台上表演，点头，招呼，舞动，争艳。

他仰起头来，乡野的夜空，稀薄的云空嵌着星与月。

远处空际，城市一片铁橙紫色的光影。在城市很少会抬头去看星空。环境，是人的环境，社会的环境，根本应该是自然天地的环境，大气与水都是自然之物。

天与人这么近，看久了，星月都来怀中。

他老了，他感觉自己真正地老了，年岁在一天一天中流逝，流逝中不觉身体的变化。只有多少年不见的人，蓦然相见，便像一面镜子，显着自己的老来。然而，于这莲池间，看花开花落，几天就是一番变化，天地之间，有生死恒常，如月如星；有生死短暂，如花如草。花开一季短，人生一季长，也已入深秋。得亦如何，失亦如何，无得亦无失。快要过去了，才显深切。

无论长短，风起风住，只有活下去一条路。不活下去，人生的路也就结束了。生死其实简单，感叹也是虚饰。似乎是花的幻景中繁生出来的，衍生出来的，化生出来的。

碗莲的花开了，花开之时，一片洁白之色，带着清亮地绽开。一绽一开，便如舞姿，舞得有点妖娆。舞得有点邪气。莲应是纯洁的，只有这样的小碗莲才有如此精怪似的妖娆吧。他迷惑似的看着它，满池的莲花都仿佛随着它的舞动而舞动，成为它领舞的背景。

所有的色彩都在洁白中炫舞。他知道那是他内心中幻觉出来的。但偏偏是那么真实，变幻着无穷尽的色彩。只有这个时候，他

雪夜静静

真切感觉着幻觉色彩的美,美到极处,便生最大慈悲之像。纯白衬托之上,千万之色在炫舞,没有底处也没有顶处,只有空间,失去了时间。压力都消失了,烦恼都消失了,愁绪都消失了,痛苦都消失了。

何为真何为幻,这一瞬间,仿佛是不可疑惑的真,而只是习惯的思维中才认为是幻。真即幻,幻即真。

他的心在动。他感觉自己的身子也在动,如飘如舞。在扭曲,在游移,在跳动,在劈叉,在飞跃,在无穷尽地狂欢,摇摇曳如,飘飘逸如,他想到自己不可能有这样大幅度的舞姿,但他在感觉中不由自主地舞动着。那是他的意念在舞动,他的心在舞动。他放任自己这么舞着,下意识里有一股强大的放纵力,穿透一层层的拘束,他这样的年龄怎么能经得起如此的舞动,然而拘束的意念像链子一般爆开了,化作他身边的点点烟花。他只是放任身心,人在惯性动作的时候,哪怕很无聊的事,也会继续进行下去。何况他舞得快乐,舞得轻松,舞中有着浓郁的香气,舞中有着谜般的滋味。那朵小花不是在他的眼里,而是在他心田之中,飘摇,展舞。而他只是随着它,听由它的带动,听由它的变化,听由它向高处的伸展。无数积淀的尘污都从身下抖落,一直伸展到空中。抖落的尘泥仿佛化脱开来,如一层层的花瓣在绽开,在摇晃,在抖动,如为星星化作,如为天女散落。无数的花开落之际,有乐声在低低地回旋。

到了一定年纪,还是经不住吃,不知是不是乡镇饭店的土菜不干净,还是对乡镇饭店的土菜不适应,曹秋白的胃里感觉不舒服。人体便是一个立体环境,胃里不舒服,胃神经牵着脑神经,头晕晕的,身上的每一处肉里都有着酸痛。

他躺在莲塘边水泥楼的硬板床上，睡了一天一夜，觉得身底下有硌体的硬度。他开始苍老的身子，翻动多了，一种迟钝的痛楚，像是放射性的，在身体内部发作。

夜里舞动的记忆，已离得很远。人生就是这样，一旦离开了，仿佛就是永远失去了，不再存在，给人以悲哀的虚幻。

作为这个年岁的人，他已有着过去了都当作失去了，无可奈何地接受，正如那光洁的皮肤生出了细细的皱褶与浅浅的斑点。口中清新的气息变得那么混浊，勃发的力量变得那么绵软，牙齿松动而脱落，黑须变灰而花白。变化便如失去，那构成"我"的一切都仿佛在失去，只能任由着这种失去，无法回转。

所有的我所依赖的都会变化而离去，连同这个躯体。虚幻感是根本的，随着变化一点点地存在了心底里。随着时间，还有什么不接受的呢？

莲女来伺候他。她端来了莲子稀粥，说是能解积食的。带着莲子气息的粥碗放在了床头的茶几上，但他一点胃口也没有。看着在房间里收拾的莲女，他的思维平静下来，什么也不去想了。

在窗前擦桌子的莲女接了一个手机通话，看了看窗外，转身对床上的曹秋白说，有个姑娘来找他，已到了楼前的水泥道上。曹秋白很快地爬起身来，并在卫生间梳洗了。他也弄不清自己怎么起了身，浑身的难受感觉仿佛一下子消失了。听着她上楼的脚步声，他用水抿了一下自己散乱的头发。

显然他不喜欢看到这位不速之客，但她走到他面前时，他恼怒不起来。口气中还带点恼怒："你怎么找到这儿来了？谁告诉你我在这儿的？"

雪夜静静

姑娘一身很前卫的薄型牛仔装，裤腿带着一点破洞，露出两片肉来。她的身材修长却不失丰满。她进房间后便到处看了一遍，嘴里啧啧着："这就是大研究员住的地方。是躲我，也不用躲到这样的地方来。"

曹秋白好笑地："是躲你吗？"

姑娘说："不是躲我吗？你工作那么忙，也没人找翻天找你，看来都安排停当了。不是躲我是什么？……不过躲我能躲到这里，也算你有智慧。……看不出来你还会喜欢花。"她看到窗台上的碗莲，走过去用手指小心地碰了一下开着的花朵，笑着说："你看它，是不是有点像我？"

一旁的莲女笑起来，觉得这个姑娘什么都敢说，在严肃的老人面前，她怎么会说自己像一小朵花一样。莲女笑过了，便下楼去了。

曹秋白看看碗莲，又看看姑娘。他没有说话。

"怎么不说话了？是不是我说得有道理？……和你逗呢。"姑娘不知说的是花逗你，还是话逗你。她坐到曹秋白面前的那张凳子上去。

"你说得当然有道理。"分不清曹秋白的话是嘲讽还是首肯。

"不管是什么原因。……我一到这里，就觉得很合你的。有着一种异象，像是气功的气场。破破烂烂、污污糟糟的地方却有着一点精气神。单说这一朵莲花，就有不一样的美感。莲花就是出于污泥而不染嘛。"

"研究生还上文学课？"

"大学里读过这么一篇文章……"

曹秋白等她不停地说完了，便说："说吧。找我有什么事吧。"

115

姑娘似乎是玩笑地：“想你了。”

她又笑了：“不能想你吗，一定要年长的男人想年轻的女孩吗？我就是想到你了，想你不知躲到哪儿去了。偏偏那些年轻的男孩都不会入我的心念。”

房间里一下子敞亮了，仿佛他的四周都被打开。他原是躲着的，但现已显着旷野之中，洋溢着某种暧昧的气息，而避无可避。

姑娘伸出手，拇指捏着中指，食指尖尖地，就伸在他眼前，宛如禅语般的手印。她的手指修长而白皙，是那般刺心的洁白。她的青春容貌似乎并不在他的感觉中，只有那白皙弄疼着他的心。让他忘怀了年龄，生着一般年轻人的激情。特别是她嘴里还说着想他的话。

"我就想着，你躲的地方，一定会有迷人的东西。在乡路上我还怀疑你到底会不会在这里。靠近这儿闻到一种香气，我就想象到这里到处是莲花，果然一进园子，我就看到了莲花。……你看到的，正是你心里有的。"

确实，一切都是他心里有的，他看着的，他触着的，他嗅着的，他含着的，他听着的，那一刻，都只是从他的心中走到眼前来，都是饱满的，都是充盈的，那夜莲池边的舞动，只是心中预习般地幻化了眼前的一切，相融无分。现实感与虚幻感在极处是一体的，虚幻的现实感，现实的虚幻感，不管是现实还是虚幻，都在他的欲望深处，渴求着喷涌似的表现。

交融之后，会有超脱的感觉，仿佛是身体内部都轻了，清了，腾起便会上升似的，但他的内在精神又有着一种污秽的感觉。无法摆脱的污浊欲望，始终在他的内心，从习惯之染中生出来，美好的形态，美好的色彩，如花如莲。

雪夜静静

那一刻间,她对他说:"你闻没闻到这里有一股香,像是禅香。"她说得认真,却又笑起来。

姑娘坐在河边,抱着膝盖,双手剥着一朵千瓣莲,粉红的花瓣从她的手中落下来,一瓣一瓣落到了河里,水面上飘着一片落红。

曹秋白又躺了一会,起身来河边,姑娘头也未抬地一边剥着花瓣一边说着。

"李寻常说一千瓣花,只多不少。我剥到五百三十了,里面越来越小,这么一团,还会有五百多吗?生命真是奇特。"

这里的千瓣莲本是千岁莲,在土深处埋了上千年,李寻常引来种开了花。一朵花开尽了,也只九十度,九十度如何尽开千瓣?最里面的花瓣能有打开的空间吗?无法打开,存在千瓣有何意义,也只是让人剥来数数么?万物起源总有因,千年前的千瓣莲,又缘何进化来,一个进化真能说尽么?因缘和合,又起的是什么因,行的是什么缘?

曹秋白注视着姑娘,她剥落花瓣时手指会轻轻地一弹,修长而白皙不再刺心,却还触着他的感觉。

姑娘突然停下,站起身来撩衣一抖,把落在身上的花瓣抖下河去,并随手把剩下的花朵也丢下了河,花朵在水里沉了一沉,又在水里半浮着,花瓣朝上,慢慢地洇着水,似乎都微微地张开着。

"你盯着我看,我就把数数忘了。你说你烦人不烦人?"

说烦人的时候,姑娘还是带着笑。

对方换作别人,曹秋白便会应说:烦人你就不用来的。但对着姑娘,曹秋白什么都没说,他只是肩膀耸动一下,这不是他的习惯动作,只是从西方电影里模仿来的潇洒表现,他无法抑止地表现着。

　　人生的不可抑性，一直到老的时候，才会显现出来。并非这不可抑性与时间有关，而是只有经历多了，才会真切地感受着。青春的回顾，湮没在一片迷茫之中，似乎还没有开始的时候，在一瞬间已经不知丢失在哪里了。其实也简单，西方说人生一次性，终点是上帝那里，东方有轮回的说法，自己报应自己。曹秋白心里流动着一串很不连贯的思维，对着她，心中忍不住地有着微微的颤痛。那里有阳光映照下的阴影，她便是阳光。心底的阴影在一层层厚厚的污泥叠盖下。阴影不可抑止地吞吸着阳光，却使阴影越发的阴暗。他有无可避免地下坠感，下坠连着下坠的快感，都无可抑止。

　　精神与思维中的空间是无尽的，上升与下坠具有同一性，都踩不到实地。精神与思维的空间中，也有阴阳四季之分么？也有天堂与地狱之分么？

　　她突然抱住他，在他的耳边说："你是天下最与众不同的人。……你到底和我妈妈有过爱吗？"

　　他这才清楚那阴影的本体。他想避开的不是阳光而是阴影。姑娘的耳廓与颈窝在他眼前，恍惚那一瞬间的苍白决绝又浮现起来，是隐在深处的，前面一层是白白亮亮的肌肤。多少年？二十年？三十年？似乎忘却的她，依然是那么清晰。和合之缘并没消失，只是在延续。都是如莲的白色，她是阴影般的，而姑娘是阳光的。

　　他领着姑娘在莲园转悠，像李寻常一样向她介绍莲池里的各种莲花，介绍佛经中对莲的描述。他还带她去看莲女的葡萄架，和她种的枣树。这枣树结出来的枣特大，他特地找莲女要了几颗给姑娘带着。莲园很独特的，小莲花长在碗里，称之碗莲；大枣子形如鸡蛋，称之蛋枣。曹秋白并不在意李寻常与莲女注视他们的眼光。道

雪夜静静

德有着流行性。这个时代,年长的男人与年轻的女人在一起,已属正常。

她随着他走,听着他讲,她的脸上被乡野的阳光照得明亮。她对不同色彩的莲花并无多少兴趣,蛋枣却让她惊奇了一刻。她真正感兴趣的还是他,对他的躲避感兴趣。然而,下午他习惯地躺下迷糊一会的时候,她就消失了。李寻常对曹秋白转说她留下的话:她还会再来的。

他叹了一口气,有如释重负的感觉。但他无法不正视他内心的欲望,一天又一天,一年又一年,这种欲望被他掩盖起来了,化作了事业、权力等形态。现今又被本体触发了。她并没有离开他,白皙而透明的阴影,白皙而透明的阳光。天堂与地狱皆在内心。

她是她的养女。他听说过,听她说过。她说的时候,拉起女儿的手,在他面前摇着。但他总觉得,她就是她亲生的,母女俩那么像,才几岁的女儿便宛如一个小小的她。不知是不是她的母亲让她来报复他。他已近老年,却还是被她点燃了,无可救药地燃烧着,带着耻辱地燃烧着。也许他躲到这里来,便是为了躲避她的诱惑。然而他清楚,其实她是清爽的,他自己的感觉却是污浊的。她那阴影般的感觉,只是他内心的折射。她并没有诱惑他,诱惑他的正是他的内心。

明知是诱惑,明知是沉沦,明知是虚幻,他把持不住,就想一下子往深里沉落。痛痛快快地沉下去。心是污浊的,他想像莲一样从污浊之中生出,升出污浊,开出花来。精神的升华便是向上的过程。但她出现了,他便沉沦了,无可奈何地沉下去了。她是他内心一片化影,合着长长的因缘,在他感觉上升的时候浮现,他就只能沉下去了,无可奈何地沉下去,以前所有的努力都化作乌有。

紫金文库

身体里的痛楚又开始萌动,仿佛也从弄不清的深处,浮起来,牵动着他。沉沉闷闷,无可着力,无处消逝。

人生与岁月相处久了,必然带来的积淀物,一层一层地深厚了?

他说:"过了河,不用再把舟扛在了肩上。"
和尚说:"有的可以舍弃,有的是无法舍弃的。"
他说:"我需要的是我眼下过河的那条舟。"
和尚说:"只要你想有,你会有的。"
他说:"你能给我怎样的舟?"
和尚说:"你如没有的,我也无法给你。"

他与和尚似乎各自说着各自的话。他疑惑那些话并非出自和尚的口,本就在他的心里。他也弄不清,他是否去见过和尚。怎么想起来去的?是谁伴他去的?路上有什么见闻?庙是怎样的建筑?和尚是什么模样?

疑惑的同时,他给自己解惑:他是一直想去的,几次都打定了主意。是李寻常伴他去的。一路上有山有水,有路边庙,有烧香的人。大雄宝殿的正面是释迦牟尼的像,佛像庄严,背面是观音像,菩萨像慈悲。和尚在后面方丈室里,光头穿着僧袍,伸手请他喝茶。

便又有新的疑惑:他去过一次,半路回了,回了如何又去?那一路似乎还是上一次留在意念中的情景。他曾去过不少寺庙,大雄宝殿的佛像都是前如来后观音。大和尚也都在方丈室里招待大香客,光着头穿着僧袍请人喝茶。

120

雪夜静静

于是还会有新的解惑。

他的心一直混混沌沌，积淀很久的混沌。他习惯地陷入在自疑自省的思维中，生出如真如幻的情景，真也如幻般地虚妄，幻也真般地确切。他分不清是真是幻，真幻都在他的意识中存在。连同那些曾经现实的，也变得虚幻，失去了真切感。有时他沉陷在欢愉的感觉中，哪怕永恒地往下沉去，而不再管那是真是幻。

那一次，在庙殿里，和尚让人起捐便是五十元。那么，他会捐吗？他想捐他的整个心。把心中杂乱的一切捐出去。舍得舍得，这些根本，和尚能懂么？

已无人可问，已无人可答。他已经到了这样的年龄，有过这样的人生经历。他已经无法相信外在的一切。内心里积淀得很厚很厚的，有一层相信便有一层疑惑，相信与疑惑都裹成了一片污浊的泥浆。使一切都混混沌沌的。他渴望让内心的一个芽能生出来，能呼吸到一点新的气息，如莲一般地绽开。

曹秋白恍惚自己又进入了幻觉。幻觉。他心里念着这个恼人的词。他在一片白云之上游动，云形如莲，四周是白亮白亮的一片，而身下是软绵软绵的一片，渐渐地云中透出了五彩的霞色，色彩越来越鲜明，越来越多重……他一下子清醒了，他正坐在席梦思大床上，面前窗外是灯火与黑暗相伴的城市夜景。幻觉总是在他独自一人的时候出现，悄无声息地出现。一开始，他还有着某种期待。幻觉比噩梦要好，在噩梦中，他会从高空坠落下来，在坠落中，他看到地面上他所主持建成的高楼成片成片地倒塌下来，他主持建成的马路裂开着。但他的理智让他清楚幻觉是不真实的，是他孤独而生的幻象，也许他深处的潜在中，有着浮于云上的欲望，清醒之时他自然认为那是一种病态，精神在病态中生着了变故，像癌一样是菜

121

花状的。

　　水边的气息很好，荷叶浮水，莲花点点。他在一片树荫下入水。下水前，他低头看了一眼自己半裸的身子，白净的肤色，光滑柔软，微微有着一点肚腩，看不出有年龄的变化。他颇为满意地按了按两胳膊，向上伸展了一下。

　　他喜欢水。智者爱水，他曾经以此来肯定自己。这一片水很好，他因了习惯，对河水进行过考察，属二类水。上层水清，下层污泥是自然肥，很适宜长莲。李寻常选择这一片土地种莲，有他独特的种植眼光。

　　岁月不止，天地不仁，人生皆是苦痛。自然本是自然的天，本是自然的地。就是人类变化了这个地方。但还是这自然。组成的新的自然依然有着自然内在的法则。就是爆炸与地震了，也只是自然的变化。

　　水色清清，水意清凉，刚下水时，皮肤依然有着一点细微的刺痛感，一直透进身体内部去。如果这也算是人生的痛苦，自然的肌体调节反应，无可避免。曹秋白很讨厌这种生理知识，有些知识真不该进入内心，内心便会多一点欣喜，多一点慈悲。

　　他手向前伸直，往后一划动，像一条鱼一般游行在水间。他就看到了一条红鲫鱼，艳红的红鲫鱼，似乎在追逐着水中的一个气泡，或者是阳光在水中变幻了的浮尘。他追逐着红鲫鱼在水中潜游着，只有憋不住时才浮上水面吸一口气。

　　在水里，他的思维也像过滤了，清清净净的，便是有思想流动，也变得很宽，跳出社会于天地中。岁月不止，天地不仁，人类是天地运行间的一个过程。

雪夜静静

红鲫鱼向前一蹿动，便钻进一片莲秆之间了。这是河里自然生成的莲，在水中看，莲秆显得粗壮，杆上附着细细的水泡，那是莲在水中的呼吸吧。曹秋白扭转一下身子，想绕开莲区，前面却是一片斑斑驳驳，明明暗暗，那是荷叶遮着了光。曹秋白看到好多条微小的鱼，还有细小的虫绕着莲秆游动。

那晚，李寻常拿来了一叠邮寄品。有信，有文件，还有印刷品包裹。他上班一次也收不到这么多东西。单位里的邮件都经过了秘书的手，滤掉了部分公共物品，而他私人的邮件并不多。不知这许多邮件的汇寄者怎么一下子都找到了他，有一封信还是他在主持建楼时面对过的拆迁户。他抬起眼来，面前的李寻常正盯看着他的脸色。也许他的脸是苍白的吧。他自己感觉脸上有点凉。不过，只是凉了一凉，到他这个年龄，世事的影响也就一瞬间吧。苦乐一瞬间，荣辱一瞬间。他把邮件丢到桌上，摊摊手对李寻常说：我只有离开这儿了。

他到这里来，希求的是宁静。现在他在这里的一切都不是秘密了，谁都能找到他。其实应付琐事本来就是他得心应手的，多少年中他应付过多少大大小小的琐事。高楼宽路也都是琐事。这许多的琐事和合起的因缘，成了一层层污浊的积淀物，堆在了他的内心。

他为什么到这里来，并非是躲避什么，而这里是他最后的家。他觉悟到了什么，想仰出水面，朝天笑一笑。

他划动的手碰到了滑腻腻的物体，他使劲地蹬一下腿，脚后有断裂的声息，也许是一根莲秆吧，水中顿现烟雾似的一片。

嘣的一声，鲜红的一片，从水的深处浮上来。有青莲在眼前绽开，映着红色的背景越发的洁白。瞬间白皙化作透明的白，清雅的白，如瓷的白，如雪的白。花上奔跑起无数的马，无数岁月的马在

红色的背景里飞奔,有着一种自然的天地之色,仿佛融着宇宙的大奥秘在内中。他需要思索一下那真实的意义,但他的心不让他有思维。盛满着大欢喜只管向前去,残剩的一片感觉,是无数舞动的马鬃在飘拂,马与红色背景融作一体,无数飞奔的红马在一朵莲花之上,莲花依然是光光亮亮的白,香香滑滑的白,满嘴噙甜,满耳含乐,他舞动得太过了吧,他整个的身子宛如化作了莲,身下如在千年的积淀物内,而身子直往上升,从水中升到空中去,在空中绽放开来,完完全全地绽放开来。水与空,内与外,都在清凉之间,圆融成一体了。

莲　盒

　　陈济中骑着一匹红鬃大马进莲园来。马见了莲池边的绿草，伸头要嚼，陈济中拉缰绳，拉不住，马仰头长嘶一声。莲女赶紧过来，拦在马头前，又往后退着，怕被马蹄踩了，不住地说："怎么弄一匹马进来了？"

　　陈济中使劲往上拉缰绳，说："这马见了莲花也发情，就不听人的。"

　　李寻常从楼里出来。他穿着一件文化衫，衫上黑白线条画着一条象形的龙。他笑嘻嘻的，伸手接过缰绳，嘴里说着："有朋友马上来，不亦乐乎。"

　　"马上来就是还没来。"陈济中下马来，马身高，一只脚下了地，还有一只脚还卡在蹬子里，险些歪倒了。李寻常拉住了马，马已经安静了。

　　李寻常说："那你不是马上来，是车上来，驴上来？"

陈济中看着马说:"入鬼呢,它怎么就听你的了?"

李寻常说:"我在农村时养过几年牛,牲口一个气味,从此它们都听我的。"

李寻常把马牵到园里角,拴在一棵玉兰树下,让莲女割一些嫩草来喂它。那马头一仰一仰的,像是不服地仰着高傲的头。

树上大片大片青青的叶,无花。

陈济中是个艺术评论家,虽然发表的评论文章不多,对艺术作品的批评很是尖锐。他批评过的都是走红的画家与书法家。现在的评论文章多属"捧"的,其间牵着艺术家与评论家的关系,这种关系是多层面的。捧的文章多了,也就被湮没了。批评的文章却是"物稀而贵",于是陈济中在艺术界颇有名气。当然,他也写过"捧"的文章,说哪一位艺术家作品好,便说十个走红艺术家都不如他一个,不过被捧的艺术家也并没有红起来。时尚的还是时尚,人们有着时尚的需要,陈济中也没有办法。到莲园来的艺术家,遇上了陈济中,都是很客气的,陈济中讲话的时候,他们都笑看着他。

李寻常喜欢文化人,莲园里不时会有文化人光临。有画画的,有写书法的,也有作家。莲园间临水的长亭壁上都挂着字画。李寻常有间客厅里,一面墙都是涂鸦,是一个画家喝醉了,拿着毛笔狂写狂画的,该画家酒醒以后,对着墙说:这是他这一生中写得最好的字,也是画得最好的画。平时该画家自称作品是有价码的,收了几千元也只给画上一二尺见方的画。以后该画家来时,都会来看看这面墙,同来的艺术家便对李寻常说:那日招待该画家的酒是仙酒,一面墙的字画呀,该值多少钱啊。只是有一次陈济中见了墙说:白粉一桶,早刷早干净。

雪夜静静

李寻常喜欢和陈济中聊天，偶尔还会斗斗嘴。李寻常小时候的志向就是艺术家，他理解艺术家都是很狂的，就是当面夸别人，心里的镜子却另有图像。到莲园来的艺术家，会给李寻常留下一些墨宝，他都存着。他把这些字画拿给陈济中看，陈济中挥手说：烧掉烧掉都烧掉。李寻常说：这些字画可是值钱的呀。陈济中就说：那你赶快把它们变了钱，这些字画的主人，本来就是与钱连气的。

到李寻常莲园来的文化人，有说个不停的，也有少言寡语的，各有性格，各有癖好，却又都是别人看不上的，比如有喜欢下棋的，但棋下得很臭；有喜欢玩电子游戏的，但玩的是"连连看"之类智力很浅的游戏。

当然，他们都说是因莲而来，这也是李寻常相交他们的缘由。

这一天，莲园来了好几个文化人。九月初时，天气还热，莲花开到尾声了，满池多是谢了花的莲秆，撑着莲蓬，还能欣赏到一些开到最后的莲花。

来者都说应该在莲园搞一个文艺沙龙。李寻常也有这样的打算，但是没有做或可能做不成的事，他都不应。他喜欢听他们海阔天空地漫谈，他们也听他谈莲花，一旦他谈起莲花来，头头是道，他们形容有口吐莲花之感。

一旦莲园有文化人聚会，少不了莲园常客俞青峰。说不清俞青峰是干什么的，见了画家自称作家，见了作家自称画家，也能题一句诗，也能画几杆竹，他大约六十岁左右，总说睹莲添寿。前楼的接待室在二楼，俞青峰进门就说："下面有一匹马，莲园里养了马？"

有人告诉他："是陈济中骑来的。"

俞青峰对陈济中说："你又不养马？哪来的马？"

陈济中倚在沙发上，用夹着烟的手指点点说："是一个养马的朋友借的。"

俞青峰说："那还不如租马，租一匹马不用多少钱吧。"

陈济中说："你只懂钱，哪懂交情。"

俞青峰脸色变了一变，又笑着说："什么交情，面子而已，中国人没有经济头脑，只讲关系，其实关系要花许多的心思去结交，还欠了人情。"

陈济中说："这种论调乃崇洋不化，以为时尚得很，骨子里还是有钱可无情。其实外国人有钱多做慈善，中国人有钱，只讲排场。"

李寻常笑看着两个文化人斗嘴。这时，从门外走进一个偏高偏瘦的人来，就在门口的椅子上坐下，把提着的包放在椅子边，他看上去不像文化人，却也不像来谈生意的人。

遇上客人，李寻常少不了要前去握手。那人并不伸出手来，只是眼光过来触碰一下，眼光中有着一种沉静得让人沉下去的感觉，一瞬间，李寻常心像浸在水里一样，恍如水中的莲花浮了一浮。

陈济中站起身，隔着长桌对李寻常说："我来向你介绍一位真正的艺术家，我不是说这里没有艺术家，但真正的艺术家，我一直认为是贴近人生的，又是真正具有艺术性的。他就是一个。……梁永初。"

梁永初？在座的谁都不知道这个名字。李寻常与文化人接触多了，画界书界等，大大小小的艺术家，很多人没机会结交，但名字都听过。看他形象也不像杂技与摄影界的，也许是工艺界的吧，比如从事泥塑工艺与紫砂工艺的，李寻常也有所耳闻。要说陈济中捧

雪夜静静

一个新人,把这个新人吹到齐白石之上都有可能的,但眼前这位梁永初早已不年轻了。

俞青峰开口问话:"请问你从事哪方面艺术?"

无非是一句话,你是创作什么的,能不能拿出来看一看,不怕不识货,就怕货比货,许多的作品似乎都是浮着的,但创作的人都心里有个底,高下总有底的。

大家的眼光移向梁永初带来一个包上,那里面也许有什么作品,会拿出来给大家鉴赏。但见梁永初的手动了一动,又停下了。他的手指粗粗的,与他的身型不怎么相配。

陈济中在静静中应了一句:"骨灰盒。"

一时沉默。大家似乎有听到玩笑话的神情,但看着梁永初的沉静,又都凝住了笑意。

陈济中开始介绍梁永初:有一次他去参加一个远亲的葬礼,追悼会后,他陪着远亲的家人等火化过程结束,那个远亲的妻子一直在哭,旁边有人跟着啜泣。一旦听说骨灰盒出来了,更是哭声大起。就见梁永初双手伸托着骨灰盒,那骨灰盒的四面图案,仿佛是一组死者活动着的情景,喜怒哀乐,悲欢离合,所有的都组成了一个感觉,是那种说不清道不明的感觉,一时,谁都停下了哭。

陈济中只感觉他的远亲似乎在那个盒上复活了,似乎在一种他熟悉的梦境中存在着。多少日子过去了,他记不清那具体的图案了,但一种感觉还很清晰。那是一种艺术的感觉,他在其他艺术品中很难感觉到的艺术感觉。他认定了这个骨灰盒的创作者,是一个真正的艺术家。

欣赏梁永初作品的,会介绍给有需要的亲戚朋友。需在死者火化前几天找到梁永初订购。这几天中,梁永初有许多工作要做,去

看遗像并进行采访，完成资料的搜集，再进行创作。从遗体进殡仪馆到追悼会后火化，最多也只有一周。梁永初似乎没有休息的时间，一直在他的想象中工作。火化之后死者入土为安，骨灰盒很快会进入坟墓里，密封起来，再也不见天日，而他的作品给死者的亲友们一种特别的感觉，便是那里面，并非完全是冰冷与黑暗的感觉。

陈济中说到，他过去一直认为艺术是长久供人欣赏的，并且是超越时空的，也就是说换了一个时间换了一个空间，同样会给人以艺术感染力。那么，梁永初的作品算不算艺术品，当然应该算，虽然这种作品只给人以很短的欣赏时间，但给人对死者的记忆，却是长久地留在了人们的内心中。这就是真正的艺术，独特的艺术。

陈济中曾想知道梁永初过去是怎样学会雕刻的，他为什么不去雕刻其他的物品，凭他的功力绝对是可以赚大钱的。他找到梁永初，但他看不到梁永初创作的初稿，也看不到他过去的作品，因为梁永初制作的骨灰盒都是应约而作，一次雕刻一个，没有多余的，他也根本没有想到要雕刻其他的东西。但他的过去肯定有过长长的技艺上的磨炼，什么时候达到了真正艺术的表现，谁也不知道，因为他的作品都到了地下。艺术品要感动人，肯定有着创作者的灵感，这种灵感梁永初是如何掌握的，怎么样才能掌握的？陈济中在梁永初那里，无法得到答案，也是他陈济中今后要思考的。骨灰盒上的那些图案，究竟有什么特别的地方？也许正是梁永初对着死者遗体时，那灵感才会产生与飞翔，而产生出的人物形象与图案表现才具有那样的震撼力。

大家听着陈济中对梁永初介绍，一时忘了梁永初本人。待再看时，门口的椅子上空了，不知梁永初什么时候像来时一样静静地走

了,也不知去了哪儿了。过了一会儿,他们开始讨论起有关艺术的定义,讨论得十分热烈。

李寻常在莲池边找到了梁永初。梁永初正低头看着池里的一朵白莲花,看着那么入神。这是一棵李寻常移植的莲花,原来是美洲黄莲,浅黄色彩,通过李寻常的远缘杂交成了纯白色。已经到了莲花最后的花期,不是赏莲花的最好季节了,很多花都败了,池里只有几朵莲花。梁永初盯着看的这朵莲花,已经是第四开,莲花有三开三合,到第四开,开透了再也不会收拢。最后一开的莲花多少显着无力,花瓣向水面下垂,李寻常知道它会慢慢地脱落,随水漂去,显出莲秆上光光的莲蓬。李寻常觉得梁永初与这朵花在交流着,莲花瓣边上微微地扬起来,仿佛还想努力地收拢,于是带着了一点颤动,花颤动的美态,只有在似有似无的风中,才会呈现。

这种现象李寻常相对花时也有过,李寻常还以为是他独特的感受呢。

李寻常走近的时候,梁永初移眼看他。梁永初看人的眼光有一种深深的感觉,仿佛透视到对方的内在。

"你喜欢莲花?"

"是。"

"莲花美,美在水的天地里,根在污泥中,但花却怕脏,只要碰上一点点脏物,花就谢了。"

"莲花安静。"

梁永初应得简单。他似乎不是个能与人交谈的人。但通过简单的对话,李寻常多少了解了他的人生:他几十年一直在殡仪馆工作,曾经喜欢过画,但没有进行过什么艺术学习。他也并不觉得自

己是什么艺术创造。他只是做出盒子来给请他做盒子的人。他并不在意价钱,有人给他高价他也收。刚才陈济中介绍过:许多的人只需要那种统一式的盒子,觉得放放骨灰并且立刻埋进了墓里。也许只有那些有钱人,才有特殊的需要,他们在墓地上一花就是十来万呢。现在有钱人多了,他才得以介绍与流传。然而梁永初的盒子并没有固定的价格,有的人家经济并不宽裕,也会来找梁永初,只拿机制的盒子价格作比较,梁永初也不计较。

李寻常带梁永初去看他培植的莲花新品种,告诉梁永初现在不是莲花的季节。不过梁永初没有这样的感觉,也许这个季节正有他需要看的情景吧。

莲池边拴着陈济中骑来的马,李寻常就手抓了一把绿草丢给它。马往后退着,它的眼中仿佛只有梁永初。李寻常觉得是自己的感觉出了问题,马怎么可能会害怕呢?是因为梁永初身上的气息吗?牲口有这样感受气味的能力?还是因为梁永初的眼光?梁永初确实深深地看了一眼马,那正是艺术家特有的眼光,仿佛能透视到马的骨骼里。

李寻常对梁永初说到,他有个朋友是修行的,一直是修枯骨观。李寻常劝这个朋友看美,这个朋友坚持说要看枯,他们经常辩论。李寻常对这个朋友说,就是修行还是修莲花,何必去修枯骨?佛家讲因果,看花看美,循因果将去花美之地,而看枯骨,循因果会去哪里?但这个朋友说美也是空的,一切空。这个朋友最后还是到莲园来了,他得了病,生命只有两年的时间。这个朋友说在医院看多了枯骨类的丑东西。他还是要逃开来,他要看一看美。

李寻常从没对任何人说过这位朋友,但对梁永初却说出来,觉得很正常。梁永成说:到时候来找我吧。李寻常知道梁永初说找他

是什么意思,只是听来总有点别扭。李寻常告诉梁永成,这个朋友最后突然离开了,谁都不知道他去了哪儿。这个朋友来莲园,是有着一种告别的心态,也带着一种人生的悲哀。

他们不再说什么,只是看着花池。满池看过去,只有几朵花开着,相比花盛期时,一朵朵莲花比肩而开的模样,眼下有着一种荒凉之感。许多的枯秆立着,黄色的,黄红色的,褚黄色的,枯黄色的……原来李寻常似乎没有这么多的感受。

夏过秋来,秋过冬来,接着又是隔年的春天了,这一年早春时节倒春寒,天冷得让人内里发寒。李寻常穿着连靴的皮裤下莲池去取莲种。盆栽的还简单,只需把盆挖翻过来,种藕就在盆底下。直接生在池里的,须小心地挖动,还要凭着在泥里准确定位种藕的位置。原先找过人来挖,都有把种藕挖断的情况,让李寻常很心疼。李寻常送人花不心疼,只要来人说喜欢花,他都会送上一盆。现在他多的就是莲花。但他对莲种很疼惜,因为它们都在深泥里,还没有出来就被挖断了,太让他疼惜了。莲其实就是"连",根是连着的,观赏莲的莲藕是一个个小小的微型的藕,连着一串好几个,每个种藕长出了泥,便是一株莲。

踩着黑色的泥,把种藕从泥里挖出来,李寻常知道从什么地方一锹下去不会损到种藕的一丝一毫,特别要保护藕尖上的藕芽,要是那个断了,就无法长出茎秆无法长出莲花了,那是莲生命的根本,而藕段只是提供养料的。出泥出水的小小的藕段洗净了,显出白玉般的身子,嫩生生的藕段怎么会在那般泥污里生活下来的?

脚在上层还结着冰的黑泥中,隔着皮靴还感有寒意。李寻常不喜欢冷,喜欢热。莲花都在大热天里开,他顶着烈日光着脚,光着上身，晒得黑黑的，心里单纯的快乐。眼下抬起头来，看着满园的枯色，他有着莫名的复杂感觉。这是他生活的地方，他的莲园，他在这里工作与歇息，让他觉得实在。但有时走在莲园，他有点恍惚。这里是属于他的，但是，这里只是暂时属于他的。莲园的地是他租的，三十年，当时付钱十万，已经把他所有的积蓄都花完了，后来扩大莲种的规模还是借钱来进行的。三十年似乎很长，但一年接着一年，已经一半的时间过去了。现在他的莲园发展了，人家认为租金太便宜他了，有人看着眼红，会选个由头来借一些，他还时不时地会给村上一些好处，用于修路修桥。他本来是农村的人，很清楚这里面的出进，将来莲园还会不会在此处生存下去？会不会改个地方？反正，他脚下也是虚的，有时为建一处房一处亭，那虚的临时感就明显了。再有十多年，他是不是有精力再来搞这个？而他的儿子在国内本来学园艺的，但出国后自己改了一个专业，似乎回国也不会再干这个了。莲女说儿子是跟着不着调的父亲学的。

人生一般不会想到别的，只顾着眼前的生活，有时静下来想一想，就会生出来很多的想法。这些想法有意思么？

接下去的工作，就是把收上来的种藕一个个分割，分割开来种藕像断了似的，分割处有着褐色的小孔显露着。在水里泥里，小孔连通着营养。把一个个小种藕放进瓦楞纸盒中，准备寄往国外。寄莲的盒不用木质的，怕木料里含有病虫的虫卵。看着瓦楞纸盒，李寻常突然想到了梁永初。

李寻常给陈济中打电话，看看如何见梁永初。陈济中说他还在床上躺上呢。那次骑马回头时，在街道上，马被一辆车惊了，把他掀翻在水泥路上，身上有好几处骨折，幸好没有伤着内在，要不也许就去见梁永初了。

雪夜静静

李寻常放下电话，心里怀有歉意，陈济中是骑马到莲园来才受的伤嘛。刚才他问陈济中这事怎么早没告诉他。陈济中说告诉你有用吗？也许陈济中就是不让他感受什么。人说伤筋动骨一百天，离九月里的莲园聚会有五个多月了，陈济中还在床上躺着，可见这一摔还是很严重的。当然，这确实与他没什么关系。人生旦夕祸福，谁也说不准的。

李寻常更想见一见梁永初，按陈济中给的电话号码，李寻常给梁永初打电话，电话通了，那头只是一片沉静，带着一点凉意的沉静。李寻常大声地对着话筒说话，他说到那次的莲园见面，说到陈济中，说到陈济中介绍他的艺术品，说到陈济中从马上摔了。李寻常第一次感觉自己说话那么吃力，一点逻辑都没有。而那头还是没有一点声息，让他怀疑对方是不是在听，电话是不是还通着。

李寻常大声地对着话筒说："你……在吗？我想去看你和你的……盒子。"

有这么一会儿，那头还是没有声息，李寻常喂了几声，才听到梁永初的声音："人什么时候来的？"

"没有人来……我来……"李寻常赶紧地说着，他悟到梁永初说的人，便是遗体，遗体还是人么？李寻常又意识到自己的语病，把"我"与"人"隔开了。对方又没声息了，也许是认为，还没有"人"来，并无需要又为什么打这么一个电话？李寻常突然笑了，于是，他安静下来，与梁永初说起了莲园，说起了莲池，说起了莲花。

李寻常不知梁永初是不是已经忘了他，他去看梁永初，是想看梁永初的盒子的，梁永初的盒子都是要看过"人"的遗像做的，没有"人"来，梁永初又会拿出什么样的盒子给他看呢？他与那正做

着盒子的"人"并无瓜葛，又能感觉到什么呢？是单纯的艺术欣赏吗？他真正懂艺术吗？李寻常觉得自己现在总会做一点莫名的事，恰如莲女说他不入调。

"莲花真艺术。"梁永初说了这么一句。

给梁永初打过电话后，李寻常总想着梁永初的这句话，他自小爱艺术，几十年的人生，他清楚自己不可能是一个艺术家了，但一直坚持着爱好艺术，希望欣赏艺术品，对人生缺憾补充，仔细想想，所有的艺术品都不会达到一朵朵真切的莲花的美，过去他在贫困中选择了种莲花，只是为了卖钱图温饱，后来，他发展了莲园，开始进行移植与接种，花的色彩，花的品种，花的结构，花的一切，都融入了他的心里，他培育出许多新的莲花品种来，这也是在进行艺术创作吗？不不，莲花是自然的产物，他只是顺应自然而培育。艺术只是人的创造，如大自然的创造也是艺术，那人怎么能比呢。

李寻常回到工作间去，看到堆着的一个个瓦楞纸盒，他突然觉得盒子太难看了。他的莲花交易，一直讲究实效有用，不实在的都不花费，不愿多费成本。多少年他都这样给买莲花者寄盒子去。

李寻常跑到隔壁办公室，打开了电脑上的画画程序，画了又画，改了又改，这是他第一次进行艺术创作。他花了好几天的时间，到再迟就要耽搁下莲种时节了，才把一张图案拿了出来，只是一张莲花图案，根本不能算艺术品。这张莲花图上的莲花色彩可以变化，有红色的莲，有黄色的莲，有白色的莲，有杂色的莲，他很想画出蓝色的莲，但他一直没能培植出蓝色的莲花来。他把一张张扫描了的莲图，贴到莲盒上去。将开红莲的种藕盒外贴红莲图案，将开白莲的种藕盒外贴白莲图案，当然会有变异的，这种变异对于

他来说，是喜出望外的。但对于有特种色彩需要的买方来说，他给了一个不合格的莲种。

工作间里堆着了贴了莲画的盒子，李寻常一眼看去，有着很奇异的感觉。不免又想到了梁永初的盒子，梁永初盒子里的，是属于过去的，伴着了永恒的沉寂；而他盒子里的，将会伸展出鲜活的极美好的生命色彩来。

李寻常骑着一匹马，在一条宽敞的路上奔跑，马一直在跑着，待他适应了马的奔跑，发现身下的路洁净又给人以柔软的感觉。仔细看时，路居然是蓝色的，同时他看清了，他和马是在一朵莲花瓣上奔跑。花瓣被风吹拂起来，扬成了一个弯曲的九十度的直角。马依然自由自在地跑着，跑过弯曲处，便往上跑，一直一直地往上跑……

抓　鼠

我决心要抓住它，非抓住它不可。

我住进这座房子不久。这座四角有砖洞的旧房子。第一次进这房子，我就感觉到，我是注定要住进来的。我的祖先留下这座房子，就是留着给我住进来的。

所以居然它还没倒。山墙齐腰处向外拱出去，如直立的瓶；椽与椽之间又往里拱进来，如躺着的瓶；脊檩默默地横在上头，如未经开发的炭；灰穗从芦笆的缝隙张灯结彩地挂下来，如扯成絮条的炭。后壁上横竖砌了十字状的砖，算是窗。窗洞里塞着一个个草结挡风。杂草并不管这里有没有光，从墙根边沿的泥灰剥落处，伸进细细长长的身子，舒舒服服地吮吸墙缝里的潮气和养分。

好在有围起四壁的两截空间，便尽可以让我砌灶，搁床，放桌椅了。

雪夜静静

既然注定要在这里生活，我就在这里生活下去。

于是就努力忘却城市，忘却生养了我的城市；于是就努力忘却隔着板壁的楼屋，忘却有着父亲的烟味、母亲的咳嗽声的窄窄楼屋；忘却一串串红绿灯下，人群挤攘的热闹大街；忘却七拐八弯没有亮光的沉睡小巷，应着"咔咔"回音的脚步声在砖地小巷里流开去……去了，那梦一般的童年和谜一般的少年。

紧接着它出现了，这只鼠儿！起先是偷偷地、悄悄地、痛痛快快地把几串很规则、很优美、如细花瓣一般的土脚印留在我散开的被单上、留在我空搁着的饭碗里。那时我并没有理会它，根本没有余力去意识它的存在。

后来，我注意它了。在我赤着的脚板长出了厚厚老茧，能走过晒得发烫的硬土埂；在我裸着的肩头生出了硬硬的肌肉块，能负起比我体重要多两倍的担子；在我光着的脊背肌肤铺满灰白色圆泡的过程后，重新平整变成紫红色；在我把那种昏昏乏乏的感觉从膝盖、腰、头以及一切部位赶出了体外，并生出男子汉的粗野和情欲之后，我自然就注意它了。

也许因为注意了它，我开始了失眠的历史，教我要重新做一遍忘却的努力。那城市，城市的楼屋，城市的灯火大街，城市的砖地小巷，……又来搅扰我的神思，我的梦。

有许多日子我躺倒在床上，正尽力让腿脚和臂背的酸胀感升到头脑中来，以进入迷迷茫茫、缥缥缈缈的境地，这时就能听到那种单调的、耐心的、窸窸窣窣的动静。而只要我一动身子，声音就消失了，我美好的朦胧感也消失了。我只有睁开眼，望着映了一点月色又昏暗的房间，眼前是一片橡檩组成的凝固不动的模糊几何图形。

终于我有幸看到了它,在并没有想看到它的时候。那个晚上,我坐在床上看书,偶尔抬起头来,突然我就和它四目相对了。身边柜上的煤油灯光摇曳着,在对面的一壁映着我巨型的头影,膝盖上拱起的被影,就在这些高高低低的影子上面,在山墙的梁沿,它扭着尖尖的脸朝着我,半明的身子在外,半暗的身子在里,两只眼映着绿幽幽的光。我没有见过鬼火,我却能肯定它的眼光就是鬼火。

一瞬间,似乎又是很长时间,我头脑中没有任何思想,我只是看着它,它也是那么静静看着我。它的身躯足足有一尺多长,细长的尾巴打成圈环过来,斜亸拉在并不很高的横梁上,闪着鬼火般的眼光。

有一串想法猛一下涌进我的脑中:突然跳起来用书去敲它,弯腰拾鞋去砸它,或者……我感受着心的紧张。

同样是一个瞬间,仿佛这两个瞬间是断裂的,需要有一种吃力的思绪联系。它动身起来,几乎没看清它是怎么动身的。它仿佛意识到我那一瞬间对它来说是邪恶的意识。它轻盈地并不慌张地走到屋角的砖洞里去了。并在走动时用那闪着鬼火般光亮的眼,带点嘲讽望着我。

很快,它就以它的邪恶意识来报复我,并付诸行动。

于是,我不仅发现了它脚爪的印迹,还发现了它牙齿的印迹。它咬破了抽屉里的书,咬破了床底下的鞋,咬破了柜子里的衣。

同时它也咬破了我的孤独,咬破了我幻想的世界。

接下去,它那嘎巴嘎巴咬破着什么的声音总响在我的耳边。

我真怕它有一个晚上会咬破我的耳朵。

或许我的惧怕意识已被它意识,有一个深夜,它就用它深重的

雪夜静静

脚步从我的被上飞奔过去,我那被白天的口号和标语弄紧张了的神经,狠狠地被刺激了一下,我捂着耳朵跳起来。

并且,有那么一个白天,虽然天阴阴地下着毛毛雨,但毕竟还是白天。这个夜的幽灵居然堂而皇之地出现了,在我外屋膳食的土灶上。那里有一束我采来的蓝色小花,我把花临时插在一只长玻璃油瓶里。那花水嫩嫩的,多少给我那被灶烟熏乌了的屋里添了一点亮色。我正在没有门的里屋,坐在凳上缝破裤子,就在我抬起眼来时,像上次那样,我看到了它。它不知什么时候已凑到了瓶边,对着瓶子像是要抬起两只前爪去采那些蓝色的花。顿时我的心紧张起来,脑中条件反射般地腾起一串意识,这意识即被它意识了。它扭过身子来,它的肥胖臀部贴靠着瓶,背圆圆地拱着,又用那绿幽幽的眼对着我。

立刻我想到要有行动,果断的行动。在想到行动的同时,我想到了瓶中的花,那一点鲜亮的色彩。就在犹豫之间,我没看清它是如何行动起来。那只花瓶像翻筋斗似的趴下去,痛苦地在灶边翻动两下,于是有一声撕裂什么的声音,瓶落到灶脚下,自中间裂开了。残剩在瓶底的几滴菜油飞溅开来。它却毫不吃惊地横着身子窜了几步,尖尖的爪子毫不落空地从那柔得发软的花片上踩过去,如踩着海绵似的轻松地窜着,一直到在灶洞口消失前,都毫不在乎地朝我闪着鬼火般的眼光。

我决心抓住它,非抓住它不可!

在外面,我无法对抗队长的吆喝,我无法多挣几个口粮工分,难道在家里,我还得忍受它的横行?!

人一旦有了目标,也就有了欲望;一旦有了欲望,也就有了

精神寄托和力量。我立刻想到了许多抓住它的办法，我想到了在城市的楼屋里，父亲用夹子用陷阱来治鼠儿的一些旧事，还想到童年时，小舅用手捏住一只鼠儿，尽管那只鼠儿的牙齿把他的手指咬出了血，他还是跑出门去，把它摔死在斜方块花岗石铺成的旧街路上……想到这些，我心中便有一种带着血的痛楚的快感。

我去借了一只竹匾，一头靠在地上，一头用系着引线的细木杆撑着，为了给它准备诱饵，我翻遍了家里的罐头和瓮头。终于我选定从城里带来的一直没舍得吃的一块饼干。在扣上引线时，我掰开一半，先放进自己的嘴里。我想它肯定也会被这美妙的甜奶味所吸引。同时想到它将像囚徒一般压在匾下，将被拔去尖牙，用线束着颈，像只实验室里的米老鼠在方笼里窜来窜去，将用那双绿幽幽的眼乞求地望着我……我兴奋起来，自我住进这座房子来后没这样兴奋过。

我开始等着夜晚，等着自己上床，等着熄灯，等着那单调的窸窸窣窣的动静。等得很累很累，等得头昏脑涨，可是它却始终没有动静。我失望了，它一定是意识到了什么。我曾听父亲说过鼠儿会掐算，那时我根本不相信，现在我不再怀疑它能意识了，而且是意识着我的意识。

第二天起床，我第一眼就看到那匾依然原样地搁在地上。但等我失望地提起匾来的时候，我却发现引线上扣着的那半块饼干不见了，那只空线圈扣无精打采地倒在一边。

我的半块饼干哪！

我让竹匾继续扣在那里，引线上扣了我剥下的一块山芋皮。我吃山芋，它吃山芋皮，就是让它白吃了也不可惜。

然而，第三天早晨，我发现那块山芋皮依然扣在线上，而它却

雪夜静静

抗议不公平似的，在匾靠地的边圈上，狠狠地咬断了三根篾条。

竹匾可是我借的呀。

我决心不惜一切要抓住它。

我开始变换工具，我用搪瓷盆来替代竹匾。让它的尖牙和搪瓷比一比硬度吧。我狠狠心在引线上扣了一小块硬糖。盆的边沿滑得很，小木杆撑着盆沿，手一丢，盆便滑下来，就这样撑上去滑下来，滑下来再撑上去。耗上它！别的没有，我有的就是时间。我在做陷阱时尽力不去意识什么，我只想着队里仓库墙上的四个红漆字："人定胜天"，我是人，终于，我把小木杆稳稳地撑住了盆。

再在床上睁开眼时，我几乎不敢相信自己是醒了。盆已扣压下来，严严密密地扣在地上。我在床上坐了一会，静静地望着朝天的盆底，我心里开始欢喜，又杂着怀疑。终于我下了床，我把盆扣紧在地下晃转了几下，里面一点动静也没有。最后我还是相信希望，我取来一只布袋，贴着地把盆装进袋里。我抓紧袋口把布袋捏遍了，我只捏到里面那小块做诱饵的糖块。我把手垂下来的时候，不由自主地朝四边看了看。也许，它正在哪个砖墙洞口，用那绿幽幽的眼望着我，那眼光肯定是嘲讽式的。它会的，一定会这样的。

斜对屋的堂嫂有一只猫。

一只黑白毛相杂的花猫。一只白毛染了点黑、黑毛染了点白的花猫。

我总是看见猫在堂嫂家灶台上趴着，四只爪子团在一起，尾巴环过来，靠在下巴下，两只圆眼悠闲自在地注视着门口屋檐垂下的麦草，长胡子一动不动地横着。

堂嫂经常会和我说到猫。她家经常断炊，她便常挽着一只米箩

到各家去借米,也到我这儿来借几次,因为没还,后来不开口借米了,便有时向我讨一点猫饭,有时向我讨一点猫菜。有时看我吃着从城里带来的糖块和饼干,也讨一点去,说是可怜的猫没吃的了。

我愤愤地责骂自己:怎么竟会忘记捕鼠儿乃是猫的天职,我又何必越俎代庖。

于是征得堂嫂同意,到天黑把猫抱来,心想今晚它可开荤饱肚了。

花猫前前后后地打量了我炭瓶式的小屋,便腆着大肚皮,跑回它自己的家了。我又去抱了来,关了门不让它跑。它蹲在那里咪咪地叫着。我不管它,自上床睡了。

这一夜,我没听到习惯的窸窣声,却听了一夜的咪咪声。

早上门一开,猫就跑了。堂嫂告诉我,应该常在家为猫准备些吃的,猫儿就喜欢待下了。

于是,猫儿常在白天大摇大摆地来我这儿吃点什么,鼠儿依然在夜晚出来消消停停地咬破些什么。

还须我自己想办法。我要想出办法来抓住它。

我有一张碗桌,一张方碗桌。这是我生活的那块土地上旧时常见的家具。相当于平常桌子那么高,有那么一个方桌面,桌面下是一根根两分宽的竹条串起的一层碗柜,两扇见方的门。桌上吃饭,桌下搁碗,方便之极。

这也算是我祖先留下的。尽管竹条间嵌入了一层层炭色,却没有断条;尽管竹门有些歪歪扭扭,关上了依然抿缝。足见旧时篾匠之精巧和伟大。

我刚在房里住下,就曾赞颂过它,并且越来越感到它的可贵。

雪夜静静

因为我一日三次的饥饿感觉都在它上下空间的运动中消逝的。

可是鼠儿竟然也光顾了我视为神圣的宝柜,它乘我一时疏忽没有关好竹柜门,竟毫不客气地钻了进去,并且毫不知节俭地把我的小半碗红烧肉,在每一块上几乎都咬上了缺口。

足见它是咬一块丢一块,何等之糟蹋!竟不知我时常三月不知肉味。

我忍着心疼把剩下的肉都作牺牲。我把碗柜门略略敞了个口,就像又犯了一次我前日疏忽的错误。我在竹柜门的鼻眼上扣了一根细绳,打了结,另一头穿过门鼻眼一直拖到我的床边去。

一切安排停当,我就灭灯上床守绳待鼠。把所有的感觉都安静下来,唯有听觉在碗桌的上下空间游荡。

半夜里,我迷迷糊糊听到动静,神经的弦动了一下,便下意识一拉绳,竹门在远处吱嘎嘎地叫着,把我完全叫醒了。我一纵身跳起来,赤脚蹦到碗桌边。我把一根绳都缠在门鼻上,还怕不紧,又在桌腿上缠了一道。

我点燃了煤油灯,伏在桌上极力从桌面的隙缝里去寻找它。里面黑洞洞的,只有朦胧的芝麻点般的光。我东照西照,照了半天。最后我总算聪明起来,我把灯放在桌下,这样一来,我终于找到了它。它半立身子双爪扒在桌柜一边,像斜着的一只黑色药水瓶,它那绿幽幽的眼朝着上面仿佛透过桌面朝我望着,一眨不眨地,似乎在意识着我的意识。

等着吧,我要扎死你,我要烧死你,我要吊死你……我尽力地意识那最为残酷的处决方案。并用这意识的十分满足的快感去虐待它的意识,来刺激我兴奋着的心,来补偿我多少日子中烦恼的情绪,来慰藉我生活中的孤独和痛苦。

我坐下来,开始思索处置它的具体办法。我要尽快消灭它,只要想到它绿幽幽的眼光。我的胜利感就变得不踏实。我生怕到第二天醒来的时候,它已经从碗柜里消失了。虽然这几乎是不可能的,但我总丢不开这样的感觉。

我突然又想到了那只猫,那只黑白毛杂色的猫。它吃了我多少饭菜,也该为我办件事了。我便去把猫抱了来。它已经熟悉了我,在我手中文文静静地伏着。我把它对准碗桌门,猛搯它一下肚皮,让它叫了两声,同时我迅速开了门把它推进去,又迅速关上了门。

总算大功告成。

碗柜里的碗摇晃了两下。我很想看到结果。我重新把煤油灯放到桌下,光焰朝上照着,我从桌面的缝隙往下看,没找到鼠儿,猫儿则在门的一角盘着,雍容大度地朝上望着。一时我有点奇怪:怎么猫儿没有大咬大嚼?莫非鼠儿已在它的爪下?莫非猫戏老鼠,它慢慢地消受它?莫非灯火亮着,猫儿不习惯去食用?

我灭了灯,躺回到床上,我觉得我应该睡了。让它们去吧,猫和鼠在不足一立方米的空间关在一起,结果是显明的。

还没到我完全睡去时,碗柜里一阵阵尖尖的咬噬声闹了我,我静心听了一会,本不想理会,不过那声音刺激着我的听觉。我想一定是猫把鼠解决了,在碗柜里待得不耐烦,在用爪子在抓竹条。我只好又点上灯到桌边去,我怕猫儿一个夜里会把我唯一的宝柜扒毁了。

我再一次从桌缝里看了看柜里。我发现猫儿还待在它原来蹲的老地方,依然显得温文尔雅。一时我的思维有点麻木。这时我看到几只摞着的碗中,有着几条大小不等的黑块,莫非猫儿吃鼠还吐毛骨么?

146

雪夜静静

几次上床下床，几次入眠出眠，我的思绪像打了一个结。我想不起来再去想什么，心中只有一个念头：猫儿总算完成了它的天职。

我促着我要朝里看个明白，却自己也弄不清为什么只细细地开了一条门缝，慢慢开大这么一点，眼呆呆朝里望……

突然，鼠蹿了出来，一下子出现在我眼前，给我一个只有它头朝下飞快蹿出的印象。那一瞬间，我关门，我用脚踹，我一下子做了几个动作，我相信我以往从没这么迅速地动作过。然而它已经消失了。在忙乱的动作中，我竟没有看到它是消失在哪个方向的。

我愣住了，愣了足足一个世纪。

就在牙开的桌门后，猫缓缓地伸出头来，接着是拉得老长老长的肚皮，它伸完了腰，它不慌不忙地落到地上，喵地轻轻叫一声，便出门去了。

桌柜里的碗里是几条灰穗子。

我怎么也要抓住它，我怎么也要消灭它。

我失眠了两天，失眠了两天后，我终于在失眠中找到了办法。我把从赤脚医生那里拿来的安眠药一颗颗集起来，我把药拌在一团最可口的鱼汁饭里，并忍忍心在饭里掺了几片鱼肉。我把这可口的食物放在灶下的砖洞口，我曾经有一次亲眼看见它从那儿消失的。

果然，没两天我的迷药就减少了一大半。

我有一丝喜欢。鉴于几次失败的经验，我已经不敢十分喜欢。

我到墙的四处暗角隐蔽处去寻找它。我怕它会在哪儿腐烂，在我这不透风的原来就充溢着一种瓮酸咸菜味的房里，弥漫起熏人臭气，我更怕它会重新醒过来，也许会以从前十倍的力量来骚扰我。

我依然没看到它的尸体。

我到屋外去找,屋前有一条排水沟,我想鼠儿也许会去那里找水喝。

我在那里找死鼠,突然看到猫被堂嫂从屋里甩了出来,同时听到堂嫂一声吼骂:"死猫!"

堂嫂手抓着长锅铲追出来,口中继续骂着"死猫"!平时常听她骂猫,但没见她这么恶狠狠地动手动铲子的。

原来,堂嫂正开着大灶锅在翻粥,猫不知怎么把爪子伸到滚开的粥锅里了。翻着泡的粥面上顿时浮起了一小片黑白相杂的毛。

那猫在地上滚了两滚,想爬起来,一个爪子跟跄一下,另一个爪子也跟着跟跄一下,半个身子委顿下来,眼白白地翻起来,挣扎着向前走。于是又是一连串地跟跄,眼珠转动着,转出的仍然是一连串的白。

——哟,摔伤了么?我就这么一摔,就把死猫给摔伤了么?!

堂嫂这么叫着,带着浓浓的悲哀叫着。

猫儿又挣扎着站起来,斜着身子,一步一跟跄地向前走,眼珠翻着一连串的白。前面是排水沟,沟里流着黑黑的水,沟边长着青青的草。

——这是给人打了呀,哪个短命的这样打我的死猫,真是畜生呀!

堂嫂大声叫骂起来,顿着脚,铲柄在手掌上敲着。我突然大声笑起来,笑得弯下腰,蹲下身子,把串串笑泪洒到身下的猫儿身上去:我斜着脑袋,仰望着发呆似的望着我和猫的堂嫂。

——难怪你家米囤总是缺米,哈哈哈!

堂嫂觉得不可思议地愣站在那儿。

雪夜静静

那猫儿依然一步一连串地踉跄,眼翻着一连串的白向前走。

我一定要抓住那鼠!非抓住它不可!我要是治不了它,我就是——猫!

善心的功能

　　陶露露发现自己有特异功能,是极偶然的。那天她在公司上班。现在像她工作的公司到处都是。她用抹布把办公桌抹净,倒了一杯水,刚坐下来,就听两张办公桌前的吴小凤叫起来,说她的一张订货单不见了,前前后后地问那张单子,说她记得昨天放在桌子上,还用镇纸压住了的。大家都笑着回答没看见。公司是新办的,招的都是年轻人,常会在头儿不在的时候开开玩笑,说不上是真是假。吴小凤有点急起来,说那张订单是公司最近的一笔大生意,要耽搁了时间,老板准会将她炒鱿鱼。别人脸上还是带着笑说真的不知道,吴小凤心里不怎么轻松了。

　　"找不到了,真找不到了。"吴小凤乱翻着桌上的纸堆,声音里带有哭腔。

　　"等等,等等……"陶露露说,用手指着吴小凤的办公桌,"第二个抽屉里那张订单是不是?"

雪夜静静

"我怎么可能把订单放抽屉里呢?我从不把订单放抽屉里的……"吴小凤嘴里说着,还是开了抽屉。"……没有的,是没有的……咦,真的在……是这张订单。"

吴小凤拿着那张订单,也就笑起来,朝陶露露问:"露露,你怎么知道我把订单放抽屉里了?"她是随便问的,问完了,才发觉问的意思变了。别人都笑啊笑的,心里都带有她问话中变了的意思。

"我也不知道……"陶露露觉得是自己帮吴小凤找到订单,正高兴着,"我突然想到你会不会放在抽屉里。"

吴小凤说:"你大概是看着我放的,还看到我把订单放在第二个抽屉。"她依然笑说着。既然订单找到了,也就不妨说说笑笑了。吴小凤本是个爱说爱笑的。

别人听她这句话,越发地笑起来。

陶露露也好笑地说:"我也弄不清,就好像看到你放在那里的。"

这当口,经理来办公室转了一圈,吴小凤把订单交了。中午吃饭时,陶露露端了一份工作餐到吴小凤身边,她心里还想着帮吴小凤找到订单的事。吴小凤旁边坐的是男朋友刘三新,他们正在说笑。

陶露露说:"我坐在这儿,不算给你们插蜡烛吧。"

刘三新说:"我们正说那张订单的事呢。露露你真神噢,真神。"

陶露露说:"我也奇怪,我怎么就会知道的。"

刘三新和吴小凤对看了一眼。刘三新说:"陶露露你真会装,说真的是不是你放的?"

151

陶露露说:"我可是从来不和人开这种玩笑的啊。"

陶露露确实从来不随便开玩笑,她是想不到会开人玩笑,倒是别人常常开她的玩笑,弄得她着急,事后也就算了,也从不会生气。这样别人也就觉得和她开玩笑意思不大。她大大咧咧的,也从来不会想到别人的想法。

刘三新说:"是啊,从不开玩笑,才出其不意。"

陶露露并不在意他说话的意思,笑着说:"大概我是有特异功能了。"说完,她又笑起来。

陶露露是从小县招工到中兴市来工作的,住在她表姨家。表姨家除了表姨夫妻两个,还有一个表哥是做生意的,难得回来一次。陶露露下了班,就帮表姨烧饭做家务。陶露露本已把吴小凤订单的事忘了,做饭的时候无聊,和两个年纪大的又没什么话说,就想了起来,不由笑了笑。表姨听她独自的笑声,她知道这个表外甥女常会自说自话的,也不在意。陶露露闭着眼睛抓了几根芹菜放在盘里,想着说:"六根。"睁开眼睛来看看,盆里果然是六根芹菜。她觉得很好玩的,又试了两次,都猜准了。陶露露想,我真的能猜东西,真的有特异功能了。想到这一点,陶露露似乎看到那个干瘦的白胡子老头朝她笑着的样子。

半个月前,陶露露和她和姨表哥还有她的男朋友杨俊一起去逛梅园。杨俊是姨表哥的好朋友,是姨表哥介绍给她认识的,姨表哥也领了一位姑娘,那是杨俊介绍给他的。四个人说笑着一路玩过去,快快活活的。江南的园林都是小巧的,梅园也不大,转过一个水中的假山,便见一片树林,穿过树林,正有一个白胡子老头坐在石阶上给人说相。眼下,这也是常见的。姨表哥的女朋友挤过去

雪夜静静

听。陶露露说:"走吧走吧,这有什么好看的。"表哥的女友只顾听着。陶露露说:"看相算命,我总是不信的。"那老头抬起头来说:"信自信不信自不信。"看那老头干巴巴的长脸,刀削的一般,手显得特别的长,白胡子,眉须也白白长长的。杨俊是看过几本书的,俯过身去问:"干你这一行,是不是也要有功夫?"瘦老头子说:"善自善,不善自不善。"杨俊笑起来说:"有自有,没有自没有。这门功夫是不是传授的?能不能传给我?"说话时笑着,口气分明带有不敬了。瘦老头到底是江湖人,也笑着说:"能传自传,不能传自不传。"杨俊说:"你看看,我们中间谁能传?"瘦老头笑着看看四人,眼光在陶露露脸上停住了,嘴里念一句:"露从天上来,落地水自干。"他的眼对着露露的眼,陶露露觉得他的眼中有一股吸引力似的,这么对视了一会,陶露露叫起来说:"你别盯住我嘛!"老者叹了一下,点点头。陶露露拉着杨俊和表哥走了。

再走过去是一片草坪,他们在草坪上坐下来,拿出带来的食品吃。表哥说:"老头是个走江湖的,搞的是江湖把戏,这我见得多了。"他的女朋友说:"你别乱说,我看老头神神道道,还是有一套的。"陶露露说:"是啊,奇怪的是他怎么一下子提到我的名字。什么露什么来的。"杨俊说:"大概我们谁叫了一声你的名字,给他听到了。"陶露露想着说:"没,我想你们都没叫我,我本来就没有兴趣,没往前面凑。"表哥的女朋友说:"你以为他说的是你?他明明说的是露水。"陶露露说:"可是他是盯着我说的啊。"表哥说:"是啊,真好给他蒙上了。"这么说了一会,又都心思放在玩上,不再提了。

那次游园的事,陶露露出了公园就忘了,没想到她真会有了

153

特异功能。陶露露立刻想着要把这事告诉杨俊。想到杨俊这星期是上中班,还在班上,她便提了个包出了门,心里想着要去杨俊的单位,突然她又冒出念头,杨俊不在单位,出差跑供销去了。她在楼区的树荫下站停,想着他会去了哪里,很快就想到他可能在南城,正在旅馆里的沙发上,跷着二郎腿打电话。陶露露想着,一切都像是真的。她心里还不大相信,杨俊怎么就出差了呢?她就跑到里弄的公用电话亭,给杨俊单位挂了一个电话,接电话的人果然告诉她,杨俊是出差到南城去了,已经走了两天。

杨俊的单位离陶露露的公司和她表姨家路比较远,每次两人约会都是听杨俊的电话定。陶露露虽是一个开朗的姑娘,但姑娘的心理多少有点矜持,总是不好意思主动去约的。约会有时隔上个一天,有时也会歇上个三五天。她对杨俊没有什么不满意的,只是不好意思说白了,心里已把他当作自己的未婚夫,觉得未婚男女之间也就如此。有时隔三五天见了,也并不问长问短的。但没想到杨俊出差去了,竟也没来电话告诉她一下。要不是她能猜到他出差去了,那么远地跑去他单位,还会扑上个空。姑娘的心里难免有些不高兴,把脚底下的一个易拉罐踢到老远,然后快快地回到表姨家,刚才一刻间发现自己有特异功能的兴致全没有了,几乎完全忘记了。

陶露露不是爱发愁的姑娘,睡了一觉,再上班,又是满心快快活活的了。自己有特异功能,并不影响她的心思。有一段时间社会上曾热谈特异功能,报上一会说发现,一会儿又说造假,人们都谈着议着,后来也就冷下来了。时不时地报上还会登一两则消息,注意的人也不多了。陶露露本来就兴趣不大,觉得有和无都与自己无关。临到发现自己有特异功能,也没多在意,只想着和亲近的人说

雪夜静静

着玩玩，偏偏杨俊又不在。便就随它去了。

　　这天公司查账，忙了一天，回表姨家的时候，时间还早，陶露露在街上随便地逛了一会。从一家商店出来，正见店门口在卖福利彩票，兜售彩票的那个人用唱一般的声音叫卖着。陶露露站停了，露着好笑的神情听他的唱，那人见陶露露站着，便把彩票盒递了过来，朝她唱着。陶露露红了脸，推辞不得，只好掏出一块钱去。彩票摸在手上，突然她就想到这张彩票的数字是末等奖号码，剥开一看，果然如此，也就领了毛巾香皂的奖品。那人又递过盘子来说："姑娘你手气好，再来一次。"陶露露越发好笑地又摸了一张，刚摸到手，觉得数字是个空门，就换了一张，偏又想到是末奖，打开来，又领了毛巾香皂。这么又连摸了几次，在手中想着换着，自然不好意思多换，每一张都中的是末等奖，手上拿了一把毛巾和香皂。旁边围了好几个人，都看新鲜似的看她一份份拿奖品。也有人试了试，却拿的是空门。都说好运气到这姑娘手上了，再拿下去，保不定会摸到一个头奖的。这时卖票的人不干了，捂着盒子说："姑娘你换个地方试手气吧，这是给残疾人募捐的，奖都给你中了，别人就不来摸了。"陶露露红了脸，转身回头。旁人也都哄笑着散了。

　　回到表姨家，陶露露把毛巾香皂分给了表姨一些。表姨觉得奇怪，问是不是公司发的，发这么多的香皂毛巾干什么？陶露露再三说是摸彩摸来的，说自己有特异功能，能猜到号码。表姨只是不信，说到后来，竟生出怀疑，以为她说假总有什么意思，便说家里有的是毛巾香皂，不要她的。陶露露只好说发的，公司推销不了，才发给大家的。把表姨哄信了，才回自己房里，对着那些毛巾香皂，一下子又觉得毫无意趣。

紫金文库

陶露露没发现自己有特异功能时,那功能好像一点也没有。一旦发现,那特异功能也就好像逐日强起来。开始她是偶然想着什么,才想清楚那件事,慢慢地,她只要想到什么东西,那东西的形象也就像映在电视屏幕上一样,映在了她的脑之中。她弄不清自己脑里怎么就会有那么一张屏幕的。说有就有,有时只是偶然想想,随便地想想的,那东西也映了出来,她反而要想一想,自己刚才是怎么想到这东西的,前因后果是什么。她本来是一个马马虎虎随随便便的姑娘,就是说了得罪别人的话,自己也不清楚的,倒也没有那么多的烦恼,不管什么东西少就少了丢就丢了。而现在,有时拿到什么东西,就不禁会想是什么东西,是多少,她觉得没意思透了,但实在又忍不住要想。

这样过了几天,杨俊打电话来约她,陶露露不免有点没好气地问:"你回来啦?"那边杨俊像是愣了一愣,随后才说:"你是不是找过我?有什么事吗?"陶露露对着话筒说:"是不是没事不能找你啊。"杨俊在那边笑了,连连解释出差出得急,没来得及告诉她。陶露露说:"出差急,你在那里打那么多电话,也没想到给我打一个嘛。"电话里两人说得不高兴,没约时间,就挂上了。

挂了电话,陶露露生了一会儿气。后来想想,也不过是他出差没告诉她,以前曾也有好几天两人没约,她不知道他是不是出差了,不知道也就没生气,也就没那么多的气话。陶露露和杨俊一直相处得不错,她喜欢随便说说,没什么心眼,身边又没有更亲的人说话,对杨俊倒是实心实意的,从没什么不满意,也很少有什么口角。姑娘心软,很快想着去杨俊那里,和他说说开,也说说自己的特异功能。刚一下班,她就乘车往杨俊那儿走。

杨俊家住的是那种常见的楼房,前前后后大致相同的灰色水泥

雪夜静静

楼,一个楼门进去上许多楼梯,他家在四层上。陶露露走在楼下,心里想,自己没告诉他就来了,还不知他是不是在家。这一想,脑中就显出杨俊在房间的写字台前正在写东西的样子。杨俊的坐姿是端端正正的,很有一种架势。陶露露知道他爱看书写字,她自己不大喜欢读书,倒还是喜欢男朋友是个文化人。她走进有点暗的楼门,往楼梯上爬。刚从外面亮处走进暗中,她眨了眨眼,突然就想到了杨俊笔下的字。她想着正好上楼把猜到的字告诉他,也好让他心服,别像姨妈那样硬是不信。这么一想,脑中一个个的字清晰起来。她发现杨俊在写一封信,是写给一个叫倩倩的,前面还加了个亲爱的称呼。下面的内容一目了然,是一封情书。说他所有对她做的都是没有办法的,她是他的初恋,她是他的爱,他一直没忘他与她相处的那些甜蜜往事,他这一生将永远怀念那些往事,他这一生只会爱着她一个人。

陶露露想着的时候,还没有醒悟过来,只觉得那是给别人的信。一恍惚,发现自己已经站在四楼的杨俊家门口。此时她联想到了信的内容与自己的切身关系,不由心里痛着,敲门的声音大了一点。

就听到里面有人问:"谁呀?"声音是杨俊的。她胡乱地应了一声。她想到杨俊愣了一愣,正在里面收那封信。随后他过来把门打开了。

陶露露不搭理他,径直走到他的写字台边说:"你也别藏,把信拿出来吧。"杨俊带笑地问:"什么信?"陶露露说:"倩倩。倩倩是谁?你告诉我。"杨俊显然怔了一怔,又笑起来:"你乱说什么,是不是从哪里听了什么人的挑拨……根本没有的事。"陶露露气急了说:"杨俊你还要骗我,我是有特异功能了,要不,被你骗

到死还不知道呢。你写你和她在一起的甜蜜,你写你一生就只爱她,你只爱她一个人,那么你还来和我谈什么恋爱?原来你和我说的话都是作假……"

陶露露这么一说,杨俊的脸发白了,他直盯着陶露露,心里想真是出了鬼。陶露露说:"你以为我不知道,你还想不明白,还在想我怎么会知道的。我当然知道,我还知道你的那封信,是锁在中间抽屉里,你要不要拿出来对对?"说完,她觉得自己的泪就要落下来,转过头就走了。

杨俊愣着,没想起来该做什么。

陶露露回到表姨家,也没吃饭,关上房门,只顾心里想着,他骗我,他原来是有女朋友的,我实在是被他骗了。要不是我有特异功能,还会被他骗下去。表姨在外面敲门,她回答说是头疼。表姨也就没再管她。她觉得自己头脑中一片空白。

晚上,杨俊到表姨家来,他和表哥关系好,经常在表姨家出现的。和表姨家熟,杨俊在房门外和表姨说了几句,就来敲陶露露的房门。露露没应声,杨俊轻声喊了一会。又听到表姨在房门外叫露露,说她不该任性,两个人谈朋友,不好为一点点事就耍脾气,有话和杨俊好好说,关着门算什么。陶露露只好出门来,对杨俊说我们没有什么好说的了。杨俊平素在表姨面前很乖巧的,带笑地说我们还是出去说吧,你再怎么也要听我说说呀。表姨说,是的是的,有什么话好好说说,姑娘家性子要温顺点,不要说风就是雨。

两个人一前一后出了门,走到江堤边,江风吹拂,很是凉快。两个人原来也常到江边来,都是陶露露的话连着不断。现在是杨俊想着话说,陶露露只是不理睬他。在江堤边的一个林荫暗处,杨俊停下来,往陶露露身边靠靠,嘴里说着:"露露,你平时不是这么

158

雪夜静静

厉害的呀。"手就搭到她的肩上来。陶露露甩一下身子,没甩下他的手,也就不动了。杨俊就接下去柔声地说着。他说那都是过去的事了,他没告诉,是怕她不高兴。他主动和那个人断了,可是她还来找他,说要把他和她的事抖给露露。他正是怕她这样,才给她写封信,缓缓她的心,慢慢再说,他写信的意思也明说了他和她不再来往了。你露露吃醋,当然是应该的,表示你正爱着我杨俊。话越说越轻柔,身子也越贴越近,陶露露完全在他的怀里了。

陶露露本来对杨俊就有感情,没想到要变。她性子直,平时很少听到男人柔情的话,也没有过这种要求,现在听杨俊这么说来,心里怨气就化解了,不由想着,他确实大概是没办法,信中意思倒也是要和那个叫倩倩的了断。要是她不知道这封信,也就没那么多的烦恼,也就没那么多的气。两个人一直关系很好的,她对他一直是很满意的。想来想去气平了,倒有点怨自己有倒霉的特异功能。

她这么想着,嘴里问着:"你老实告诉我,倩倩是谁?"问归问,口气却是软了,仰起脸来望着杨俊。杨俊眼眨了眨,半笑着问:"是听谁告诉你的……"两个人的眼睛对着了,杨俊不自然地避了避。陶露露只顾望着他,她很想知道他到底是怎么想的,是不是真的。她又突然想到了什么,一瞬间脑中闪过一串念头,就如杨俊在低低说话的声音,从遥远的地方传过来。她直直地盯着他的脸,他的嘴并没有动,他的眼里还有笑意……陶露露想到的念头,连着了姨表哥,原来杨俊心里想着的倩倩是姚云倩,那个姚云倩正是杨俊介绍给姨表哥的女朋友。

陶露露把话一说白,杨俊只顾望着陶露露发愣,后来显出诧异的神情问:"你到底是怎么知道的?"

这一说,就等于承认了。陶露露指着他说:"我知道就是知道,

知道就是知道。"

杨俊突然握住陶露露的胳膊说:"你到底怎么知道的,是不是你表哥告诉你的?是你表哥说的,还是倩倩说的,他们是不是都一起来骗我,是不是倩倩想报复我?"

陶露露听着他一串的问话,看着他眼瞪着的样子,不由有点害怕,说:"我告诉过你,我有特异功能嘛。"说完,挣脱了他的手,逃也似的跑了。

次日,陶露露的公司要检查税收,各自忙着整理桌上的报表。陶露露把一份份报表叠起来,不知怎么就差了一份当月的,好像自己是收在一起的。想了想,便起身去身后的橱柜里拿了出来。把报表整理好了,她抬起头时,发现吴小凤正对着她的眼神。陶露露先没在意,想了一下,又觉得奇怪,于是对吴小凤说:"是不是谁藏了我的报表?"吴小凤说:"不是我。"陶露露说:"当然不是你,是刘三新,对不对?你想着肯定是我上次藏了你的订单,也想要叫我发发急,对不对?我不是告诉过你,我根本没藏过你的订单……你现在心里还不相信,是不是?那我也没什么好说了。"说完,陶露露就低头干自己的事。她不再像以前那样什么也不放在心上,一点点的事和吴小凤她们说上半天,也觉得开心。

陶露露想了一夜,把过去杨俊的说话神情和态度都想了起来,一下子觉得自己很清楚了。他根本就是把她当作一个替用品,她却一直把他视作可终身依靠的,一直以为他是她一生中最亲近的。她弄不清这是因为她的特异功能,还是她自己原来就有的分辨能力。现在她不再去想杨俊,但心里却不再像原来那样虚着空着,好像一下子充进了不少东西,胀得叫她难受。

雪夜静静

中午的时候,吴小凤靠到她身边来,刘三新也跟着过来。吴小凤寻着话和她说。陶露露看了看她:"你是不是想问我到底怎么回事?是不是?"吴小凤瞟眼笑着说:"你一下子这么聪明。什么又能瞒得了你,就是想问你怎么……"陶露露说:"原来你们是不是把我当傻瓜啊?我只是不愿多想事情罢了,别人说什么我都只是相信……要说订单,我真的没藏你的,真的是你随手放的。可你们藏我的报表,却是想报复我,我一猜就猜到了,我告诉你们过的,我有特异功能。"她说完了,望着吴小凤,突然又想到,她还是不相信自己的话,她心里只是想着到底是谁把藏报表的事透露给自己的。陶露露一下子又觉得自己怎么就和她有想岔的念头,怎么也是想不到一起去了,怎么也是说不清了。陶露露在心里叹了一口气,不再说下去。

过两天,姨表哥回来了,姨表哥生意做得顺手,总是那么精神。陶露露望着神气活现的表哥,心里想,他要是知道他的女朋友并不真正是他的,会有多么难受。不由想着到底是告诉他好还是不告诉他好。她和表哥自小就是有说有笑的。她想不定如何是好,她觉得自己一下子多出了许多原来没有的烦恼,要是早先,没待他放下包,她就叽叽呱呱地说出来了。

吃过饭,表哥到陶露露的房间来,陶露露知道他是要和她谈杨俊的事。饭前,表哥和表姨妈在厨房里说了好一会话,想来是说她和杨俊的事。她到现在还拿不准是不是把实情告诉表哥。

表哥笑呵呵地果然问起了杨俊,说男子汉嘛先前有些恋爱经历是正常的,这样的年龄没有过恋爱经历倒不正常了。女孩子心要放宽些,本来还以为小表妹是个心宽体胖的小丫头呢,没想到也很会吃醋嘛,当心变成个满脸皱纹的老太婆哦。要是往昔,陶露露早就

哈哈大笑了。

"表哥，你不知道……"陶露露说。

"不知道什么？"

"他给她写信，他写信给的人就是……就是你的……就是姚云倩啊。"陶露露终于说了出来。她以为表哥肯定会愤怒发火，会去找杨俊算账的。没想到表哥一时没有作声，只是用手慢慢地拍着膝盖。

"我知道。"表哥扬扬手说，"恋爱竞争嘛。现在的人观念要新，跟得上时代。相信女的选择，这没有什么。你说对不对。"

陶露露显然没有想到表哥会说出这样一番开放的话来，不由怔怔地盯住了他。她正想告诉他杨俊信的内容，突然一串念头浮上来。她不由叫了起来："原来你早就知道她是他的女朋友，他做生意亏了，你还了他的债，条件是把倩倩让给你。你完全知道他们的关系。你想着要她，又想讲朋友交情，把我当作补偿介绍给了他，对不对，你说对不对？……你是这么想的，你不用骗我。你们都不是好人，你们骗不了我，从今往后，谁也骗不了我。我谁也不相信。"

陶露露像是发表宣言似的叫着。表哥说不出话来，像看怪物似的看着她。

陶露露说不清是她自己变了，还是世界变了。她也就多了一点特异功能，她面前的人都似乎变得她不认识了。她想不出自己是清楚了还是糊涂了。在一个月的时间中，也许还短些，她一下子觉得多出许多的事来，多出许多的意识来，比她二十多年来接受的想到的还要多。

雪夜静静

现在,她每次听人说什么,都要盯着看看那个人的脸,她一下子就能想到那个人心里到底想的是什么。她不再把那些想法说出来,她的话显得少多了,无论在什么地方,她都显着一种安静,冷静地看着周围的人。许许多多的想法一开始很乱,几乎都和外表不相符,使她觉得乱得无法接受无法思考,慢慢地她也就理出头绪来了,有时她不用去细细感受,不必去回思,不必去运用脑中那屏幕,她也很快能清楚别人的想法。她不知道是不是自己的特异功能力量又加强了,还是这外部世界本来也还是简单的,人的表情和人的思想,也就是那么一套。慢慢地她也就不奇怪了,自己的思想很容易跟上,她就不再觉得痛苦,她觉得是正常的了。她心里本来也有着许多需要。需要,是人的基本心态,外部的表现都带着装饰。表哥说过的话也本无多少错处。

有许多的人需要很容易满足,有的人有了名利有了地位也不容易满足。钱、地位、名利等等,往往很简单地被有的东西盖住了。

有一天,突然有一个想法出现在她的脑中,她一下子觉得不合适,却怎么也挥之不去。其实想起来也很正常。她应该把特异功能用得现实一点,不必局限于她的观察中,她不应该浪费这种功能。现实中的一切功能几乎都被人用来与外部世界做交易了,她为什么就不来用一下呢?她也可以用一下。这想法促使她进一步行动。那一天她逛商店时,突然想起多少天以前,她在这儿摸过彩,她拿了许多没什么大用处的毛巾和香皂。她想起来可以再去试一下,她可以去摸一个头奖。她来到一个体育奖的彩票前,她用五元钱买了彩票,这是高奖,她只要摸一次,只要摸中一次,她就可以拿到几千甚至上万元钱的东西。想到这,一瞬间中她兴奋起来,她的血仿佛在向上涌。她完全可以过比现在好十倍好百倍的生活,她怎么早没

想起来这么做呢？她已经浪费了许多时间，浪费了她的特异功能。时间就是金钱。对于她来说是确确实实的。她来到摸奖处，把手伸进彩票盒里，她一下子摸到一张末奖，她脑中闪了一下那张彩票号码，只要拿出来，她就赚了十几元钱的东西。她把它放下了。她觉得自己的心加剧地跳，她不想多拿，她只想摸到一张就能一下子中得高奖。她不能像上次那样，被卖彩票的人捂住了盒子。她用手在盒子里摸着一张张彩票，脑子里拼命地闪着号码。她的心跳得太厉害，血涌得太厉害，脑中的号码闪得太厉害。她好像感到有一个号码正是高奖，她想细细地在脑中屏幕上辨认，就听旁边卖彩票的人叫了一声："你怎么摸怎么摸！"卖彩票的人这一声原是不耐烦地叫，在陶露露听来仿佛是一声霹雳，她的心使劲地颤动一下，随后几乎是停止了。她脑中的屏幕忽然闪了一下，变得模糊，随而糊成一片，她一下子涌出一身的冷汗，她的脑中已无法辨认盒里的彩票号码。她的手颤抖一下，也就拿出一张彩票来，她盯着那张彩票看了好一会，也不知道到底摸对了没有。把彩票撕开一看，号码离高奖差得很远，她木然地站着。突然，她一下子拿出五十元钱去买彩票，接连摸了十张，迫不及待地一张张撕开，嘴里同时念着：应该是的应该是的。那十张彩票居然一张也没中，连一个末奖也没中。旁边一个老人笑着说："这摸奖嘛本来就是难得中的，要都能中，就不叫彩票，叫工资了。"陶露露嘴里说着："我还要摸，还要摸，我是能摸清号码的，我肯定能中的。"她还要去掏钱。那个卖彩票的却移开了盒子，说："姑娘，你还是让人家摸摸吧。"陶露露这才发现，四周的人都用很奇怪的眼神看着她，不用特异功能，她也清楚，他们大概以为她有点精神不正常。

吴小凤去公司领导那里汇报工作回来，对陶露露说："总经理

雪夜静静

找你。"陶露露从吴小凤笑笑的脸上，看出总经理找她有事情的大概来。这段时间，对于她来说，分析她面前的人，已成为一种习惯。开始她是想看清楚，他们对她说的和他们心里想的是不是不同，他们到底想干什么。后来就成了习惯，她像是重新开始她生活的学习期。总经理是她原来望而生畏的人，他的神情和气度自有一种威严感，国字形的脸上总是带着深含不露的笑。她开始能猜到别人心理的时候，一有机会就去猜测总经理的思想内心。这一方面是对她的老板的好奇，另一方面，是她对一个有权势的男人的敬崇。摸清了他对家庭对工作对一切的内心情感和欲望，她对他的好奇和敬崇同时消失了。他和其他的人没有什么两样，她多少有点失望。他有他的弱点，也有他的痛苦，同样也有他的阴暗，相比之下还算是一个比较好的男人。弄清楚了总经理，于是她感到其他的男人就不值得分析了。

　　她猜到总经理找她这个平素大概连名字也不知道的办事员会有什么事。但她是第一次被召，多少有点慌乱。毕竟她对总经理存着一点想使他有好感的心理。另外，那天去摸那倒霉的彩票时，那一刻的血涌心跳，再加上卖彩票的人如同霹雳的一声吼叫，似乎把她的特异功能一下子给吓丢了。她曾经把自己关在房里，使劲地去想放在她面前一个东西里的简单数字，她使劲想让那脑中的屏幕再一次出现。可她只感到脑中是混浊一片，她把头弄得很疼，像裂开了似的。特异功能一点也没有了，消失得无影无踪。它突然而来，又突然而去，几乎是和她开了一个玩笑。又似乎是从来就没有产生过，也从来就不可能产生过。有时使她生出怀疑，不知道自己以前是不是只是一种幻觉，那订单、信、第一次摸的彩票，还有那些人的内心猜测，都只是一种碰巧。谁都会认为那只是一种碰巧。但

是，能猜到别人心理的能力似乎还没有远离她去，她也想到那是一种正常的判断，只是她原来不善于的能力被发现了。她意识到，这不是特异功能，是经过对人内心的了解，而训练出来的一种正常的判断。有时她又想到是不是脑中多了这种判断，于是那简单的直接的特异功能也就被挤掉了，自然地消失了。

她来到总经理办公室，总经理很和气地叫她坐下。他的办公室里站着许多的人，都是各部门的领导，平时他们每一个人都不是和陶露露直接交往的。他们都对她露着笑。他们都站着，只有她和总经理坐着。总经理笑嘻嘻地开口问她第一句话，她发现她的估计是对的，总经理果然是提到她的特异功能，说是听说她能找出别人自己也不清楚放在哪里的东西。她点了点头，那是事实。"能不能表演一下？""表演什么呢？"她说出这句话时，觉得自己突然生出一种冒险心理，在她周围的男男女女都带着好奇的眼光，连总经理也不例外。她想自己能猜到，他们眼光的所在会告诉她的。她突然生出这种自信。她要在公司的大人物面前试一下，她知道这是她的一次机会，她不能丢弃这次机会。她已经被逼上了马，她没法在这许多的人面前把她已失落特异功能的事说出来，她说得再真实，也是没人会相信的。她只有试一试。

总经理沉吟一下，随后说："你找一找我今天看的一份关于房地产的报告，看它是放到哪里了。"

一瞬间，陶露露心里慌乱了一下，她立刻能想到，这份报告不可能是事前有意藏起来的，总经理不可能当着属下的面藏一份报告的。这报告是一张纸还是一叠纸，它可能放在哪一处？办公室里陈设简单，陶露露一进门就已经似是随便地观察过了。她的身后有一个文件柜，门边沙发前有一个茶几，总经理面前是一个带抽屉的办

雪夜静静

公桌。办公室共有六个抽屉加一个柜子，他随手放在哪个地方，是难以猜测的，猜准的可能性极小，几乎等于零。她突然觉得身上渗出了汗，她几乎想说出自己猜不出来了，她几乎要放弃，要投降了。然而她又硬撑住，让自己安定下来，她相信自己能判断。她用眼盯着总经理的脸。总经理只是朝她看着，脸上依然带着微微的笑。她静下心来。她首先想到总经理的为人习惯。他不可能事先布置好，没有亲眼所见，他肯定是不会相信真有特异功能的。那份房地产报告一定很重要，他大概是刚看过。一天有那么多的文件，他不可能一直记着。另外他让她猜，想她以为他会把文件藏起来，他一定根本也没藏。她盯着他的脸又看了一会，她能断定自己的判断是不错的，于是她的脸上也出现一点笑来，她把眼光移到他的办公桌左角，那里放着一个文件夹。她慢慢地说："总经理，那份房地产报告就在你面前的桌上。"

所有人的眼睛都盯着总经理，总经理笑着，拿起桌上文件夹翻开来，那份关于房地产的报告就在里面。

办公室里响起了一片掌声和一些兴奋的议论声。

陶露露站起来，用手帕擦着额头说："搞一下，很累的。"

有一段时间，陶露露觉得她一生最大的失败就在于特异功能的消失。它消失得那么快，她还未来得及好好地用。她独自幻想她要是还有特异功能的话，她能做多少的事，她可以发现多少的秘密，她可以成为独一无二的居高临下的观察者。一想到她曾有过的功能，她就有一种痛失最宝贵东西的感觉。有时觉得这种痛苦对于她来说是太大了。

她离开了表姨家。自从那次在总经理办公室的表演后，总经理

给她安排了一个仓库总管的职务,对她来说,这自然是一次提升,对总经理来说,这是一种人尽其才的安排。像陶露露这样有特异功能的人,放在仓库里,公司当然不怕有什么失窃的现象,也不会弄错搞出无法弥补的损失。陶露露知道,她只有接受这个安排。总经理未必不是怕她在公司里会知道太多不该知道的机密。

仓库设在空而宽大的地下室里。公司安排了靠近仓库门口的一个单间房让她住,还每月给她增加值班费。这一切陶露露是很满意的。对办公室里的吴小凤、刘三新等同事的心理,那一段时间中,她观察得太多,了解得太清楚了。最使她不能容忍的,是他们多少把她当作是一个没有头脑的傻姑娘。另外,自从和杨俊的事吹了,又和表哥没谈拢,她感到表哥和她不是那么亲近了,而表姨也明显对她表示了嫌恶。从表姨的内心看出,她在表姨家是一个多余。她能清楚以前她没感到的,表姨本来希望的是家里能添一个做家务的帮手,她却大大咧咧,不拘细节。一旦看出儿子和她不怎么亲近的迹象,做母亲的也就毫无顾忌了。陶露露本来对这一切并不在意,现在她已无法忍耐寄居人家看别人的脸色。搬进仓库以后,她一个人住一大间房,仓库重地无人打扰,显得十分清静。她不由想到当初在表姨家,不住地听表姨的呼唤唠叨,表姨夫的冷淡,她居然能忍受那么久。她又为自己现在的处境感到快活,仿佛是升了一格。

这种快活感并没有维持多久,她就厌倦了单调的仓库地下室。她一人沉入其间,许许多多的思想沉重地压着她。现在她觉得与以前相比,她再不是被人认为的那种头脑简单的姑娘,她成熟了,不会再受人骗,也不会再上人当,她已很有主见,但她再也不是那种爱说说笑笑的姑娘,她平添了许多的烦恼。相比之下,她不知现在她究竟是幸还是不幸。她又想念起当时住在表姨家的日子。她那时

雪夜静静

无忧无虑,她那时快快活活的。她并没有感到表姨的嫌恶,她并没有感到表哥的企图,她并没有感到杨俊的欺骗。没有想到,对她来说也就是不存在的。也许本来就是不存在的,只是她多添了所谓的功能后,才存在的。也许人就是要看不清想不到,才是正常的。她现在是太清楚了,她要那么清楚又有什么乐趣呢?

她现在没有朋友。每天上下班,她独自行走在仓库,听着自己脚步在地下室中的空洞回声。星期天,她常常一个人去梅园,她前前后后地转着,她想找到那个干瘦的白胡子老头。她弄不清自己为什么一定要找到他,她弄不清自己是不是想重新获得特异功能,也弄不清自己是不是想请教他,或者是埋怨他,或是感谢他。她一下子开了窍,懂得了不少人情世故。是该感谢还是埋怨,她实在弄不清。但她想找到他,她心中对他有着一种愿望,近乎一种欲望,她也清楚她是找不到他了。他当时对她有兴趣的东西,她现在已经失去了。有时她会想,是不是他的眼睛盯着她的时候,他把她的使他有兴趣的东西吸去了,而给她留下一时的特异功能,和长时间的清楚的苦痛。她有时觉得她很恨他,他几乎是和她开了一个玩笑。他捉弄了她。她有时又不敢恨他,她对这个老头,内心中有一种近乎宗教的敬畏,和一种近乎迷信的企求。她找不到他,是她远离了他。她只能永远地找寻着他,像个孤鬼似的,没有朋友,也不可能有任何意义上的朋友。

偶尔,她还会遇见表哥和杨俊,也会遇见公司里原来的同事。她总是远远地避着他们。她怕与他们相对,也怕与他们答话。只有吴小凤还是追着她和她打招呼。她知道,很快吴小凤就会重提那个老话题,让她猜一下,表演一下特异功能。她奇怪自己和她的智商及思维能力怎么会相差那么多,她好像还是个女孩子似的。

"我根本没有什么特异功能的。"陶露露有时直率地对吴小凤这样说。

吴小凤睁着有点嗔怪的眼光说:"你……现在是……噢……"

她清楚,吴小凤是怎么也不会相信她是说的真实话,吴小凤只会因此而更对她怀有一种神秘感。

陶露露笑笑,在心里叹上一口气。

雪夜静静

色　蕴

去唐院的建议，是程西提出的。颜立早之所以同意，是一时偶然的感觉。

已是春天，城市里还感受不到。程西提到的唐院是在城郊，想来能看到一点春色吧。

去了四个人还是五个人，颜立早后来记不起来了。几个人在一起，又都是会舞文弄墨且擅长调侃的，也就一路说笑到了唐院。

唐院只是一个小院吧，院里栽两棵白玉兰，光光的枝干上正开着大朵的白花，并不如程西所描述的那么不一般，程西说过的林圆圆也不在。跟着去的其他几位，嘴里不免调侃起程西，说这就是你刻画的唐院么？说是不是缺了发光体，场景也黯然失色。程西先是解释，后来也跟着自嘲起来。

这座唐院，显得破败了。围着的院墙是普通的红砖垒的，没有一点古气，也没有一点雅气，露出残缺断砖的破败来。院中立着

一座青砖楼,最多是民国时期的旧楼,一个阳台围着铁栅栏,栏杆有几根已锈断了,栅栏像是重涂过紫红的劣质漆,好多处漆皮剥落了。

颜立早长长地叹息了一声,带着夸张的萧索:如今哪儿有可看的。

这时就看到了院里站着的一个老头,老头显得矮,留着一绺山羊胡子,头上顶着一个奇怪的瓜皮小帽,满脸是一道道像波浪似的皱纹,皮肤却是红彤彤的。

老头发出一声笑,却如哭声。

程西向大家介绍了老头,颜立早没在意他的名字,好像是姓米吧。他慢慢踱步往后院去,院两边的围墙与楼房贴得近,中间空着细长的巷子。院后一间小屋,是厨房。

厨房的水池里碗筷散乱地叠着,小饭厅里挂着两个条幅,颜立早只看一眼就过去了,他摇着头。

没在意老头跟着,这时说话:你要看什么呢?

颜立早说:我要看的,说给你听,你也不明白的。

老头说:只要用心看,就会看到要看的。

颜立早看着老头,老头在对他笑,仔细看过去,老头满脸皱纹的笑,也仿佛含着哭的意味。那一道道苍茫的黑纹,显得很深很深。恍惚一下,颜立早有陷进去的感觉,一直往里陷,陷到那皱纹的深处。

走回到前院,程西正在说着什么,他的羊绒衫上圈着一个个灰色波纹。颜立早沉下心来,移目向上,静静地注视着残破的院墙,墙头上细细的青草随风摇曳,那嫩嫩的青绿仿佛要滴落下来,一层浅绿映着一层深绿,绿得有层次,一层一层显着动态。

雪夜静静

后来，颜立早与一行人说着话，走出唐院。前面一条深深的巷子，静静的。巷道边墙角的石基上有阴湿的细微青苔。

出得巷子，颜立早眼睛一亮，顿觉面前豁然开朗，仿佛无数鲜亮的色彩一下子呈现出来。一座旧石桥搭在小河上面，带着岁月的沧桑，桥栏上的浮雕是鱼与莲，那莲的细茎被磨损了，仿佛那片荷叶是浮在水面上漂流着的。天色青青，几片被霞光映红了的云彩浮在空间，周围洇着一层淡淡的青。小河蜿蜒，仿佛画进那一层青色中。河边长着摇摇曳曳的芦，灰色的芦尖在风中高高低低的，一波波一簇簇徜徉过来。桥上，一位姑娘正拾级而上。颜立早似乎第一次发现世上会有这样的女孩。她穿着一件紧身的衣服，胸脯微微地凸出，像画了两圈圆弧线，两圈小小的却又温软饱满的弧线。她腰身的圆润弧线画到臀部上，更是圆得温软。紧身的深蓝色布衫印着蜡染的花朵，有深色有浅色的，在那两处圆圆的胸上，一粒扣子没扣上，露着脖颈下的一点肤色，光光滑滑带着玉色的黄。圆润的下巴和整个脸，仿佛还长着微微细绒毛，映着身侧天空的亮，仿佛闪着一点色晕。她的黑眼眸静静地嵌在眼白的青色之中，映着景的动态。一个小小圆润的鼻子，与一个小小圆润的耳朵，嘴唇上仿佛挑着几许不在乎的神情。整个形象凹凸毕显，明暗有致。

那形象是一瞬间跃入颜立早的眼中，从眼到心，映现着，流动着，间隔着，融汇着。在颜立早感觉中显得漫长，似乎是拉长了，色彩一层一层闪耀着，又似乎是整体凝定着。

颜立早心里叫着：这是我要看的。

这仿佛在他心里已许久许久，只是这一刻显现出来。

这是一个梦。颜立早惊异地对自己说。

你们看到了没有？颜立早说。

什么？他们问他。但他只顾盯着眼前的景色。一片阳光斜射下来，许多色彩堆积在桥的背景上，深红，橙红，褐红，紫红，团着洇着合着嵌着，使他目不暇接。

真美。他说。

旁边的他们便笑起来，程西说：这话怎么酸酸的，是那个说到后现代就再没有美可言的颜立早说的么？他们在笑，颜立早见他们张大了的嘴黑洞洞的，黑得很深，牙齿上泛着黄，黄积成了斑。他很快地移开眼去，也没在意他们说的是什么。

一连几日，颜立早黄昏都站在那座石桥下，看那一层层鲜明的色彩，他觉得美极了。颜立早本是现代派，认为世界是无意义的，是无秩序的。现在，只要见到那位姑娘走上桥来，她便成了色彩的中心，成了感觉的中心，无数的色彩进入颜立早心里来，射进来，跳进来，印进来。无数的感觉活动着，凸显着，闪耀着。风卷着黑眸姑娘的长发，把头发吹散开来，映着她身后的霞亮，于是头发染上了各种色彩，似乎便是风的颜色。

本来世界就充满着美，只是需要发现。颜立早对自己说。这些话他过去觉得是老生常谈。现在，他觉得自己是真正体悟到了。对着他周围的一群人，他是无法说出来的。没有感觉的人是无法理解的。

他站在桥下，那棵柳树的长长枝条在他的眼前摇曳，枝条上细细的尖尖的绿芽悄悄地探出了头。他的心中充满了春的感觉，有关春色的许多美妙诗词都浮现在脑中，他觉得古代艺术家的感觉是与他相通的。

我的心张开眼来＼满目绚丽＼灵光柔柔＼一切色彩组合得美妙

雪夜静静

融洽\我看到\我能看到\我真看到……

程西评价这首色之诗,是旧传统的窠臼,是年轻人一时幼稚的歌,是荷尔蒙的一种浅显表现。

颜立早带起一副墨镜,看过了石桥之景,他不想被城市的繁杂污染了目光。他在心里说,我看到了,只有我看到了。他并不在意他们的嘲笑,本来语言显得那么外表、笨拙和肤浅。后现代的词也是无法说清的。色,才是这个世界的本质。

程西说:我们都经历过的,你不过是走进了一个自以为是的传统中。那是物障。

颜立早没有去听程西说的话。他的眼光隐在墨镜里,但他的心里充满着色彩鲜明的感觉。在远远的地方,却又是那么近。

颜立早在唐院边的桥头站着,夕阳要落下了,在桥的上空浮着红通通的云霭,他看着姑娘走过桥,转到河边砖路去的背影。背影如剪影一般,中间色深,两边被红红阳光映得虚浮了透明了似的。他忍不住,跟着过去。

一叶小舟剪断了黄昏的河床,几只鹅浮在碧绿的清波上。

一边是河,一边是旧的门楼。黄昏里,木门木窗的小店还挂着庆元宵时的灯笼,从木窗棂里透出来黄玉般的光。

少女的身影如透显在砖路上,他看着她的身影,身姿婀娜。她侧转身时,侧着的半边脸上一个温润的鼻头,半隐在昏黄的景中,多了一层朦胧。光线勾勒出的身形轮廓,恍恍然,悠悠然。颜立早站住了,凝视着,无限风姿涌入心间,如波一般闪动着色彩。他稍一恍惚,她便转过河道去了。他不再向前,那侧影便如梦境般地燃烧在心间。

河色浮着紫铜一般的光色,摇曳着银片似的光点。

175

在如梦的感觉中，无数的光影与色彩，都是那么透明，那么灿烂，那么鲜亮，晃动着他的心魄，他觉得以前年轻的生活都是灰色的，现在一下子变成了彩色。或者说，以前的生活都像是没有找到色彩调谐开关，而现在一下子旋到开关，对比度色彩饱和度都调准了，突然地就调准了，许多的色彩鲜亮地显现出来，整个世界的色彩都到了眼前，让他目不暇接，映进心间，让他心志拓展。他看到了许多过去没有看到的。他不再和那些搞艺术的朋友在一起，他觉得他们还都沉在他原来那种境界中，而他已经上升了一个境界。他想到了一些曾看过的印象派的画，还有那些古诗词里对光色的描写，过去他总是诧异那些作品是如何表现出来的。现在他想到大师们也许都是开启了这个境界之门的人，他们都有和他现在一样的感觉，那些艺术才得以出现。

这样，颜立早才真正感觉到人生的意义，感觉到人生的美妙。人生不是没有美，而是缺少对美的感觉能力，他记不得这是哪一个先哲说过的了。这些话语对他来说是那么深刻。他怀着了与人不同的心态，独自沉湎于对色彩的感受中。

黄昏时他便去唐院边的那座小桥，只要在那里，他觉得自己感觉中黯淡下来的色彩又鲜亮起来，像充过电一般。他的心中充满快感，像要膨胀开来。小桥古雅的色彩映着夕阳，多种色彩融在一起，一层一层地化开又凝聚着，引动他的内心。风轻轻拂动眼前的绿绿柳条，一层嫩绿一层淡绿一层浅绿，与那远天的一层艳红一层橙红一层紫红的色彩相对，交融。他静静地等待那位姑娘活动的色彩出现。他决心跟下去，他应该拓展感觉的范围。她是一个美感中心，引着他的感觉扩散开去。

姑娘走到河道拐弯处又向上走，那里是一道石阶，走上去便

雪夜静静

是一条宽街了。颜立早没想到城市的拓展速度这么快，这城市的边缘也已那么繁华，眼前跳闪着一片七彩的霓虹灯，一家家饭馆歌舞厅，映现出灯光的世界，活动着各式人等。他不知自己跟了多少的路。城市的灯光是很美的，勾勒出流动的人影。一恍惚间，她的身影正游动在不少女性的身影之中，都是凹凸毕显，轮廓之影柔美多姿，一个个现代女人的形象，在灯光下显现别样的色彩与感觉。他展开眼来，用足了心盯着她。他看到姑娘的身影似乎扭动得更别致，尽量在把那凹凸感表现出来，形态色调融在一起，呈现到他眼前来。夜色给朦胧身影添出了一层柔媚，一层光影，一层色彩，融于一体，身影与灯影光影连着，一层清楚一层模糊，一层浮动一层沉着，色彩的饱和度打开到极致。

他跟着她进了一个挂着红灯笼的店里。店的门面并不大，曲曲弯弯进到里面，却出现一个宽敞的空间，隔出一个个包厢，门上有着春、夏、秋、冬、松、竹、梅、菊等字样，勾画了深红的边框。有人过来问他什么，他只是指了指前面的那个姑娘。但见那个姑娘回旋身来，她的上半身似乎转了一百八十度，脚下却没动，那个身姿扭动得好看极了，她的脸上露着笑容。他盯着她的笑容看，她的笑容仿佛在光影下开出最灿烂的花。接着，她便不见了。他想推开面前的那个人，想寻找到她。那个人只是拦着他。于是他告诉那人，他和她的来意一样，他是跟她来的。那人就带他走进门牌为梅的房间，这是一个玲珑袖珍的小房间。他刚进去，门却被关上了。小房里一片黑暗，只亮了一盏小红烛，烛光是一只小灯泡在闪亮。他想推门出去，但他看到她的身影靠近来，扭动的身影凹凸更明显。面前的她已脱去外套，身上衣衫呈半透明质感，朦胧映着里

面的肌肤。他还没有这么近地接近过她,许多的感觉迷迷蒙蒙地合着小桥边的印象一齐到眼前来。他退后一步,想看清她,就坐到了一张椅子上。她进了一步,贴近在他的眼前。光线朦胧黯淡,他睁眼仰脸从下面细细地看上来,他看到了她就近的身姿。他屏息而慢慢向上移眼,他看到了她的脸,还是那个轮廓,但是多了一层假的色彩。她应该是她,她又不怎么像她。他想到她是在脸上化了妆。他想对她说,她应该不化妆,她有自然天生的美。这化妆的脸,破坏了她容貌的色彩。一层唇膏色,使她嘴唇显得特别的红。他尽量把头后仰一点,把眼停在她的胸前,面前的乳峰并不高耸,却很柔婉。她的脖子,在朦胧之光里显得细白。一层阴影更添了一层柔婉,胸前衣衫上,显露着乳之上的一片白嫩,在他的眼前仿佛闪着亮。

他不清楚应该对她说什么,他只想看尽她。在他心里似乎有一股已翻腾了几百年的冲力,使他想去拉开她那如梦幻质感的衣衫。她笑了一笑,她能看出他的愿望。她旋转一个身,衣衫便褪了下来,他的眼前是几乎裸体的她。她的皮肤色彩简化了,只显着一种天然之色,从他的眼,一直印入他的心。一层白色,一层简单的白色,一层柔婉的白色,一层朦胧的白色,一层幽幽的白色,一层如玉的白色,一层自由自在的白色,直透他的心底。他只觉得以前看的那么多色彩都显繁杂,只有这一种是最美的漂亮的几乎穷尽所有美感的色彩。他起身想伸手去开墙上的吊灯开关,他想完完全全地看极致。他尽量不碰到她,她的手却拉下了他的手。她把身子朝他身上靠,似乎要挡住他的身子。他向后退,不想让眼前盯着的有所变化。她在向他面前移动,细白柔和的形体俯向前来。他退着,只退了两步,他面前的一切在一瞬间变换了。他倚靠到虚掩的门,门

雪夜静静

开了,他仰倒下,眼前是一片灯光闪晃,他看到天花顶一条黑色的渗水痕迹,显得那么丑陋。他几乎闭上了眼,同时他的身子被人抓起来,抓在两个大个子的手里。他看着房里,那个身形显露的少女微笑地站着,和那两个大个子对话。颜立早想移开两个大个子的身体。我要看,要看!他的心里在叫着。他听他们在说着钱,于是他从皮夹里抓出一把钱,塞到两个大个子手里。倏然,眼前的姑娘就不见了,眼前多了一些人影。他挥舞着手,想挥开他们。只听一个大个子对旁边的人说:这人是神经病。接着一根粗粗的手指敲了敲他的脑壳:他跟了老丫多长时间了。说着,把他推过弯弯曲曲的通道,推出门去。

醒来的时候,颜立早觉得头痛得很,痛入心扉。他走出门去,不知自己往那里去。又是一个黄昏,他顺着惯性去唐院边的小桥。然而走了一会,他站着了。他觉得自己站在了道德与美感之间。他在思想着。美应该是与道德区别开来的,美就是美。他能理解眼前的社会,也理解那个称之为老丫的姑娘。他是现代年轻人,当然明白老丫是干什么的。他知道自己在乎她是干什么的。他觉得自己还沉浸在传统理念中。他需要的是看,需要的是色的感觉,又何必在乎其他一切呢?有一种冲动,让他起步再往前去。但许多的思想习惯地涌来,使他还站着。老丫分明是早已发现了他。此刻,他还能静静地站到石桥前那棵柳树下,去看那一切么?然而色的感觉,他又如何能割舍?去还是不去,走还是不走,他在思想和冲动之间犹豫着。多少天来,他由感觉引着,感受着从没有过的快乐,感受着从没有过的心满意足。现在他停下了,无法前进了,无法融入那快乐之中了。他也不知自己站了多久,在思虑中,时间流动过去,周

紫金文库

围的光色暗下来，变成了另一种视觉。他抬起头来，看到天空是铁青色的，隐隐有暗红如染料般掺入其中。眼光向远处移去，几幢高楼边沿挂着彩灯，映着一个个楼的轮廓，不知迎着哪一个节日。在天空的背景下，楼影似剪刻似粘贴，高楼的轮廓像凝在天幕上，如仙境般的浮着。暗与亮交融。楼窗里映出的光，在夜的城市上空，一串串如星般跳闪着。再往下，是一片片闪烁的霓虹灯，城市的夜是光影的世界，深深浅浅的黄红蓝绿多种色彩动着，旋着，跳闪着，舞蹈着。颜立早想，这是现代色彩的美，这也是一种美，他不必非去城郊看美景。多少天中，他一直是以唐院巷外的那座小桥为中心的，他的视觉他的心看的都是那里，那是局限的美，应该扩大开来，所有的地方都有美，都有可看的，重要的是在于发现。一些现代的外国诗句，在他心中涌动。他的心中又有了一种快感，快感渐渐地浮动起来。他走进市区，把眼投向四周，面前是一条大街，流动着各式汽车，汽车的色彩隐在朦胧中，车身闪着亮。自行车从他身边游过去，也有身材窈窕的人影在他面前闪晃。他突然便想着了那条街和那挂着红灯笼的店里情景。再回头看，街边摆着几个地摊，摊上杂乱地摆了一些物品，一个戴眼镜的人举着喇叭，闹哄哄地嚷着什么。许多杂乱的色彩似乎一下子都到他的眼里来，有闪亮豪光的汽车，也有支着歪歪扭扭车架遮着旧防雨帘的马自达，有穿着华丽的女郎，也有披着肮脏上衣的打工仔，一张张瘦削的缺乏营养的紫色的脸涌到眼中来。颜立早一下子闭上了眼，他想回头走，险些碰在一辆自行车上。骑车的那个胖胖的眉毛很黑的女人，脸上是横着的肉，她朝他瞪一下眼，唇在嚅动，他逃也似的偏过眼去，正见她手臂上密密的黑色汗毛耸动着，仿佛要竖立起来，一把抓住他。他很快地弯着腰，低头走开去。

雪夜静静

他躺上了床,只是闭着眼。现实社会的许多许多杂乱色彩感觉混在了一起。那个夜的梦都是杂乱的色彩,如印象派的画,色彩在跳闪。到第二天天明,他睁开眼来,眼前是他住了很久的小屋。有几天没有收拾,眼前也是杂乱的色彩。一些没有洗的碗散乱地放在小桌上,旧了的小桌剥落漆皮处,一块块斑似的绛污色。桌上与墙上都有细微的灰尘铺着蒙着,一些细尘浮在空气中,游动在日光亮处。摊开的纸上是乱七八糟的线条。他想自己是把杂乱的感觉,从梦里带进了现实。他赶紧走出门去。

颜立早居所的街道旁也有一条河,是人工开掘的,河边修整出一条绿化带,还砌了一个亭子。颜立早走过那里的时候,看到河面浮着几个歪瘪的易拉罐,几张挂在矮丛上的废纸,劣质印刷纸上是烦人的广告图样,枯枯的草尖染着灰尘,河水上几条蜿蜒如黑虫的油污发着亮,这是看惯了的城市景致,这一刻却是那么醒目。

颜立早习惯在早摊上买一个煎饼,或者买一团蒸饭包油条。小街口就有一排边的早点摊。颜立早站在那里,看着女摊主包煎饼。她的围裙乌乌的,染着一些黑煤灰,溅着斑斑点点的油星。他知道她是个下岗的女工,这一排边的点心摊都是下岗者摆的。她的手递过那煎饼时,他看到她嵌着泥黑色乌乌长长的指甲,还有她本来就肤色黑黑的手。他赶忙低下了眼,他怕看自己手里的煎饼,只是一口一口惯性地把它吃了。

他回到小屋。他不让自己再去看什么。但许多的色彩与许多的形象都涌到他的意识中来。那些天,他只是看着美的景色。而现在,许多丑的景象也进入他的视觉。他看着刚买回的一束鲜花,插花的花瓶是他早先选购的。一朵朵的花色给了他一种宽解的感受,他无法移开眼去。然而家与家周围的情景,还在他视觉记忆中,那

是灰色的一片晒衣架，挂着乱七八糟的衣物，一个破瓦罐积着残水……

他给女友黄清打了一个电话，这几日他都忘了与她联系。颜立早与女友的关系到了那一种地步，可以进一步，也可以退一步。他不想向前进，他觉得她不是理想的，可以看，也可以不看。打完电话，他有点后悔。过去他还没主动地邀过她，这次意味着他在向她表示，他的举动是进了一步。

很快，他看到了她。几日没见，再看到她时，他多少有点激动。她在他的面前坐下来，他看清了她。她的脸化了妆，显着淡淡的外加的白，额头与眉毛之间生着两颗红痘，鼻子上因走得快而沁出一些细小汗珠，滑腻的脸上蒸着一点热气，有几缕湿发耷拉下来，蒙着一层水色一层汗色。这是一张他看惯的脸，似乎并不美，也不厌。他只是看着她。她对着他的眼，有点不好意思，脸上露出难得的红晕，也许是热了的缘故。

颜立早避开她的眼光，视线便落在她的颈下。她注意到他的眼，似乎明白他的感觉似的，拉了一拉自己的衣服，随后嘴里说，真热。他做了一个手势，让她脱衣服的手势。她也就起身脱去外衣，他看着她把外套从头上拉出来。她里面穿的是一件中袖毛衣，露了半个臂膀。她重新坐定了，依然面朝着他。他忍不住有所渴求，那天在门牌为梅的房间里姑娘裸身的样子闪入他的感觉中。他又做了一个重复的手势。她一直默默的。他没有和她说话，她也不说话，只是用眼看着他。她觉得他在用另一种方式与她接触，他原来曾说他喜欢独特的方式。她想这就是他独特的方式。她想自己是不是应该附和下去。她想已到她人生的关键时候，她已经做好了准备，只是她还有点忸怩。她不知自己用怎样的方式来呼应才好。她

雪夜静静

脸上露着"你这个人真坏"的笑意，慢慢地脱着自己的毛衣。只有一件衬衫了，脱的时候露出了上半身胸腹肉体来。他看到一片有点暗黄的那种黄掺着黑、黑掺着杂色的肤色，胳膊一处种牛痘的疤痕很明显，臂下露出黑黑的腋毛。所有裸露的肤色都显着乌乌的感觉，脖子的细纹处积着暗黑。他从来没想到女友裸处会是那么黑丑，一点看的欲望都没有了，他很想避开眼去。他大概叫了出来：你别脱了，你还是穿上吧。她怔住了，他避开眼的样子重重地打击了她。也弄不清她说了什么，她做了什么，他看到她跑出去了。

颜立早重重地叹了一口气。他闭着眼，老丫的裸体与黄清裸露的身体部位混成一团。一层一层的色彩，似乎是假的，杂乱地混合在他感觉中。他无法睁开眼来。门外射进一片日光，亮色刺着他的眼。那些色彩与形象是那么清晰，却都在他闭眼视觉中的黄红色帷幕上闪动着，肮脏的，清亮的，乌乌的，灿烂的，都混杂成一片，团成一团，浮动着，游移着，旋转着，让他无法分开。他怕睁开眼来，他双手遮住眼，低下了头，眼前有手指形成的阴影，在那黄红色的闭眼视觉中又增添几道暗色。

他忍不住捶了捶自己闭着的眼睛，顿时爆出一串火星，闪亮的七闪八窜的火星，加重了杂乱的情景。多了一层一层的色彩，在重叠着，在挤撞着。

颜立早又与程西来到唐院。他戴着一副墨镜，镜片是黑色的，像在上面涂着一层黑漆，墨镜把他的眼圈整个都罩实了。他拉着程西的手臂一路走着。又看到他曾走熟的沿路情景，看到阳光下所显现的色彩，这一切透过墨镜，添出一层沉静之色。

这一时期，他已习惯观察眼前的各色情景，但视觉还时常会呈现记忆之色。他站在唐院的中间，感觉着春日院墙上的一层层草绿。而眼前的墙头草已是深绿墨绿，带着一点枯黄。是不是沾着了灰尘？忽然，他感觉在面前有了一股说不清的柔柔气息。他知道眼前站着一个女人。一股清新的气息，宛如在他幼年时代出现过又流失了的。他说：你是？面前的她说：你想我会是谁？他想到了上次到唐院来，没有访到的林圆圆，不知为什么，他就想到是她。她的声音传进他的感觉中，声音与气息便把他感觉中的杂乱轻轻地抚开了。她说：你想我是什么样的呢？

颜立早说：我想，我想……我想普通，以前就是普通的……他还想说，是正常的。他不知道该怎么说，他不想看到老丫，也不想是对着女友黄清的那种感觉。她应该是什么样的呢？他在犹豫中。就听林圆圆说：那么，你看吧，我就是普通的样子。她的声音完完全全地占据了他的感觉。她伸手摘下他戴着的墨镜，他看到了一张笑容殷殷的脸，一时看不准她是多大的年龄，似乎是个少妇似乎还是个姑娘。一个很普通的脸，一身普通的穿着。同时，他就听到了她微微的笑声，还听到树上鸟的鸣叫，嗅到院外飘进的桂花香气。还有什么人家在烧糖醋鱼吧，他嘴里有着一股酸酸的感觉。他的手还拉着程西，程西手臂的骨结硬硬的。

像调谐的开关震动般地跳动一下，颜立早又回复到早先的感觉，只是显得更清新一点。眼前还是她的形象，林圆圆对他们说，知道我今天在路上拣到了什么吗？她退了一点身子，脚跟前喵呜一声，一只很普通的花猫，在日光下眯眼仰脸正看着颜立早与程西。

大家都笑了。

颜立早跟程西走出唐院的巷子，前面便是小桥了，他抬眼看去，正是黄昏，那座小桥满是沧桑地立在那里。他听到身边响了一

雪夜静静

下汽车喇叭声,忙向旁边让一让。一个乡下模样的人拉着一辆板车与一辆豪华锃亮的银色轿车迎着面,板车与轿车互不相让地顶着。轿车一个劲地摁喇叭,很快就围上了一群人。连桥上都站满了人。

颜立早偏开身拉着程西,从人缝里钻出去,走了。

味　蕴

赵永佳把手按着轻轻按着桌边,站起身来。女记者南若星注意到左右斜对面两个女人都抬起眼来,眼光忽闪一下,似乎在他身上碰撞到了,一起垂落下来,随他走到阳台上。

赵永佳在阳台栏杆前靠着,抬起眼来望着天空。天色很好,他深深吸了一口气,嘴里有淡淡的城市的金属与水泥的味道。随风吹来的一股气息,含在嘴里,甜甜的,吐出去,再吸一口的时候,有一丝甜滋滋的味道,接着他闻到了香气,偏过眼来,看到南若星走到他的身边,她的披肩发刚烫过了,黑黑亮亮的。

他露出了微微的笑意,她眼中也含着了笑,有点朦胧。她一时没有说话,只是靠近他。一点酸枣掺着马齿苋的味道,他的嘴轻轻嚼动了一下。

"这里的聚会,开头有点小诗情,结束会有一个新花头,中间总是猪肚子,沉闷得很。"南若星说。

雪夜静静

他抚在阳台栏杆上的手翻动了一下,动作在她的眼中很优雅的。他的脸看上去就是四十岁的人了,眼角有了鱼尾纹,眼、鼻、嘴单个地看,并不出众,但他却显着一个男人特有的味道。不知为什么她会想到是味道,这种味道不是从气息中透现的,而是她接受的一种感觉。他让她觉得有味道,哪怕只是笑一笑,仿佛蕴含着许多的滋味。

"没有沉闷的时间,有意思的对话也就少了,是吗?"

南若星低下头来,想了一想,其实他的话很明白的,她却想着话后面的意思。

这儿是宣传系统的一个沙龙,说不清从什么时候开始的。一家国有公司的老总,很文气,原来与宣传系统就有联系,公司做大了,便让出一点房子来,装修了,给宣传系统做交际场所,还拨了固定经费。文化单位,新闻单位,出版单位,来的人或多或少,有朋友能够聊天,还管饭,逐渐就形成了一个圈。来的人中间,多是单身的,新闻单位的几个女性,常来这里找话题。

每一次聚会,总有人谈沙龙的发展,比如影视的创作,比如与国外沙龙的联谊,每一项都可行,每一项都应该快行。这也是正常的,来这里让公司破费,自然要出一点主意。每一次沙龙都有一位公司办公室的副主任参加,谈的人慷慨激昂,听的人带着微笑。很多的时间还是各人找熟人交流。

一般的聚会总会有一两个引人注目的人物。引人注目倒不在于得什么大奖,往往得奖而有名的人士来照一照就走了,谁来了都不会有人簇拥着的,就是有权者也是一样。大家都明白得奖是怎么回事,也明白当官是怎么回事。这里显着一种清高,显着一种平等的氛围,注意的是人的本来面目,女人眼中的男人,男人眼中的女人。

　　赵永佳并不是出众的人物，媒体上没有热炒过，名字提起来还似乎陌生。只是一旦熟悉了，听他的说话，看他的举止，自有一种风度，用南若星的话来说，是一种味道。熟悉了，自然会通过各种渠道了解他的情况，南若星翻开自己的记忆库存，好像很早就见过他了，在记忆中他就是这个样子，一点也不出众。当初她根本没有注意他，不知是当初接触得太少，还是当初她太年轻。当初的南若星还是一个姑娘，姑娘关注的与少妇关注的自然是不同的。

　　对于男人，少女眼睛里的男人，总是那些声名大的，模样出众的，潇洒幽默的，一般都表露于外在。而少妇就不同了，往往不限于外在，有点往内里深究，自然是因为与男人有过了内在的接触，有过了深度的感受。这种内在的感受，不是一句话两句话说明白的。而上了一点年岁的男人也都看不上少女，他们有着了深一层体贴与体味的需要，少女的色彩是单纯的，而少妇才各有不同的色彩。

　　"秋天的风有点凉了。"南若星带点感叹地，"我喜欢秋天，秋高气爽，一片清清朗朗。"

　　赵永佳扭过头来看了看南若星，他的眼光平平静静的。南若星抬起眼来迎着他。他点了点头，随后说："你属水，是的。"

　　南若星不明白他的意思，但不好意思问，感觉有点深意的滋味。属水，女人是水，这是一般的说法，水性杨花，他的话意不应如此。

　　"金生水。"他说。

　　南若星听到过这句话，含着玄的味道。他懂得很多，似乎随随便便说出来的。她很在意他的一句话，她对他的每一句话都在意，

雪夜静静

感觉着一种味道。一个女人对一个男人产生感觉，那感觉是说不清的，男人的外貌和形体，在那一团感觉中是模糊的，而男人的一句话，一个举动，形成一种特殊的味道，从感觉中凸现出来，便具有了吸引力，其他的一切都化成了媒介。

"你懂得的真多。"南若星说，"越与你接触就越觉得你深。"南若星的口气是直率的，女人知道什么时候用直率的语言去感动对方。

赵永佳似是随便地摇摇头，把手轻轻拍拍栏杆，又抬起眼来，眼望出去，一片蓝蓝的虚空。他白净的手仿佛含着许多的语言，小指常常会神经质地微微抖动一下。他想说什么的时候，嘴里会轻嚼一下，仿佛含着多少滋味。

"其实最好的便是最简单的，深究是无穷尽的，也是徒劳的。就讲味道吧，哪怕一粒谷子，一个果子，便有多少滋味在其中，都无法完全辨别清楚。所以酸、甜、苦、辣，就这么简单来概括，其他的感觉也可以用味道来辨别，比如色彩，比如声音。"

南若星觉得他说的应该是很明白的，然而她听得却有点迷惑，这种迷惑加强了她的感觉。她说："你知道吗，你的声音很好听，你唱歌一定很有味道的。什么时候我主持沙龙的联欢会时，请你上台来唱一曲歌。"

他摇了摇头，并非是拒绝的意思。到底是女性的思维，她一下子从声音跳到了唱歌。不过，和她说话是轻松的，可以随便发挥。她是美丽的，体形很好，脸上总显着妩媚的神情，眼中水汪汪的，有着一点朦胧。

"我当然能唱的，不过我不会当众唱歌……"

"你也会怯场么？"

"不。我不喜欢众多的人的场面。在一片山坡上,我放声地唱,只有一个人听着。"他得很郑重,不像是调侃,也不像含着意味,她却心里有点热热的,感觉往脸上去,她低下眼去,低眼的一瞬间,她看到他嘴里轻嚼了一下。他的嘴不时会动一下,像是嚼着什么。这个形象,总让她生出年龄的感觉,相差了十岁以上的年龄。按说,在现代社会里,这点年龄之差已不算什么了。但会让她想到,她与他隔着深层的社会经历。

"谁听过?"她问。

他的嘴又轻嚼了一下,看着她,带着一点微笑。

"听过我唱歌的人并不多。"他说。

这便是一个男人与女人的对话,说平常也平常,又似乎有味道在里面。与书本上的爱情对话不同,作品中的爱是明显的,是不平常的,是被强调出来的,而平常生活中,很多男女的对话都是平常的,还没有完全带着互相的爱意,却是一种试探,一种交汇,一种前奏。一定年龄的男女对话,更多的让对方感受到后面的味道,有着兴趣,有着迷惑,有着计较,也有着自在独立的感觉。这也是现代男女所有的感觉,就像南若星还能感觉到赵永佳的嘴不雅地轻嚼,他只是让她感觉有味道的男人,在女人一生的年轻时光中,这种诱动芳心的味道总会有的,她并没有迷离。

南若星是成了家的女人,有丈夫也有孩子。她对丈夫的感觉就像一首现代民谣里所说的:丈夫是那个婚前陪你上街为你掏腰包,婚后让你回家给他洗袜子的男人。她三十岁出头了,三十岁开外的女人心思是最不稳定的,还有寻找自己味道的最后机会,再迟就只有接受一切过下去了。

雪夜静静

　　南若星也说不出她与丈夫之间到底有什么大的问题，但对家庭的不满，在她的语言中流露着。她是一个有气质的知识女性，又是一个漂亮的女人，她的说法自然容易为别人注意，并流传开来。如果说离了婚为单身，在闹离婚为准单身，她便是接近于准单身。这一点是别人心里想着的，南若星并不清楚。人们的眼光关注着她与男人的接近，似乎等着她作第二选择。毕竟是现代社会，这已经是平常事了。

　　赵永佳肯定是单身了，却弄不清他是为了什么离婚，什么时候离婚的了。他与妻子离婚的时候，还不为人注目。那以前有人见过他妻子，觉得他的妻子很凶的，得着一种什么病，会突然歇斯底里地爆发出来，现在他妻子在哪儿，是不是已经死了，已无人知道。赵永佳从有婚姻到单身，当中好像离开城市一段时间，去了哪儿，也没人知道。他的嘴很紧，总是绷着，像把许多的往事都咬在嘴里。这也是他吸引女人的地方，有着一种神秘感。

　　似乎他在很深很暗的水里面泡过的，他的心灵负着妻子压着的一层一层的负担，走了出去，走了很多的路，走了很艰难的路。再回转来，就是现在单身的他了。其间到底发生了什么，谁都不清楚。他本来只是一个不太为人注意的人，也没有什么深交的朋友。再回来的时候，已经是开放的时代。虽然他依然并不引人注目，但他那种深层的男人的气质，吸引着他周围的女人。

　　单身的男人比单身的女人更吃香。赵永佳的身体里有着一种味道，神秘的味道。他生命中的世事沧桑，在女人眼中不同一般，而一般的小姑娘是无法感受到的。眼下电视台时兴讲座，请嘉宾谈他们的过去。南若星向电视台推荐赵永佳，那个电视台的女主持一撇嘴，说也有人提到过他，可是他拒绝电视摄像，说是怕上镜头。

南若星听了有点好笑，这合乎他的口气，他总是说得很委婉的，怕上镜头是假的，大概是不愿出头露面。女主持愤愤地说：电视谁都想上，搞什么深沉，都什么时代了。南若星心想这个漂亮小姑娘，实在缺乏层次。外面电视台很红火，但在宣传系统里，都知道电视台的素质不高。

赵永佳还是有一次露了脸，一下子产生了影响。

在一次沙龙上，一个男士用手机打了一个电话，随后合上机盖向大家宣布：管后勤的陶云秀病了。每次沙龙的活动，陶云秀总是为他们收桌子，印材料。每件事她都做得很细，一旦缺了她，沙龙就显得有点乱。于是，这些不计身份高低的男女都去她家里看她。陶云秀家靠在沙龙附近，这是一个不声不响的女人，虽然年轻，但容貌一般。

陶云秀躺在床上，脸色比平时黄了不少，看上去虚脱了的样子。问她哪里不舒服，她只是摇头，问多了，她说是肚子，显着不好意思的。大家知道她是拉肚子了，拉肚子是个常病，谁都生过的，本以为没什么事，说上几句肠胃要当心的话。这是个单身女人的住所，收拾得干干净净，只是病了以后，桌上还摊着几只碗。赵永佳东看看西看看，后来在碗里发现了一点食物屑屑，用手沾着放进嘴里，习惯似的嚼着，然后认真地说："中毒了。"

听说中毒，大家挺紧张，不过都是经过世面的，立刻想到了有人下毒，想到要报警，打110；想到要叫救护车，报120。

南若星问："中的什么毒？"

"是油。"

听是油，大家冷静下来了，也生出怀疑，如何知道是油的？赵永佳嘴里嚼着动着，眉头微皱，仿佛那油毒印进了舌头里。他只

雪夜静静

顾点着头。这一刻他嘴动的样子,在南若星感觉中便不那么不舒服了,她盯着他看,没有偏过头去。

"你怎么知道是油?"

赵永佳说:"这油是炸多了,本来就有变质,加上炸焦了的食物细尘含在其中,成了焦物,油不清,好像还掺了一点遗下来的工业油。"

南若星又问:"你怎么知道?"

"味道。有沾着的味道,是多次炸焦了的细屑。有浮着的味道,定底的焦物可以去掉,但总有微细的颗粒浮在油中。清油是浮不了沉淀物的,因为多次炸的油,积厚了。工业油是不同的,带着一点苦味。幸好还掺着了一点新油,没有焦味苦味的新油。"赵永佳一边说,一边嘴里还嚼着动着,似乎在细细地辨着成分。

赵永佳说得认真,不由人不信。但去的人都是宣传系统的人,接触过不少神神道道,见他只是沾了一点细油屑,就说出这么一大篇来,心里还存着疑惑。

这时,陶云秀开口说:"是的。我吃过两个油圈子。"油圈子就是用萝卜调面粉放油里炸成的圈。

大家这才信了。既然中毒了,就商量着往医院送。陶云秀不肯去,说是没什么,就是一点积油呗。说着用眼望着赵永佳,很信任地等着他的说话。

赵永佳想了想说:"要说,毒素不是那么强,再说,小陶也已经拉了几次了……"说到拉时,陶云秀黄黄的脸上显着了一点血色。赵永佳说:"该有的毒素也基本拉尽了,只是胃体里还渗进了一些,这可不是好玩的。我来开点药吧。"说着他坐下来,在纸上写着。大家看,只三味草药:鱼腥草,七叶一枝花,蛇莓草。上面

193

写着剂量，都只三钱。

"就这点药？"南若星问。

"我在西南山村时，给人找药，只需在山里采一点就行。这几种草都是解毒的，有几棵就行，只是药店里都是晒干的，我才多添了一点剂量。现在小陶毒已泻了，要去医院灌肠，用处也不大。而解胃里渗进的毒素，西药很难治本，只需草药就行。"赵永佳说得仔细。在座也有知道赵永佳懂医的，有人得病也询问过他，知道他当过医生的，只是他在西南山村待过，还第一次听他说。他怎么会去了那里的？

看其他中医开药都是君臣辅助，就这几种药能行吗？赵永佳解释说：其实真正的病都只需要对症的两三味药就行，往往是医生拿不准，才多开了不少药，君臣辅助，总是保险的意思。

赵永佳关照陶云秀，等吃了药毒素清了，饿时吃一点稀粥。"只要清清爽爽就行。"赵永佳说着。

南若星听他的话，觉得虽然还如平时一般温和，却透着自信，竟有把众多中医的医生斥之庸医的味道。

于是大家在陶秀云的小客厅里坐下来，办了一次小沙龙。女人们照应着里屋的陶秀云。陶云秀吃了买来的草药，睡了一会，到下午的时候，坐床上喝了一碗稀粥，便起身来，向赵永佳道谢。

就这件事，南记者写了一篇比较长的报道，写了整个过程，报道在晚报的头版发了，但只是刊登了毒油致人生病的情节。有关赵永佳治病的那一节，被总编删掉了，说把赵永佳吹成神人了，有宣传特异功能之嫌，而眼下正在讲科学反迷信的当口。

赵永佳还是没有产生影响。南若星说，要是放在兴特异功能那几年，赵永佳也许一下子就有名了。赵永佳并不在意有名没名，还

雪夜静静

是那样不显山不显水的。不过他的影响在宣传系统的里，慢慢地往外圈开。请他的人不少，有求医的，有问事的，还有传说：酒文化协会有一次请他去担任品酒师。几十家酒厂的酒，所有的酒都倒一小盅围着长条桌放着，大门口的小桌上多放着了一盅酒。赵永佳一进门先喝了那一盅酒，再去一一品长条桌的几十种酒。赵永佳把所有的酒都品了以后，立刻指出门口放的是湖南出的湘泉酒，并指出是55度芳香型的。于是，好多的厂家争聘他为特级品酒师。另有传说：烹调协会让市里的特级厨师做了一整桌菜，请赵永佳去品味道的纯正。他一下子就成了烹调协会的常务理事。

在南若星听来，这些毕竟是传说，她知道赵永佳并不喜欢出头露面。有时在沙龙，赵永佳来了，还是静静的，那点深沉的味道，让女人着迷。那次，活跃的女摄影师田春子端来了一暖瓶米粉团子，请大家吃了，接着问赵永佳团子里有什么成分。赵永佳嘴里嚼动了一会，慢慢地说出来：掺了玉米粉，和了一点南瓜粉在里面，好像还有一点点小米粉。那么馅呢？剁得很细很细的馅，都凝成了一团。……里面有香肠，牛肉，香菇，山菇，青荚，细葱，嫩姜，茭白，香菜，还拌了一点甜酱，一点点的，还拌着了麻油，不，不，不是麻油，是芝麻，剁碎了的芝麻。

见田春子不住地点着头，南若星问：芝麻与麻油也有区别吗？赵永佳说：当然，味道不同的。

看得出来田春子在这一顿团子里是下了功夫的，杂着那么多的东西，大家都说好吃。

只有女人，才感觉到田春子团子里还有着别的味道。南若星自然感觉着了。她的心里热起来。赵永佳虽然不显山不显水，毕竟还是在眼光的焦点之中了。南若星感觉心里从来没有这么热过，热从

心里往上升，化作一种味道，这味道似乎过去恋爱时感到过，又似乎不同于过去。对于她来说，过去的感觉是幼稚的。她真想不顾一切地朝赵永佳走去，一直走到他面前，走得很近很近。不过她止住了现实的脚步。她不是女孩子了，怎么能让感情简单地冲动呢。她曾主持过谈男女交往的版面，很冷静地与读者分析：那么多的婚外恋是因为爱情还是另外什么。

那种味道在理性中分解开来，她故意说一句四十岁的老男人怎么怎么的。可她清楚自己被一个老男人弄得迷惑了，有点无助的味道。

南若星找了一个单独的机会约了赵永佳。她开口便说："你真神，在我眼里你是个神人了。"她的口气明显带着一点调侃，她想让自己的感觉隐藏在调侃后面。

"我不是神人，我只是人。"赵永佳认真地应着她。

"你是人，可你是一个特别的人，起码说你的味觉是特别的，因了这特别，你对人生处事，都有着了一种超越的层次。"南若星的话没有了调侃。她仰着脸看他。

"你说我的味觉是特别的，我自己不觉得。我一直认为和其他的人都一样的，根本没有想到是我特有的。其实对所有的食物，对所有的东西，你只要用了心去细细地品，我相信你也一定会品出各种味道来的。我们好像忽视了许多的感觉。"赵永佳依然说得实在，不像一些有名的艺人很快在说话中显出浅薄来。

"我知道，那是你的经历造成的，你一定受过很多苦吧，你去过西南山村，还有你以前的家庭……看起来人的本事，都在积累中生成。命运赐予你的，是从痛苦中，是从孤独中……"

南若星说着，她看他习惯地微笑着摇头，他的脸上似乎浮着一

雪夜静静

种圣洁的光晕。

南若星一下子从自己的说话中感受到了什么，她觉得自己缺少的就是她自己所说的。她有的只是不温不火的生活。

南若星突然与丈夫分居了。她向丈夫提出离婚，丈夫似乎早就有所预感，但她提出来时，他还是问："为什么？"一脸弄不清楚的无辜。

"不为什么？现代人还要问这吗？你觉得我们这样还有意思吗？"南若星看着面前的电视，丈夫看着她，她知道丈夫盯着她。像要看穿她的什么来，既然说出了口，她便无所谓。

她设想着丈夫暴怒起来的样子，但他并没有动。只是盯着她。

"为什么？"他又问。似乎所有的离婚总与为什么有关。

"我没有其他男人。"南若星很快地说："只是我厌倦了这样的生活，都什么时代了，还让我这样地生活下去？你难受不难受？"她又补充说："你可以跟踪我，也可以调查我。我用不着对你说假话。"她注意到他盯着的眼光，感觉中浮着一点赵永佳的味道，但她觉得那并没有什么。她显得很泰然。

于是她就另租了一套房子住下来，她对熟悉她的人说，她是厌倦了那样的生活，现代男人与现代女人，没有了爱，生活在一起还有什么意思。她不用更多的语言，别人就都明白了，理解了。她成了准单身女人。

没有多久，就有丈夫的信息，看起来已经同意了，离婚只需落实在财产分配的协议条款上。

南若星一身轻松，她参加沙龙时，感觉到有异样的眼光，但既然走出来了，她就不在乎什么。现在她可以投入强烈的感情中去了。多少年的结婚生活，她感觉自己陷于一个平庸的空洞中，正迫切需要着填补。已经付出的让她产生着强烈的感觉。在闹分居的当口，为了避开丈夫的注意，她没有到沙龙来。然而，她再来沙龙，见着的赵永佳似乎换了一个形象。他虽然还是那样静静地坐着，可是他原来微微皱眉显着一点忧郁的神情不见了。他应着别人打趣的话题，脸上带着了一点微笑，整个浮现着一种浅薄的幸福感。

南若星没想到赵永佳已被人俘虏了。南若星能想到他总会被女人俘虏的，但没想到这么快，真是现代速度。她没有想到的还有：那个女人竟是貌不惊人的陶云秀。

南若星能构划出来一副图景，就是那次赵永佳解了陶云秀的毒后，陶云秀便名正言顺地不断邀请赵永佳到她那里去，一个单身女人与一个单身男人常在一起，自然会生出一点东西来，也许陶云秀还有着女人说不出口但实在的本事。男追女，隔座山，女追男，隔层单嘛。不过南若星还是觉得这种常态不应该合着赵永佳，他应该具有深层的需求。

"为什么？"南若星与赵永佳单独一起的时候，她这样问。她的声调里带着一点委屈，她清楚赵永佳不可能不知道她过去对他的感觉，她觉得有权利这样说，她不想隐瞒自己，他欠她一个理由。

他不看她，只顾盯着楼下的一片绿地，就像她回答丈夫时盯着电视一样。其实那里并没有什么好看的东西。过了一会，他微笑着说："你不知道，陶云秀的菜烧得真好。"

南若星听到了理由，她本来以为会听到感觉啊什么的话，怎么也没想到竟是这么个理由。却是很明确的理由，应着一句老话：到达男人心，要通过胃。这么个浅薄至极的理由，居然从能辨别那么复杂味道的赵永佳口中说出。

南若星突然发现自己一下子松了劲。她这才明白，她的离婚看来是没有目的，到底还是有目的的。她没有了离婚的劲头，然而后面一段时间，丈夫那里催着在办离婚的事宜。南若星发现她的丈夫似乎很积极，自己原来对他的感觉是不对的。丈夫似乎希望很快地离婚，他以前也许只是一种姿态，是一切由她提议的姿态，原本他就等候着了的。

南若星一时心里的感觉很灰，她继续想着赵永佳，同时努力把对赵永佳的感觉排开去。她依然去沙龙，和别人讨论着爱与理想。有一次她很知己地搂着陶云秀说："你怎么也不请我吃一顿的。那次你病了，我去你家，你没招待我。欠着我一顿吧。"

陶云秀很爽快地请南若星去家里吃了一顿。陶云秀烧的几只，都是家常菜。在大饭店里也吃多了的南若星，细品着味道，觉得烧得确实不错，但家常菜毕竟只是家常菜。

"你招待……赵永佳，也是这些菜？"南若星这么问。那意思里嗔她重色轻友。

"是啊。他要求不高。我知道，只要清清爽爽的。"

南若星再仔细地品品这清清爽爽的几个菜，细品起来，还是感觉味道不错，也就如此。想赵永佳吃惯了外面的酒席，大概吃到这几样简单清爽的菜，便觉得有特殊的味道。想到这一点，她有一种人生苍凉的感觉。不过，陶云秀知道赵永佳有辨别味道的本事，也许用心做出了滋味，认真的感觉都融在菜的味道里吧。

吃完了菜，南若星礼貌地赞一句菜烧得真好，而后随随便便开玩笑似的说："赵永佳现在常吃你的菜，你能把味道合到他的口味，肯定也是个辨味的奇才，大概有特异功能以前没有发掘吧。"

陶云秀低下头来，轻轻搓着碗边说："我以前吃东西是常常喜欢放在嘴里细细尝慢慢嚼的。从小妈妈就说我吃饭像'数'。那次吃有毒的油圈，大概尝久了，毒素渗进了舌头里，现在吃东西，基本上辨不出味道来。"

南若星听了，似是懵了，觉得一切奇怪极了，一时生不出任何的意识。

雪夜静静

雪夜静静

  从山里回到近山之城,之后的一段时间似乎过得很快。我很正常地生活着,正常得仿佛过去曾经有过的生活都不正常了。这就到了冬天,下了第一场雪。
  站在城市的边缘看着山,隐在一团朦胧的光晕与色彩之中的山,使我觉得在山里的她只是一个梦,是我梦世界中特有的一个梦质,是来慰藉我心神的精灵。倘若不能说是梦,那便是我恍惚间生出来的一种幻想,整个山中天地都是我幻想出来的,纯美的情,纯美的景,纯美的自然,纯美的人物。我有时真会这么想:我独自进山,便进入自己的幻想天地中,于是一个纯美的精灵便进入我的虚幻世界,与山色相融,与景情相合。是如此一个自由自在的精灵。我又如何能与这个美丽的自由自在的精灵永远在一起呢?又如何能把她带出山呢?
  有时想起来,自己眼下和城市生活,连同过去的一切生活,又

何尝不如一个梦呢？也许我的飘游时间长了，一切都带着了虚浮感。也许我是该成个家，每天干活做事吃饭睡觉，过那一天天重复的日子。也许只有重复琐碎的日子，才显得真实吧。

这段时间里，我的节目设计带着梦幻色彩，一幕幕地出现了。有时想起来，人生的梦幻与艺术的梦幻，也是没有多少差别的。我只是一个劲地沉在自己的设计中，很少与人接触，就是与对门共同创作的昭昭也难得说一点话。

近来，常有一个年轻的女孩来找昭昭。我有时出门买东西填肚子的时候，能听到他在房间里谈话的声音，谈的都是艺术与宗教，他喜欢与不同的女人谈不同的审美理论，这是一个与女人开始相交的过程。这段过程过了，他的房里就安静了，或者是女人不再来找他，或者是两人在房间里进行着默默的交流了。

有时见了我，他会问一声："进行得怎么样了？"

我不置可否地应一声："行吧。"

昭昭看着我说："看得出你沉进创作热潮中了，要出大作了。我有这样的经验。"

"是怎么的？"

"一切变得有规律了。生活只成了一种规律。本来嘛，睡觉可以或早或晚，要打起牌来，下起棋来，通宵不睡的也会有。吃饭也同样，或者吃一碗面条的时间也短，或者喝一顿酒的时间也长，早一个小时吃也可，迟一个小时吃也行……这时候啊，吃饭睡觉都成了刻板，每天散个步，也是规定的时间。走出了门，头脑里想着的是下面一个创作场景。这一步是不能打乱的，一打乱，再接上气就难了，就觉得原来的构思，怎么也对不上了。"

"是吗？"

雪夜静静

"当然是，我看你应着我的话，却心不在焉，只听进耳朵中，听不到心里去的……好了，好了，我就不干扰你了，或许会打断了你一个伟大的构思。"

他去了，我还是独自往外走，一时却忘了自己出门来，到底是要去做什么了。想了一会，便去买了两个面包，再回楼上来。心里想，自己好像不是要出去买面包的，是有什么迫切要买的东西，却怎么也想不起来了。于是买两个面包也不会错，总是要吃下一顿的。

在书桌前坐下来，一下子觉得与原来的构思，似乎隔了一层，也就思想浮动起来。强行让自己的思想沉下来，沉到纸上去，如同下滑的鸟翅点一下水面，又轻盈地飘飞上去，上面有着点点的清光，便是她的几个身影在清光中浮动着，她轻盈的身形，翩如惊鸿。感觉中的她，总是如影如形，就是靠得很近很近时，依然显着她是独立翩然的。

她跃下水去，身形依然是轻盈的，恍惚在水里像鱼一般游动着，翻了一滚，又跃了上来，像在水上盘旋着身子。那水是青绿色的，仿佛染着了四周山壁上的草色，在她身下水中，游动着的鱼是金色的，上空还飞着银白顶的鸟儿。

然而，我意识到她离开了我，永远离开了我。

一点清凉的近乎悲哀的美渗透到心中来，优美总与悲哀联在一起。而山川的壮美也化成了那点优美。优美到一丝丝一缕缕的悲哀。

舞台监督爬上楼来叫我，说有我的电话，他朝我挤着眼笑："是个女孩，好柔好美的声音啊，我给人传话传到楼上来，还是头

一次。那声音实在让人控制不住，愿意为她服务啊。"

我也是头一次有人上楼来传我的电话。我很少有电话，就是有电话，往往都在楼下叫一声。刚才舞台监督在楼下叫的，他的声音哑，我没听得真。他本来是个演员，因为哑了嗓子才当舞台监督了。剧团里的人都是上过台风光过的。

我想着也许会是她，心中有悬念，奔下去接了电话，话筒里的声音有点含糊。我说："真是你吗？"说的时候就觉得不对。

"当然是我。"

我听清了，那是周馨。是我在城里熟悉的一位姑娘。她总喜欢出人意料。前些日子她一身华装出现在城市节的筹备会上，我才知道她是赞助我们创作演出的后台老板的代表。

周馨在话筒里笑说："你想我了吧。"

"我就快写完了的。"

"我哪是催你稿子来的，你出来一次吧。我要见你。"

"什么事？"

"当然是要紧的事，你就到望江亭来吧。"

说着，她就把电话挂了。

我赶到望江亭去。她坐在亭角刚改建成的茶座里，看着我过去，低头看了一下表。

"表现不错嘛，来得很快的。"

"你的事要紧嘛，什么要紧事？"

她笑了，停下来看着我："你不会遇上了天灾人祸了吧，怎么这么瘦，我都觉得不是你了呢。"

我摸了一下自己的脸，上面胡子扎手，我想起来自己急急忙忙地出来，忘了刮胡子，再说最近总是忘了刮，因为很少出门。也从

雪夜静静

来没有觉得自己的胡子会这么硬。

"一定是胡子长了吧。"

"可不是呢,关胡子什么事?你真的瘦了一圈了,起码瘦了十斤呢。是不是因为想我了?我想不会是光想我吧,肯定还想着什么人呢。"

我想我刚才在电话里说,真是你吗?她听了,才会有这样说法的。她的观察力一直是很厉害的。

"我刮了胡子,你就不会这么说了。"

"你还说是胡子,男人比女人多出来的就是胡子。你倒是别刮了胡子。我觉得长着胡子的你,显得怎么了呢……显得深沉了,显得有分量了,显得有着十足的男子气了……很想摸上一摸的……"她说着,伸过手来,想来摸我的脸。

亭子里虽然人不多,但还是有人看着的,我让了一下头,她又笑了:"你是不是想喝点茶,如果不想喝的话,我们就走……"

"去哪里?"

"陪我走走,看看景致,有些天把我憋死了。"

来的时候,外面飘着有一片无一片的雪。因为走得急,飘雪的情景只在感觉中,并没在意。待从茶亭走出去,雪片飘大了,密了。

走出亭前石道,前面有点郊区情景,土路多了,雪在高低不平的土路上堆出了形状,脚踩下去,松松软软的,一个一个浅浅的鞋底印,横着的竖着的,一排一排如写着方字,我还不知道自己的鞋底是这样的印记。她小心地踩出一个个完整的脚印,她的鞋印如一个个鸟形,展翅飞着。

前面一片水,水上洒了雪,只有中间一片还显着暗玉色。她没

停脚地要踩过去,我叫住了她,带她绕了过去。

她望着我:"你这个人很细心的。"

我说:"说吧,什么事。"

出了亭就一直默不作声地踏雪,一开口说话,风飘着雪屑扑进嘴里,卷着一股寒气,凉凉甜甜的。

"这段时间,你做了什么?"

"就这要紧事?"

"我都出去了这么长时间,也不知道你做了什么,这事还不要紧?"

"你出去了?"

她的眼眸盯着我:"我出去了你不知道?我告诉过你的。"

"什么时候?"

"走之前啊,喔,走之前找过你,你不在……你这个人也真是,就算我没告诉你,现在巴巴地叫你出来,告诉了你,我出去了。你虽然把我忘了,听了就对我说:你到哪儿去了?去了那么长的时间,怎么可以去那么长时间?"

"你去了哪儿了呢?"

"上海、北京。"

"那么大的两个城市,每个城市转一下都要好多天,你没出去多长时间嘛。"

"你这个人实诚得奇怪,要说根本不把我念着,也不用这样对我直说嘛。"

"我说我埋头创作,自己也不会相信,心里有一些事。"

"什么事?"

我仰起头来,雪飘飘洒洒的,城背的山因为被雪覆盖了,变得

雪夜静静

很清晰,不再是迷蒙烟笼一般的,而是清清晰晰地盖着一个白色的帽子,使山的形状显得棱是棱角是角的,一个皇冠形状的山头,右边略微缺了一块。尖顶上一个拱出来的圆形,如同顶珠。平时走在街中心大道上看过去,看不真切,现在那颗珠子越发地被积雪塑圆了。听说那是一块滚圆的顶石。很少有人走近顶石,去过的人说那颗顶石近了看并不显得圆。我却相信着我的眼睛,它是滚圆的,如果推起来,它一定会滚得很快的。

"一言难尽……"

"三言四言我也还是有耐心听的。"

"不想说。……你是公出还是私出?"

"当然是工作啦。"她笑起来,但眼还是盯着我,想是要观察我深深的内心。

"不过要说是工作呢,其实也是吃饭游玩的时间多。应该说,根本就是吃玩的时间多。大概国事外交活动也是吃喝游玩吧。我可以算是一个外交活动家的,也许做得很好的。"

听着她的话,多少日子紧缩的心松懈开来。雪飘落在脸上,竟会感觉到一点暖意。她丰满的身子,走路的时候带着微微地弹跳,在她的身边便感着一点暖意,觉得她散着一团团让人暖和的气息。

上次她约了我,把我带到一个旧碉堡里去。原以为她这次还会再带我去,她却绕开了路,走过了南江桥,桥对面我去得少,那儿有点像小镇的味道,房子都是木结构的。街上几乎没人走动,静静的。

我伸出手来,几片雪花飘落在手心,有晶莹的凉意。我觉得人生已经不会有多少分量很重的事情,觉得自己从身体到内心都是轻飘的。

她飘去了,我不知为什么觉得她是想离开我。我甚至也不去找一找,我只有一个感觉:她离开了我,永远地离开了我。生与死又有什么关系,生死在永远中相通。仔细想想,她与我先前的话便是一种告别,而我却期待着永远在一起。最后得到的是永远地离开。她离开了我,而我只有如此平静地体悟着:人生永远与渴求的东西背离着,你越渴望,就越离她远去。

"你又在想什么?"

"想什么呢?"

周馨斜眼看着我,眸子同时移到右角来,眼眸中依然有着一个我,和明明亮亮的雪景。

"你知道吗?我这次跟着出去,是送礼的。一年到头了,企业都是要送礼的。说起来见面有工作要谈,其实中心也就是送礼。"

"这么多时间就是送礼?"

"要把礼送出去,也不是一件容易的事。业务有联系单位的头儿,先是请出来吃饭,喝酒,酒桌上,开头总要谈几句所谓工作,接下去便是谈感情,再接下去,就是说笑话。劝酒,想着方法劝酒……开始是豪言壮语,到后来是胡言乱语,这之间也有好多种语,什么甜言蜜语之类的,我实在是记不全的。"

"你做什么呢?"

"陪着喝啊,也许拉我出去,就是让我当陪酒女郎的。"

"你真能喝?"

"什么你真能喝?你闻闻我,我现在浑身都冒着酒气呢,有什么能不能喝的。要说我这次出去喝的酒啊,大概算起来,有那么整个一桶呢。"她用手比画着桶的大小。

"你离我远点,当心被我的酒气熏醉了。"

雪夜静静

她嘴里这么说,身子却向我靠近了一点,似乎让我来闻酒气。清冷的雪天清明的气息中,她一点淡淡的女性气息,带着一点温暖的脂香,如我早就嗅过的茉莉香。我就想到了山中她的清清的气息。女性都有着体香。周馨的体香是温暖的,不像她清冷的体香。

"那你不醉么?"

"什么叫醉?他们都说我不会醉的。拜托你对我有一点信心嘛,你就说:你不会醉的是不是?我说:我是酒仙嘛。要说喝酒开始很难受,入口的味道很辣,喝下去,喝多了,你就会觉得整个身体被酒洗净了,洗得热热的。满肚子肮脏的东西,比如欲望啊还有思想啊都洗净了,冲掉了,变得和山泉一样清澈了,和雪一样白净了。不过你别担心,我不会成为酒鬼的。"

她说着酒醉,身体向我靠近着。我们便紧靠着。她的身体柔软而有着一点暖意,没有接触的其他部位在相对比中,就越发感受着雪天的寒意。我想到与山里的她搂着向前走的时候,四周的感觉都是暖暖的。

"酒桌上的话实在不好听,我也不愿听他们说。我只管喝酒。……哎,你会不会喝?"

"就那么一杯吧,还看要有兴致。"

"就那么一杯,还要看兴致。说得多么高雅。你知道不,我喝着酒,有时会想到你,想着你和我在一起喝,显着男子气概,见他们灌我酒,你就要来夺下我的杯子,你说:这酒由我来代。我就打开你的手:我能喝,谁要你代!"

"我可代不了的。"

"我们就去喝一杯。这里就有我一家熟人,我知道她家里备着酒呢。"

说着,她就加快步子带着我走,往里走进一条巷子。我停了脚步:"这个天气这个时候到人家去怕不好吧。"

"跟我走,她就是我,我就是她呢。"她不由分说地伸出手来拉着我。我也就跟着她。

在一条巷子里转一转,有一幢四层的水泥楼,她带我上了二楼,对面单元里有人招呼她一下,她也应了一声。看来确实很熟的。她也不叫门,伸手在门上转了一转,门就开了。进门是个厅,也没见里面有人,厅中间放着一张桌子,桌上放着几个菜,还有一瓶白酒。

一进门,门边有个门,她就把我拉进门里去。是个卫生间,铺着带青花的瓷砖。她掸着头上身上的雪,又伸出一只手来帮我掸。

雪掸下,她伸手用扫帚把地砖上的雪扫了。我听着厅里的动静,还是没有人声。

走进厅里。厅在正中,三边都有着门,想是卧室啊厨房啊,门都关着。她注意到我的神情,嘴里说:"怎么人来了,也不出来招呼一声。"便去一个个门敲着。

我说:"家里的人外出买什么了。"

她低着眉想着:"会去买什么呢……要不是你与我一起来,我一个人来了,满屋的门关着,会是多冷清,像是被人关在一个地方没人理睬。"

她拉着我在桌前坐下来,她说她有点饿了,就打开酒瓶,给我和她自己倒酒。对着酒杯,她先喝一口,又去桌上搛菜,一边说:"你吃吧,吃吧动手……"

她几乎硬逼着让我喝了一口酒。我不喜欢喝白酒,只是进房来,身体里还有着一点寒意,一口酒下去,喉咙口辣辣地呛着,身

体热了起来。既然坐下来了，也就打量着厅里，厅里简简单单的，但一切都显得很整齐，正面墙上挂着一张油画，是风景画，一片水草地，水上浮着几只鹅，水那边是林子，有树与草的倒影映到水里来。我默默地看着，心里浮着什么。

"你在想，这家人是我什么人呢，这么熟，是不是？你猜一猜，会是怎么样的熟人？……你猜啊。"

我摇了摇头。

"是猜不出来还是不想猜？"

"猜不出来。"

"我来代你猜吧，虽然是我，但我用你的想法猜。"

她倒是很奇怪，我只是听着有了一点兴趣。

"看这家里收拾得这么干净，肯定是个女的……"

"这不一定，就算是我吧，不算太干净，也会弄干净的。家里要请人来了嘛。"

"可是这儿本来就这样的……也对，干净不能算，要算也只能算一点吧，配合你看的这幅画，要是男人的房间，恐怕总有一张女人的像，最好是一张那种很露很逼真的裸体画。喜欢林子与水这种很幽静的风景画的怕只是女人吧。"

我依然摇了摇头。

"对了，你本来就喜欢风景。当初看到这张画的第一眼，我就想到了你的文章，你写的文章里面的风景，我就……不过想起来，你作为男人，真是很奇怪的……实在不能算一般的男人吧。"

我微微地抿一点酒，听着她说下去。

"看来从房间里的布置是不能说明什么了，可是你应该想到，与我这么熟的人，只会是个女人……"

她用黑眼眸盯着我。我还是摇摇头。

"你怎么总是摇头,你这个人只会摇头么?你想啊,这里会是一个男人吗?如果是个男人的话,肯定是我的男人了,和我不同一般的关系了,那么,我与他有着那样的关系的话,还会把你带到这里来吗?"

我点了点头,对此她的分析是有理的。

"你这个人会点头的嘛,证明你是诚实的。其实这也只是我猜的你的想法。其实现在就是有了男人,再带一个男人来见面喝酒也不是没有的。就想看着两个男人为我争风吃醋,你们两个男人打起来,我在旁边看着,心里想:谁让你们男人都不想结婚,只想要好多个女人,女人也照样可以有几个男人的。"

"我可是不像为女人打架的男人。"我喝了酒,身体热了,头也有点热了,随便地说着。眼前只有她的声音,也不再想别的,只是顺着她的话去想去说。

"你就说,愿意为我打架,打得死去活来也在所不辞,不行吗?"

"好吧,就为你打一架吧。"我知道只是她的想象,起码她已经告诉了我,这个房间的主人是个女人了。

"好了好了,你那么不想打架,就不再说这里住的是个男人了。要说是个女人的话,那么,这个女人怎么与一个女人好到那个样子,可以丢下家让那个女人同一个男人进来吃饭喝酒呢?她们是什么样的朋友呢?会不会是一对同性恋?当然这是你猜的。"

"我不会这么猜。"

"我说你还是那么传统,现在这样的事多得很。要说不是那样的关系,女人对女人怎么会这样放心呢?女人的心眼一般都很

雪夜静静

小……这也是你想的……我想你是会这么想的。你为什么不这么想一想呢：已经与一个女人有这样的关系，算得上是同性恋的朋友，怎么会同意这个女人把她的男人带到家里来呢……同性恋的人嫉妒心更强呢……你怎么总是摇头，那么你猜一个女人与另一个女人只是朋友关系，会把一个家丢下来，自己跑出去，不管女朋友与带来的男人在房间里做什么事吗？"

"我们没做什么啊。"

"可她不会这么想吗？"

我觉得头有点被她绕大了。我也实在不想想什么，只觉得酒烧着心，嘴里只顾吃，眼见着有的盘子空了，就说："不管她是谁，她要是回来，看到菜被吃完了也不等她，总会有什么想法的吧？"

她有点狡黠地带笑看着我，眼睛闪亮亮的，突然就忍不住了。伏在桌上大声地笑起来，笑得身子一颤一颤的。

我看着她。她收起笑模样，又忍不住，笑起来说："她早来了，和你一起进门的啊。"

我愣了一愣，随后想到这就是她的住所。其实我也应该能想到的，不过她喜欢绕弯子，硬把我的想法绕开了。当初她作为赞助代表的出现，就让我吃了一惊。

不过也就放下心来吃东西。她说桌上的菜都是凉菜，便走进厨房，要烧两个热菜给我吃。我跟着她进厨房。厨房不大，也很干净，几个菜也都是洗净放在一边的。她围起一个花围裙，像个女主人的样子，很快地拿锅炒菜，动作很麻利。

厨房直接在阳台上改装的，一排边的玻璃窗，能清清楚楚地看到外面的夜色。星星点点的城市灯光，映着满天的雪，雪下大了，整个天空都飘落着片片雪花，斜飞着像要贴到窗前来。

很快，两个菜端上了桌。

"真的很好吃。"我一边吃一边赞颂着。

"真的吗？真的喜欢吃？"

"真的。我可不像你，我不是个会说谎的人。"

"我可没有与你说谎啊。你认为我是与你说谎了吗？"

知道是她的家，也知道了她的用心。她说的急事，就是想让我来吃一顿吧，绕着这么一个圈，虽然说是她的风格，但她的心意我也实实在在地感觉到了。我老老实实地摇了摇头。她满面笑出花来。

接下去，她开始说她这次送礼之行。她说了一些送礼的规矩和道理，都是闻所未闻。

"送什么礼了呢？"

"什么礼？前些年送什么土特产，现在谁还兴那个？现在送礼不再是什么吃的东西。都是不大的小包，里面要么是钱，要么是算起来比钱还值钱的东西。我也不去问，都是厂里拿出来的，公家的钱。我只管喝酒的……礼嘛，背地里说是经营的润滑油。业务交易，人家为什么不收别的单位的产品，就收你的产品？总要靠油来滑一滑。我还没有见过一个不收礼的。都不说钱，都说喝酒。把礼放在一个小包里连包送了，根本不提钱的事。"

"送的与受的都雅嘛。"

"就是。不提钱的。只是喝酒，说感情深一口闷。有一个董事长，看上去年纪不算大，啤酒肚已经鼓起了，显出十足的老板样子。一喝酒就开说他的艳史，与女人的交往史。他说在飞机上见了一个航空小姐，实在是漂亮，好像是正经得不得了，一副拒人于千里之外的样子，绝对不会让人碰的。他就递过一张名片请她出来吃

饭，怎么了呢？你想不到，两人一坐下来，他就拿出一个包放在桌上，干干脆脆地说：陪我一夜，这就是送你的礼。小姐本来还当玩笑看，脸上一副不在意的样子，打开包来一看，里面是十万元钱。小姐没再作声，就跟着董事长进房间去了……"

"十万元？……"

"是的，十万元。肯定航空小姐在想：十万元一夜，再怎么不堪毕竟十万元哪！十万元要是放在我面前，你猜，我会怎么样呢？假如你是个女人，十万元放在你面前，你又会怎么样？"

"我可不是个女人哪。"

"我说假如是嘛……会怎么样呢？"

她催问着。我还是摇了摇头："我不是啊。"

"你这个人就是这样，让我帮你想一想吧。假如你是一个女人，你有着一个你爱着的男人，他又是愿意与你结婚的，你当然要把这宝贵的第一夜留给心爱的男人了，就是再多的钱也不会理它。要是你找不到那个男人或者那个男人并不爱你，只是骗你并不想与你结婚，你也就不管了，拿了十万元再说。你说是不是？……"

我说："想不到女人有这样费心的事。"

"男人根本可以不管的，不管对方女人是怎么一回事，哪怕是丑的脏的、看上去连女人都不想碰的女人，男人还是喜欢与她搞在一起的。哪怕用尽礼费尽心思。"

她喝酒喝动了头，一杯接着一杯喝，喝了不少了，但脸色如常，只是腮帮上一块像画了一圈红。仔细看时，她的双眼皮，深深地刻了进去，那么分明，而眼皮之下一对滚圆的黑眼眸，透亮地映着我的形象。

"男人是那样的么？你对男人的成见太深了。"

她挟了一口菜,把它放进嘴里,没有嚼,筷子也没离嘴,看着我:"忘了你是男人啦。是嘛是嘛。你别介意,我只是这么想象。我经历社会上这一回,太丰富了,太离奇的,太莫名其妙了。实在没有人可以说。你是写文章的,给你丰富题材嘛。当然要加上我的想法……还是说礼吧,哎,假如你,你会收什么样的礼,没有人不收礼的,要是不收,也只是礼轻或者礼没有送对。"

"送对?"

"是啊,比如说那个愿意花十万元要漂亮女人一夜的董事长,要送他这么一个女人一夜,不就等于送了十万元?而就是有十万元,他也不一定能找到这么一个现成对心思的女人啊。"

"这倒是。"

"那么说,你是要了?"

"别说我,还是说你吧。"

她笑起来:"我倒是愿意把自己当礼送给我喜欢的人。你想啊,作为礼物,我心甘情愿地给他,不让自己想他到底愿意不愿意与我结婚,反正他是我喜欢的人,我就由他欺负,由他抱由他亲由他脱光我,拼命发泄他的欲望。而他呢,只能拥有我一夜,自然完全像头狼一样,恨不得把我整个儿挤扁了。谁都没有心理负担,心里不用想着什么,只管享受折腾。反正是礼与受礼嘛。你说这不是一件美事么?"

她又喝了一杯,双手伏在桌上只管看着我。我突然心里放松了,却有一层悲哀升上来,我想到我,想到山里的她,她是不是只想没有负担地生活?也许人在一起的生活,都会是一种负担吧。

"你又在想什么?"她盯着我,眼睛里发着亮。

我摇摇头:"没有。"

雪夜静静

"我知道你在想什么,你根本一开始就在想着其他什么,我那么多的话,还是无法引开你是不是?"

她说着,又喝了一杯。一顿饭吃完了,她还起身来要为我做一碗热面条。我说菜都吃饱了。她笑着说,把面条当礼物吧。她起身的时候,身子歪了一下,她多少有点醉了。我去扶她,她就伏在我的身上,一动也不动。醉人有多种醉态,她的醉看来就是安安静静地睡觉。她身子晃动着,嘴里轻轻地念着什么。我把她扶到卧房的床上去。她坐起身来,朝我笑着说:"你看我,我说我不会醉的。你和我一起睡吧,我看你是醉了,可不许把我当礼物的。"说着她躺下去,手还拉着我的手,一会儿,她就睡着了,身子有点微微地颤动。

我看着她的睡态。关上了灯,雪夜外面显着亮,我去拉窗帘,看了一眼窗外,夜空白亮亮的,无数雪片打着旋,如同压低着的团团云絮。我把窗帘拉下来,窗帘布上是一朵朵带着隐隐粉红的白荷花,大朵大朵地开在墨绿的底色上。

我悄悄地掩了卧室的门,把桌上的碗筷收到厨房水龙头上洗了,并用冷水洗了一把脸。再进卧室,看她睡得真香,身子歪着,黑色的长发散铺在红色锦缎被上。我退了出来,小心地关上一扇扇门,下楼去。楼门洞口旋着风,大团大团的雪花带着冷气扑面而来。走到街上,雪花落在眉眼上,似乎有点暖意。无数的雪飘来,我只是迎着,深吸着气。仰着一点脸,任风雪在脸上翻卷,人生,总得要走下去。我觉得一直不喝酒的我,喝了一些酒,反而是那么清醒。我清醒地听着自己的脚步"喀喀"地走向前方。鞋踩陷进雪里,再拔起来。

217

我与五加皮

曹艺术出了一点事,被派出所叫去了。这个消息在文化馆的紫楼里传得很快,说曹艺术犯了破坏军婚罪。那几天,曹艺术都不在他的宿舍里,好几个女孩来找他,有两个是经常见的。曹艺术约女孩总把她们约在不同的时间,这一次女孩失了约定,两个人一起来了,我看她们见面互相看一眼,便不约而同地回转身,走开去。

这一次曹艺术是与一个有夫之妇有了某种关系。女人的丈夫从部队回来后感觉到什么,听说在床头柜上看到了曹艺术留下的眼镜,他就跟踪了自己的女人,还拍下了照片。照片拍的是背影和侧影,女的手正挽着男的手臂。

小院里突然静了下来,不再有皮鞋敲地声与女孩的笑声,似乎一下子所有的声音都消失了,特别的安静。静下来的也许只是我的感觉。天气暖了,小院的芭蕉树叶在阳光下显出深深的绿。我有点为曹艺术担心,没有结婚的我,有时会想到,他与女孩子们交往快

雪夜静静

快乐乐的，怎么又会去找一个结过婚的女人。

安静之中，有一种年轻身体蠢蠢欲动的感觉，在阳光下活跃起来。我觉得自己的生理与心理是相隔的，不怎么一致。

我出去买啤酒。回来的时候，走进永远开着的带点腐朽的黑漆院门，看到一个女的站门口朝里望。她弯着腰，一手扶着墙，望着曹艺术的屋子。我想她是不是就是那个与军人结了婚的女人呢？

那女的大概感觉到我的声息，回转身来。她的转身动作迅捷，我只觉眼前一闪，她就和我对着面了。一瞬间中，我便想到这不是那个军婚的女人，眼前是一张阳光灿烂般的姑娘的脸，她长发一甩的动作，是实实在在的女孩模样。

"我在偷看呢。"女孩嘴里这么说着，脸上却没有一点不好意思的样子。

我知道她说的偷看什么，是偷看搞女人的男人，是偷看被派出所抓的男人，或者是两者兼有的好奇。

她朝着我看着，有点眯细着眼，也许是迎着院外阳光的原因。她眯着眼，额上显露出一点皱纹来，却比她舒展而平滑的额头要显得生动，最生动的便是她的眼皮，层层叠叠地皱着，有着好几层。

我的心情也舒展着："我不是他……"

我想她把我当作了曹艺术，这下肯定会失望。她却笑着说："你当然不是他，你没有那种专门讨女人喜欢的本事……我知道你，你是写东西的。你也用笔，他也用笔。你的笔是写，他的笔是画，画比写要甩得开。"女孩做着手势，来说写与画。我还是第一次听到有这样的说法。

她说得很自在，很快活，也有点乱七八糟，但是我明白她的意思。我把手里的篮子换了个手，说："是不是女的都喜欢甩得开的。"

她很快地想了一想,头点了点,随即又摇了摇:"是吧。女的是对应的,人家甩开了,也就跟着甩开了。人嘛,外表有拘束的、有甩开的,心里头都一样。遇到甩开来的男人,被带着也就甩开来了吧。"她做了一个动作,让人觉得是脱衣的动作。我这时看到她穿着一件领子打着皱褶的外衣,在小城我还是第一次看到有人穿这样的衣服。

和她说话,我觉得有一种随便的放松感,想着什么就说了出来。我便说:"女孩子有多少甩得开的,你是甩得开的女孩子吗?"

"我?"她用手指着自己的鼻子说,"女孩子的时候当然很甩得开啦……我八岁的那年,还脱光了衣服在门前的小池塘里洗澡呢。那时我和爸爸全家都下放在农村里。不过我现在不是女孩子了,我也到这个城里来了。"

她说到脱光衣服的时候,还是认真的口吻。我转头看了看,后面的小街上没有什么人走动。我觉得她有点大胆,小城里很少有女性这么说话的。

我提议到我的屋子里去坐一坐。这样提议,我有点犹豫,自从我的女友应玫走了以后,还没有女孩到我屋里去过。

"我可不去。"她晃了一下身子,好像屋里会有正是她偷看的场景。我却有点不好意思了。不过她也没有走开的意思,只是和我说着话。

"对了,你是来看曹艺术的。"我说。

"我也不会去他那里的。我早就听说他了,也听说有好多女孩来。心里想看看他这个地方是什么样子,就是姑娘的好奇吧……这次听说他和一个妇女上床了。"

雪夜静静

她说到上床一点没有犹豫，不过她特用了一个妇女，在这个词上语气着了一点劲。想是用来分别女孩与女人。她的话让我觉得新鲜，有着一种难得的率真。

"你说结了婚的女人便是不该么？"

她只顾盯着她自己的意思说话："在我的感觉中，结了婚的女人总是不同的，和女孩是两种不同的形象。女孩是白白的，结了婚的女人就好像涂上了一层彩，那是别人用手抹上去的，已经是擦不了的。你再粘，不就粘着别人的色彩了么？"

我忍住自己不要笑出来，她说得乱七八糟，似乎什么话，她都会说出来。不过我的感觉中却有一种松快。她继续盯着说："听说还是个军人的女人，想来军人肯定是个大个子，很男子气的，而女人却喜欢曹艺术，真不知道他到底有什么本事。"

我手里提的东西虽然不重，但时间长了还是有点手累，便往脚边放下，啤酒瓶相碰着发出一点玻璃的响声。她看着，便说："还是到你的屋里去吧。"这句话她说得轻轻的，带了一点不好意思的味道。

从迎着阳光的院子走进我的小屋里，眼前感觉有着一点暗蒙蒙的，身上感觉有着一点阴凉。

她站在门口，注视着我的屋子，打量了好一会。我放东西的时候，随便把一张小凳端给她，她看了看，还是站着。我在床边上坐下来，她还在屋门口站着。

"这里有好多女孩来过吧。"她抚了一下头发，她的头发黑黑长长的，从腮帮挂下来，遮了耳朵和鬓角。她的脸圆圆的，鼻子圆圆的，眼睛也圆圆的，整个脸型都是圆圆的。

"没有。"我说。

"很少。"我又说。

她看着我，似乎辨认着真假。随后她拢一拢头发，头发移后的时候，露出一只圆圆润润的耳朵来。

她眼看着我，认真地说："我叫万平萍。"像是正式地进行着自我介绍。

我忍住笑说："要不要我也通报一声？"

她说："我早就知道你了。有一次在紫楼的大门口，你就站在那里，看紫楼业余演出队的女孩子，你看得那么出神，面孔苍白，眼中闪着光亮……"

我觉得实在好笑，但有点笑不出来了。在她的嘴里，我简直比曹艺术还要好色。

"不过，听说搞艺术的人都是这个样子的。是不是？你看我的样子，使我觉得我就像那些去曹艺术屋里女人一样。"

我只有说："好好，我不看你。"

她说："你看吧，没关系的，我才不在乎别人看我呢。女人本来就是给人看的。"

她鼻子翘翘的，一副英雄就义的样子。我就说："我真的不看。"忍不住有点笑出来。她偏着头朝我看了一会说："你不看，我就走了。"说着，她真的就转身走了。

只听着院子里，她很有节奏的脚步声隐在了芭蕉树影里。

过了些天，从外面回来，我看到曹艺术在院子里站着，好像在看花，看那棵一朵一朵开出来的玉兰花，摆着一种迷人的架势，手指翘着拈着一支烟，轻烟慢慢升着。见了我，微微地一笑，很轻松的。

雪夜静静

我问:"没有事吧。"

他说:"有什么事?"

"都说你有事呢。"

"我有什么事?我从花丛中穿过,随手掐了一朵花。所有的花都不可能是我的永远,我只是随手掐来。这又能有什么事?"

曹艺术告诉我,派出所是找他了,只是问了一问。很快就让他走了,正好中兴市的家里姐姐结婚,他就回去了。

"小城市就是小城市,一点点的事都大惊小怪的。男人和女人都这样,小里小气的。"他有点愤愤的,显着鄙薄的神情。我想他是指的那个军人,似乎对那个军人的做法很不以为然,把警察弄出来管事,男人嘛,应该自己出面的。

不过,他的话意也许是指那些女孩都不来了。不由我想到了万平萍,那天一句话不合,没想她就走了,也不知道她是怎样的一个女孩,是做什么的。

晚上的时候,曹艺术到我的窗口来,窗靠着门,他的头朝里看着,一边用手指笃笃地敲着门。

"出去走走,怎么样?"我开门的时候,他说。

跟着曹艺术,往小城的中心走,夜晚那里开始有了一点跳闪的红绿灯光。小城街头的人还是不多,剧场门口显得有点热闹。曹艺术燃了一支烟,把烟头弹出去,眼望着一个个从他身边走过的女人。

"要学会欣赏。你站在这里静静地看,小城还是有小城的美。我做过统计,这里的女人在比例上,比中兴市的女人要漂亮美丽得多。这是我为什么不想离开小城的原因。这里有水,蓝云湖水不但出螃蟹,也出漂亮女人。水色好,女人白嫩嫩的,身材苗条,女人

身材是特别重要的。漂亮不光是在一张脸上，有时候，脸还是其次，重要的是身材。条子一好，形象修长，就是漂亮。"

曹艺术表达着自己的见解。一旦有上眼的女人走过，他的身姿蓦然显出那种迷人的架势，脸偏开我，似乎带着一点艺术化了的忧郁气质。女人会向他投过眼光，有时眼光像是缠绵凝合了一会儿。

剧场的电影开映时，广场上显得空了一点，他朝我说："今天的女人看得太少……这是一种美的享受，我看你就不懂这种享受。我们到各个地方旅游去，走长长的路，寻找的是漂亮的风景。其实自然界最漂亮的还是女人。我只要有空，就会到人多的地方，看一看漂亮女人，心境就特别好。"

我说："到你那里去的女人是不是都在街上认识的？"

他说："男人当然要主动，坐在房间里，就会有那么多的女人跑来的呀？"

我有点嘲讽地："今天你运道不怎么样嘛。"

他说："我是带你出来见识见识的。女人当然是喜欢一对一的。有个你在旁边，我只纯粹是欣赏啦。不相信，你离开我一点……快点，我看上一个了。"

我走开去，走到小街对面的店门口，那家店已插了门板。我在水泥台阶上站着，觉得自己的行动有点荒诞。

那边走来一个女孩，身材高高，腿修长的，背着一个小包。我看到曹艺术手指微微地翘起，做着一个连我也有点迷住了的手势。他的身子微微地挺起了，他的整个身子露着一点忧郁的神情。

那个女孩走到他面前的时候，他露出了一点笑来，略皱着一点眉头，头微微地歪过一点，把手上的烟很优雅地弹到了面前，这使女孩身形顿了一顿。

雪夜静静

"你的形象很美。"他似乎很随意地说。那个女孩停下来注视着他。他越发不急不忙地说:"是真的,你很美。我是艺术家,在文化馆专业画画……你大概自己也不知道自己有多美。我可以给你画一张画。"

那个女孩点点头,很认真地看着他。曹艺术的脸上越发露出艺术化的神情来。

女孩说:"我知道,你就是曹艺术。"女孩笑了,转过身来,对着我:"你怎么在那儿,我看到你们在一起的,怎么见到我就分开来了。"

我这才发现,女孩原来是万平萍。她向我走过来。

"你们认识?"曹艺术有点诧异了。

我觉得不用向万萍平介绍曹艺术了,却又不知道怎么对曹艺术介绍万平萍。总不能提她那天在院子里偷看的事,而且我也不知道万平萍的身份,那天竟忘了问她。

"万平萍。"她指着自己,很认真地介绍。

"萍萍,浮萍的萍,是不是?听起来就有点浪漫。"曹艺术竖起一根食指来说。

"前面一个平,是公平的平,后一个萍才是浮萍的萍。本来爸爸给我起的名字,两个都是浮萍的萍,我自己改了。我觉得那两个萍,浮来浮去的,不知会给哪个捞了去。改这个平,就是不让它浮。"万平萍把手上的包晃了晃。

曹艺术还是认真地端详着她说:"不管哪个萍,都变不了你身上的那种气质,你有一种很青春的气质,在小城里看不到的。我肯定要给你画一张画。"

"我怕人家给我画画,要呆坐老半天,听人家说什么,就做什么。还不知最后画出个什么样子。"

"一般的画师只会画肖像，就是画外在的相貌，但我要画的，是把你的气质画出来。在这座小城里，也只有我能画出你内在的气质。"

我站在旁边听着他们的说话，感受着曹艺术对女人的攻势艺术，觉得语言平常，却显着一种精神，只多少有点太着力，不怎么自然。但我也觉着眼前的这个女孩一点点地正和他缠粘起来。

他对她说到了画的世界，说着一个个大画家的名字和他们的观点。万平萍似乎很感兴趣地发表着自己的看法。渐渐曹艺术就说到了女人的裸体，很自然地说着女人身体各部位的比例。万平萍也很自然地说着自己的身体，她说她身上有颗黑痣，就在腹部上。

"那在画里会很独特的，在画中，呆板的漂亮是没有神的，艺术讲的就是神，印象派的画，从外形上看是怪的，比例是不准确的，但具有独特的神形。你那颗痣在画上显出来，本身就有了神。"

我看着曹艺术一步步地用艺术的话题，把女性的神秘平常化。他是不是对其他女人也是这样的一步步接近，并一步步地深入下去。似乎女人也都有顺着深入下去的爱好。

开始的时候，万平萍还不时朝我看一眼，想把我拉进谈话中。我只是笑笑，听着他们。后来说到缠绵的地方，万平萍不再注意我，只是对着曹艺术说话。上次我就感到，她喜欢说女人的身体和感觉。

说到了为艺术献身的话题，曹艺术批判了小城女性的不开放。

"听说有好多女人到你屋里去，你给她们画内在，就让她们脱了外在，都变成你的女人了？"万平萍问了这句话，似乎一下子从什么上面跳开了。

雪夜静静

曹艺术没有想到她突然这样的问话，一时有点张口结舌，不过他很快就说："这就要看怎么说了，是不是？不能说谁是谁的，谁都永远是他自己，精神是独立的，身体其实很微不足道。"

万平萍还是笑嘻嘻的，从身体的话题跳开来，一种粘着的状态就变化了。曹艺术长长地呼出了一口气，也将我拉进话题。后来他提议走动走动吧，老站在原地很无聊的。于是，我们三个就走在了夜晚的街上。万平萍笑嘻嘻地和我们并排走着，街风吹起她的长发，已经很晚了，街上只有我们三个人的脚步声，她努力让脚步和着我们，让声音齐整划一。

演出队正式演出的时候，我在剧院看到了万平萍，她似乎很早便站在那里，靠着剧场供后场工作人员进出的小铁皮门边。她用眼光与鱼贯而入的宣传队员们招呼，随后发现了我，眼光穿透般地投过来。

她的眼皮是几层的，肯定不止是双眼皮，起码有三四层吧。显出多层眼皮的时候，眸子仿佛凝定了。

她随我进门去，跟在我的后面。听着她带点笑的声音："你装着不认识我了。"

我说："怎么会不认识？"

"那你说，我到底叫什么？"

我最不善于记人名字，知道她姓万，她的名也朦胧浮在脑中，被她一问就糊涂了，便顺着嘴问："你不姓万了吗？"

"猜猜，看我这里。"她没有指翘翘的鼻尖，而是指着她层层叠叠的眼皮。接着她笑了："我姓五，叫五加皮。这是我给自己起的笔名，虽然我不写东西，我要写的话，就用这个名字。"

她的层层叠叠的眼皮展开来,眼中闪着活泼引人的光色。我眼光避了一避:"你今天不……上班吗?"按说她应该有工作的,那时期没有人没工作的。

"我上着班啊。"

我想她是剧场的工作人员,因为同属文化口,这里我不时会来,多少熟悉了几张工作人员的面孔,想她大概是这里老职工的孩子,父母退了休,新顶替进来了。

"哪一个是你爸……妈?"

"查户口啊?"

我停下脚步,她也就停下来。天气还不算热,她穿着一件短上衣,整个身子显得丰满,腰却是窄窄的。

"你管前台还是后场?"

其实我看不看演出都无所谓,我站在后台的水泥楼梯下,与她说话。偏过一点身子,不让那些演出队员看到。后台上响着许多杂乱的声音,拉布景的拉布景,放道具的放道具,吊嗓子的吊嗓子。万平萍伸着头朝里看一眼,又回转过来。

"你难得来看演出的。有你的节目?是哪一个?"

她笑吟吟地问我。我想到这里剧场工作人员本来不多,往往都是搞完了后台,再去前场收票。我也想到万平萍喜欢问话,不习惯答话。

"看不看都无所谓的。"我说。

"无所谓?真是书生的话,你要是无所谓,就把那个节目划给我吧。让报幕的报:作者,万平萍。"

"那就给你吧。"

看着她的神气,我的心里放松下来,有着一种轻松感。太阳有

雪夜静静

点热,我往房荫下靠一靠,看她的半个脸在阳光下闪着亮。

"你是假大方呢。谁都知道那是你的。真要给的话,下次你刚写好就给了我,让我拿出去。不过,我拿了出去,也没人会相信是我的。人家肯定会说你给了我的,还会想到你为什么会给我……"

这时后台里似乎有声音叫她,她朝里扬一下头。我不知道演出队有谁认识她,朝里看一眼,这时能听清里面的声音了:"要试台了。"

"来了。"万平萍说着,脸还是朝着我。

我这才想到万平萍也是演出队员。

"你也来演出的?"

"什么演出?今天没演出的,只是试台。"

"你演什么?"

她用嘴向后台拱一拱。我看到一个高个子的乐队手握着一把大提琴,向她伸着。

"我是临时来的啦。学拉了大提琴,还不知拉得怎么样,被邀来了,就想着到台上去坐一坐,看台下那么许多的人,大概会很有意思的吧。要去被人看着,看得你浑身都不自在……"

大提琴的布套卸了下来,发出了一声大提琴低沉的琴弦声,万平萍应着:"来了,来了。"她向台阶上蹿上两步,弯转身对我说:"你不来看看我拉琴?我还从来没在演出场上看到过你呢。"

我坐在拉移到边上的大幕下面。台上开着灯,前场也亮着灯。我隐在角落的阴影里,看着对面台边的乐队排演,乐声响起来,时有大提琴的声音夹杂在里面。平时我很少注意单个的音乐,对我来说,音乐都是组合的,是一片一片感受的。而今,万平萍的琴声像她人的风格一样,显得有点奇怪,或时地凸现一下。我不知道,这

紫金文库

很低沉的乐声怎么会适合于她，她怎么会挑了这低沉的乐器来学？万平萍的说话和她的举动，是跳跃式的。我不由想到了女友应玫，应玫弹的扬琴声应该是跳跃的，但她整个儿给我的感受却是一种回味深长。

万平萍夹在乐队里，她弯着身子拉出一声声的乐曲来，那样子不像是她，显得有点陌生。大提琴声本来是悠悠的，她的身子却显着一种强的动态。有时她直起腰来配着乐弹拨一下，凡她的琴声弹动悠悠响着的时候，我总觉着有一点忧郁，我觉察到那正是我自己内心的感觉。

低沉的大提琴声，渐渐也变得跳跃了。

到五月天里，开始热了，街上已有穿短袖的女孩，花枝招展的。这两年的社会有着变化，从南方城市开始，开放的风气慢慢地往小城移动。

闷热了一阵，都说是天气反常，天就下起雨来，打了几声雷，雷声大雨点小，天却阴下来，也凉快起来，雨一直很细很绵地下着，算来进入了江南的梅雨期了，又有人穿上了长袖春秋衫。

独自坐在小屋门口，对着雨景看着，看不到雨点的下落，只觉着眼前的小院被雨濡得湿湿的，黑白的色彩明显了。黄色迎春花早败落了，而细长的枝润得绿绿的，很清新。门前的青石上，凸出的地方都洗得青白滑亮。许多年的飘游生活以后，在这小城里居住下来，有着一种安逸的感觉。慢慢的，应玫的模样浮在了心中，她走了以后一直没有音信，只留下一个东城的地址与人名，似乎是她的一个朋友：任会林。很难看出这是一个男性还是女性，给那里寄去一封信，也如消失在烟雨之中。等着，有着一点朦胧的情绪。

230

雪夜静静

走进了雨中,抬头看,在房屋上面一片浅淡的天空中,雨的色彩显出来了,能看清雨点斜着下落的线条,无数的线条。很快头发淋湿了,水珠开始滴落下来。只顾走着。走到街上的时候,街边新开的一家小店中,录音机放着曲子,磁带不怎么好了,有点嘶啦声,邓丽君那柔柔的歌声,走很远还能听着。看到前面撑着几把伞,伞的色彩个个不同,不由多看两眼,见伞下有单个人影,也有成双的人影,衣服也各有色彩,一眼看上去就知道都是女孩。雨中伞下的女孩总是动人的。我悠悠地看着她们走前去,不时传过来一两声笑声,笑声在雨街上传着,看到旁边路过的男人都用眼去看她们。一个出众的女孩便能引人眼光,一群女孩便更引人注目了。想来女孩们肯定注意到旁边人的眼光,笑声越发肆无忌惮了。

几把伞在街中心的百货店停下,不知想着进哪一家店。我还是迈着原来的脚步走过,走到前面的时候,偏过身来看一眼。却发现自己跟着走了这么一段路的女孩,都是紫楼里的演出队员。她们都带笑看着我,那个胖姑娘邵萍发声叫我。

都是常见的,一时却觉得女孩们在雨里一个个变了似的,多着了色彩。所有的女孩似乎都在这里了,只是没有见到万平萍。问起来,她们似乎都不怎么熟悉她。只有邵萍说:"喔,是她啊。"

邵萍说:"你想找她啊,有事么?"

我说:"没有,想你们都在这里了。"

邵萍说:"她不算我们的。"

看来她与她们隔着什么,不知道因为她是乐队还是因为她是城里人。不过我也不知道她究竟是哪里人。

一个矮小个子的平时不作声的女孩,轻轻对我说,万平萍好像在城里有工作,她看到她有一次从医院里出来。

让我想到了应玫,她那天也从医院里出来,我和她一直飘游到湖里。也许我一时的神态使女孩有点奇怪,她们用眼神互相对视了一下。也许那些飘游的生活形成我的气质,给女孩有奇怪的感觉,她们不怎么接近我。

回到小屋以后,我又给应玫写了一封信。信很短,说我想知道她的情况。很想知道。我又添了这么一句。

还是阴雨天,很凉爽的,五月里乱穿衣。我坐在紫楼的办公室里,想着写一篇飘游在山沟里的事,那天走过一个山岙,坐在车站边的小店门口,喝一杯温温的茶,眼前青蒙蒙的山,山溪在身边流淌着,满眼是绿的色彩,从绿竹林的山道上,走来一个女孩,她是那么漂亮,眼鼻嘴脸还有身材,处处显着江南女孩的柔美精致,一刻间,我真想就在那里生活下来。女孩大概是女店主的亲戚,女店主说着什么,她略低着头带着笑,女孩帮女店主过来收拾桌子,对着我的眼光,脸上有点羞涩的红。我在山路边的店门口坐了好大一会,慢慢从女店主与她的对话中,知道她已经是两岁孩子的妈妈了。我还是有点不大相信,那天就在山岙的小客站里住下,夜晚的时候,独自从竹林道爬上山坡,抬眼望满天的星斗。

电话铃响起来,老式的电话筒抓在手上,有点沉,里面的声音很小,是个女的。我心里想一想,她会是谁。话筒里传出笑意来:"你找我?"

我一时想到了应玫。她的声音是轻轻悄悄的。

电话里说:"你没找我吗?她们说你找我的。是不是骗我的?"

我这才听出她是万平萍。我大声对话筒说:"你在哪儿?"

万平萍说她在种子站楼上。"你往城西走,就到了。"她说,你

雪夜静静

来吧。好像她很少打电话,说着话,就把话筒挂了,里面传出嘟嘟嘟的声音。

我并没说好去不去她那里,想她认为我找她,便立马让我去。反正没事,天气正好刚放晴,有点阴阴的,气候凉快,我就出门往城西去。一直走着,听她说种子站就在街面上,我沿着街朝两边望着,只顾走下去,到了城西,街越来越窄了,商店越来越少了,街边出现乡间有钱人常住的水泥楼房。再走下去,前面几乎没有房子了,左边出现了一片竹林,我站着犹豫一下,想自己是不是走错了。我还没有来过这里,以往都是靠城东走出东星桥到湖边。

在竹林的前面,竖着一幢楼。楼下的门是关着的,门面插上了木板,我仔细看,发现墙上挂着一块不起眼的木板子,用墨汁写着种子站的字样,字写久了,墨色与木板的色彩接近了。我大声地叫了两声,好像听到楼里有人应着,等了一会,没见人。围着楼转了一转,见后面有一个小木门,推开门,走进去,里面暗蒙蒙的,有一股陈种子的味道。一架木楼梯竖在楼洞里。我爬上楼去。小楼上开着三个门,迎面看到的房间里面还有一个通阳台的门,能看到阳台外的水泥栏杆,那边是青色的田野。房间门边露出旧式柜子的一角,一盏台灯弯弯地伸着。另一扇房门关着。还有一扇开着的门,门里是厨房,看得到一只围在水泥炉台里的炉子。身边过道的墙上随意地挂着蓑衣和笠帽,一种农家的感觉印进心来,我飘游期间常见的乡间人家。

"你上来了吗?"声音从里面传出来。

"你在哪里?"我问。

阳台那边有一个身影,万平萍低着头,一只手抓着长长的披下来的湿漉漉的头发。

"你进来。"她含糊地说。身影又闪开去。

我进房间。一个平常的房间,房间横里显得宽,放着很多东西,靠里是一张床,顺过来有柜子,还有一个旧书橱,柜子上面架着个旧皮箱,书橱上面架着一些纸盒。房的中间,空空落落的。

朝阳台开着玻璃窗,可以看到一个躬着的身影。

我走到阳台上,就听到万平萍说:"你别来,我就好了嘛。……"

我靠在阳台的钢架门上。阳台窄长,那一头有着一个水龙头,万平萍正把头往笼头下低,下面是个水泥池盆。她的眼低侧着朝我看,嘴里说着:"你别过来,人家洗头的样子都给你看了。"

那口气似乎她正洗着隐秘的什么。我倚门看着她,她的头总是不能完全低到水龙头下,她不管我了,只是想把后脑勺伸前去,努力要把头发洗干净。

我就走过去,她的身子扭了一扭,我伸手拿过一把塑料水勺,去笼头上装了水,慢慢地沿她的头顶往下倒。她身子又扭一扭,便由着我,顺着把头发捋净。

头抬起来的时候,我看到她黑亮的长发后面,露出的颈下延至背脊白皙的皮肤,还有细细的汗毛。她甩一下头发,水珠溅在了我的脸上。她笑着说:"叫你别过来,女人洗头嘛,你自己偏来……"

我只是笑笑。她一边梳头一边让着我进房间,跟在身后的她说着:"看你的样子,好像给不少女人洗过头。"

我按她的示意在一张木椅子上坐下,看着她摆弄她的头发,新洗的头发黑黑亮亮的,黑得水亮,她用毛巾擦着,用手一把一把捋着,捋两下再抖甩一下头,头发慢慢地抖散开来,挂落在胸前饱满的地方,青花的衬衫上沾着水迹,洇开来。

雪夜静静

我似乎还是第一次注意到她的长发,以前她的长发是束的扎的还是怎样的呢?现在散落下来的头发遮着了她的两腮,只露着她的鼻眼与嘴,在黑发之间,显得精致。

"我喜欢洗头,喜欢用手把头发按在水里,抚上去很光滑的,比抚着自己身上的皮肤还要光滑,人家都说女人的皮肤最光滑的。"

"几天洗一次?"

"我在中兴市的时候,熟悉了一位朝鲜族的女孩,她每天都洗头,她住的招待所里有的是水。她对我说回东北家里也是每天要洗的,朝鲜族的女人每天都要洗头的,最看不惯的便是男人不洗头,要是交往中发现男人不洗头,便觉得那个男人并不把自己当回事。她说洗头是很快乐的事。我也被带着喜欢洗头了。"

"你现在也天天洗么?"

"我遇上了快活与不快活的事,就洗。今天是快活了,要把自己快活的心思都洗到头里去。"

我听她的话,觉得有点奇怪。她有时会说出奇怪的话来,却很生动。

"真是你找我的么?"

我说:"我没找。"

她把头发盘起来,往后脑上束,说话时手一松,头发又落到胸前来。"她们说得那么认真,说你找我的。"

"当然,她们也没骗你。我看她们中间没有你,就问了。"

"是这样的。"她的口气有点失望似的,但脸上还是笑吟吟的。"你也真是,人家说到你找了,你也找来了,就顺着说个找了,不好吗?"

"好吧。我不就找来了嘛。"

"是吗,"她高兴地笑着:"你还是很会讨人喜欢的,你肯定讨了不少女孩喜欢的。"

我望着万平萍。她的脸圆圆的,眼翘翘的,嘴角也翘翘的,这样的脸形似乎永远是欢欢喜喜的,没有悲哀的时候。我想到应玫,似乎应玫总含着一点忧郁,我不知怎么会有这个感觉。仔细想一想应玫的形象,她的脸形与五官都是那么洁净,像雨后清明的天空,也许感觉只缘于我自己的内心。

"你在想什么呢?"这时,万平萍站在面前,手里端着一杯果汁类的液体,低着头问我。我的手下意识地去接了,听她一说话,抖了一抖,果汁就抖出杯来,泼到我坐着的两条腿之间的地方。我跳起身来,用手去撑那地方,拿着杯的那只手又抖出了果汁来,她只顾看我,没来得及躲避,正好也泼在她裤子的那处地方,比我的还要多一些。

万平萍没有动,看看我的裤子,深色裤上的那里洇印着一块灰白的痕迹,再看她的那处,她的紧身裤是浅色的,反而显着了深粥色。

"擦擦……"我说。

她突然笑起来,似乎很好笑:"让人看见了,像什么?……都是你弄的!"

她还是只顾看着我,我的那儿,在感觉中膨胀起来,我努力想使它不膨胀,只是我感觉着的时候,它很不听话地膨胀着。我脸上有点发热地伸出拿着杯子的手,用手臂拦着了她的视线。手一晃动,杯子里的果汁还在往外泼。

万平萍退后一点,她的眼看着我的脸了。对着她脸的时候,我的那儿还继续膨胀着,不过我心中的感觉慢慢地散开了。

雪夜静静

　　她去端来一盆水，盆里搁着毛巾。她绞着毛巾，嘴里说："好。给你擦擦吧。"

　　这时，我用双手握着杯子，放在我膨胀着的上面。我想她是应该看到我的那儿的，对着她伸过来的手，我没有动。

　　"我自己会擦的。"

　　她把毛巾递给我，我还是没有动。看着她的动作，想这个女孩平时说那么多的话，似乎什么都懂，又似乎一点也不懂。她笑着的样子，让人一时感觉微微地颤动。

　　"你有兄弟吗？"

　　"我有一个大哥，我生出来的时候，他就上中学了。我倒希望有一个弟弟，可是妈妈生了我，就宣布她不再生了。后来还是生了一个，和我一样是扎辫子，只能蹲着小便的。"

　　"你妹妹呢？"我注意到房间里只有她一个人的用具。

　　"她回中兴市去了。真是的，她本来就在这里生的，而我是在中兴市生的。那年父亲下放的时候，把我和妈妈都带下来了。后来妈妈在小城找了事做，父亲一下子又回去了。他回去的时候，说身边可以带一个，就把我妹妹带去了。都说中兴市是家，谁也不想再回小城里来。妈妈遇着星期日就往那儿跑，说去看我妹妹，还不是去看父亲的嘛。"

　　我说："你也可以去的啊。"

　　"我才不要去呢，那里住的还没有这儿的地方大。再说我也大了，落得自由。一个人，想做什么都可以的。要不怎么邀你来呢？"

　　"你母亲是不是管你挺严？你母亲在，不可以有男人来？"

　　"那倒也不，只不过你就不能那么自由吧。"

我真不知道我该怎样运用我的自由。她说得很轻松的,可我并不自由,并不觉得可以放松。

万平萍领着我去看她的另一个房间,房间小,几乎没有空间了,到处放着东西,有红绿的纸,有花式毛线,有形状奇特的器具。里头搁着一张床,看上去好久没有人睡了,上面盖着透明塑料纸。空床上还堆着一些说不清的东西。在我的脚边放着一件弹簧拉力器,中间按了四根弹簧,我随手拿起来,似乎不用费力就拉开了。万平萍嘴里喷着,又开纸盒取出两根弹簧装上。这次我觉得有点费劲,但还是把它拉开了,手臂拉直了。自己感到脸上涨红了。

"你真有劲嗳。"万平萍靠着我,用手指按一按我臂上绷紧的肌肉。"你那么大的劲,女人真要怕你的。"说这话,似乎忘了她就是女人。万平萍说话有时似乎含着什么意思,又似乎只是她随便说出来的,并没有什么意思。

说话的时候,楼下沉重地响了一声,也不知什么响的,好像是铁锤锤地。万平萍并不在意,我却有点不自在。过一会那声音又响了一下。

"下面总是这样吗?"

"也不,一直这样还怎么过,吓都吓死了。"她并没有被吓的样子,也许是习惯了。"你那么大的力气,是练过的么?"

怎么说呢,其实我没觉得自己的力气大,也许在飘游的日子里,干过好多种活儿,力气增大了。

"力气大有什么用?我现在做的事也不用力气的。"

"力气大才好呢。女人就喜欢男人力气大的。"

万平萍说话很奇怪的,刚才说女人怕,现在又说女人喜欢,我也慢慢习惯了她说的话。

雪夜静静

退回到大房间里,她又端出果汁来,我问她是什么做的,她说是一种果子,她中兴市的家门口园子里栽的果树。她又说,母亲和父亲都恋着那棵树,对树的恋比对她还要多一些。她又端出一盘饼子来,吃的时候感到有一种清香味,我就多吃了两块。她说也是那棵树上的花夹做的。她包了一些,要我带回去。

有一刻,我们突然觉得没有话说,对看着,有一点颤颤的感觉在空气中摇晃。下面有一声一声的响声传上来。万平萍说:"我们做点什么事吧?"

我说:"做什么呢?"这句话问出口,我心中突然敏感到了一点什么,但看万平萍还是那般笑笑的。我不好意思地左顾右盼,看到墙角包着的大提琴,便提议她拉一曲。

"有什么好听的呢?以前我常常喜欢拉琴,一开始父亲反对我拉,我一拉他就说是噪音。我就喜欢大提琴的低声,很着迷的,偷着拉。父亲去中兴市以后,我就放心地拉,越拉越有劲,一回家来就想拉一拉。只是进了紫楼宣传队,每天拉同一个曲子,开头还愿意拉,谁知排练要一次一次不停地拉,翻来覆去地拉,拉着拉着,我反倒没兴趣拉了。"她说着的时候,过去拿来了琴,把琴罩褪了,里面露出一把铿亮的琴身来。

"拉给我听吧,我还没有单独听你拉过琴呢。"

"大提琴本来就是作陪司的,单拉并不好听。"

"那你不是说原来就喜欢拉,不是一个人拉嘛?"

"那是拉给我自己听的,就像女人的身体自己看可以,也可以自己欣赏,哪能给人看的。给人看不就笑话了嘛。"

"女人身体也总要人看的。"我说了这句话后,突然感觉到自己怎么会这样说话,忙停下口来。万平萍正看着我,她的眼皮重重叠

叠的，嵌着一颗黑眼珠。嘴角一动一动的，不知是嗔我还是想着我的话。反正不像是生气。她咬着一点嘴唇似乎琢磨着怎么对待我的话。

"好吧，我就给你拉一拉吧。"后来，她又笑起来，把弓弦竖在手里，只用手指在弦上滑动着，弹拨敲击，发出了像是鸡啼鸟鸣的声音，像是火车的汽笛与汽车的喇叭声，还有夹着一些怪笑声和咳嗽声，叫声与喊声，风声与息里索落的雨声。

真没想到她的手指会这么巧。她发出那些戏谑般的声音时，只顾低着头，却是很认真的。

"好了好了，这些都是鬼画符呢。"

我说："演出队应该添上这个节目，肯定受人欢迎的。"

"这就不算大提琴演奏啦，只是玩笑的呀。给搞音乐的人听了，肯定要气死的。"

这么又聊了一会。和她聊天没有一个定准的话题，可以随便地聊，还是很愉快的。我准备走了，这才想起来，裤裆处的果汁还没去掉，痕迹明显发了灰白。她又说帮我擦，这一次，我很快地把它脱下来，递给她。她却还注视着我的腿，虽然那儿不是那么敏感，我还是侧了一点身子。她依然眼望着。

"你的腿上好多毛的。是不是因为这个，你夏天也总捂着长裤子？"

"没有哪个女孩子会注意这个的。"我不由说，"你父亲难道腿上没毛的吗？"

男人长大了总会多一点毛，汗毛开始变粗黑的时候，我也曾烦过心，但后来并没有人在意这个，似乎一切都是正常的。我还是第一次听人提到。

雪夜静静

"他腿上是光光的，好像我大哥腿上也是光光的。"

听着女孩说着我腿上的毛，有着一种莫名的感觉，真想剃胡子的时候把腿毛也剃了。以前我的胡子也是三四天才剃一次，反正长了也没人管的。男人嘛。现在想来，还是有人会注意到的。

万平萍用带湿的毛巾把我裤子的那一处擦干净了，又用一个搪瓷茶缸倒了开水，把杯底放在上面熨干了。她做事还是很细心的。

下楼的时候，我发现楼下又是安安静静的，似乎一点动静没有过。

回到小城，紫楼里的生活依旧。在厢楼的办公室里，我接到应玫的信，说我通过她家转的信都收到了，说她正准备离开中兴市。看信推算她走的日子，好像是昨天，算起来，我在中兴市的头两天，她正在那儿。她是想见我的，她现在却去了南城。我心中失落了什么似的，想着那两天傍晚独自在街上溜达时，她也许正在收拾行装，或许正在等着我呢。

放下信，我坐着想了一会，抓一支毛笔沾着红墨水在报纸上写大字，并不在意自己写的什么。后来，听到木格玻璃门的敲响声，抬头见万平萍在玻璃门外站着，朝我笑看着。

开了门，万平萍身子往前倾一点，似乎要扑上来。我还是头一次在办公室里见到她。她从来也不到我办公室来的。

她穿着一件很肥大的衬衫，上面画着几条彩色的卡通图案。

"找你真难找。"她说。

"你自己呢？"我说。

"你也找我了么？是不是你找我了？难怪那几天我的耳朵跳，原来是你找我了。我去了中兴市，三天前回来的，回来就给你打电

话，总是不在。今天我就不打电话了，直接到楼上来找你，没想你就在了。你是不接电话吗？"

我去中兴市的时候，她正好从中兴市回来了。中兴市正是一个奇怪的城市。

她听说我去中兴市开会了，叫起来："要知道的话，我就在中兴市待着了。我会带你在中兴市转。那里的路很难找，我上小学的时候，带着妹妹一条街一条街转，条条街都转到了。"

她在我对面坐着，一刻不停地说着。后来她说："走吧，饿死了，我们去吃一点东西吧。"我们上街去，先到我常去的一家小吃铺。万平萍进去看了看就退出来，摇头说："走，我带你去一个地方。"

她带着我往南边走，走着走着转进一条巷子，再转一条巷子。我发现小城也像中兴市一样有那么多的巷子，我在这里几年了，也没走到过。能把中兴市的街转遍了的万平萍，转小城的巷子，算来不稀奇的。

来到一个门面一般的小铺子，铺子里干干净净的。小城的小饭店往往门边放着炉子，早晨用来炸油条，下午用来蒸包子，总有污糟的痕迹。这个小铺子地上铺着地砖，墙上有半截瓷砖，里墙开了一个窗柜子，通着后面的院子。我看到服务员从院子拐角端盘子过来，想是厨房安在了院子里，铺子里就显得干净了。

我不由看了看万平萍的头，她的头发明显是刚洗过的，还带着一点新鲜的水亮。

筷子送上来，带着一张干净的纸巾，那年头的铺子还没时兴这一套。万平萍用纸巾把筷子擦了，她像是习惯的。

要了一瓶啤酒，点了几个菜。菜上来，炒得新新绿绿，干干净

雪夜静静

净，让人开胃口。不知万平萍是怎么找定这家铺子的。

"知道我去中兴市做什么？"

我摇摇头。我怎么会知道呢？似乎这是她说话的习惯。

"我妈妈也要调回中兴市去了，想把我也活动去，说让我一个女孩子留在这里不好。我说，我一直不是一个人在小城的吗？我身上又没少了一块。我也不知道我为什么不想回到中兴市，我也不知道小城里有什么好，就这么几条街，就住着那么一个房子。只是不习惯中兴市，大概是老修建什么，弄得乱乱的。哪有小城安静。"

我说："小城也乱乱的，到处拆房子，传说紫楼还要拆呢。现在讲建设，建设初始，总是乱乱的。"

她喝了一口啤酒，放下杯子，说："你也认为我应该回到中兴市去吗？"

我没应她的话。她接着说："我好像也没理由要留下来，中兴市毕竟城市大，名声也大。说到小城，谁都不知道。可我就是没答应下来，想要听听你的意见。没想到你也这么说，真是扫兴。"

她转动着手里的杯子，看着杯里白色的泡沫。铺子里面传来低低的音乐声，还伴有大提琴的乐声。我想这个小铺子确实别致。

"你不想说什么吗？"

我想了想说："主意还得你拿，小城有小城的好，中兴市当然也有中兴市的好，毕竟那里有你的父母姐妹。这里呢，你大概可以自由一点吧。也就是说，凡有选择，总有两难。"

"等于没说。"她咕哝了一句。我也觉得自己的应答模糊。不过，很快她就高兴起来，兴趣盎然地问："知道我怎么会找到这家小铺子的吗？"

我等着她说。她告诉我，她在小城里做过很多事，在医院做过护士，在商店站过柜台，在工厂当过会计，这个铺子是当初做会计的时候，经常光顾的地方，铺子重新装修时，她帮店老板搞了设计。现在她正想当一个策划。

"什么？"

"策划。就是帮人家出主意的。"在小城，我还是第一次听到这个职业，以前在外国书中看到过。

万平萍告诉我，她每天晚上去自修，已经拿到大专的文凭了。

我举起杯来："祝贺你，大学生。对于我来说，大学还一直是梦呢。"

她把杯中的酒一口气喝了下去，放下来擦了擦嘴说："我这个大学生算什么，女人的头发，都满把抓呢。你也可以到大学去，可以去讲课。"说完了她便嘻嘻地笑。说不清是揶揄还是自嘲。我看她平时说话大大咧咧的，很随便，却有那么的耐心，她是一个奇怪的女孩。想到了奇怪这词也就想到了铁敏，我微微地露出点笑。

万平萍看着我，说："你是在笑我吧，有什么话，说出来。"

我摇头："没有。"

"肯定有……说不说由你。我以前有个男朋友，他就喜欢说一半话留一半话。真让人着急。"

"你有男朋友？"

"你也会吃惊？怎么，我不能有男朋友吗？真喜欢你吃惊的样子……其实，他只是我的一般的男性朋友啦，连我的身体都没有碰过的。"她看着我，似乎有点得意的样子。

我想我并没有吃惊，只是开始没想到她谈过男朋友。她那么简单，好像是没有接触过男人，总是独来独往的。

我记得本来只要了一瓶啤酒。桌上却有了两个空瓶。万平萍正

雪夜静静

在给我倒酒。她似乎很能喝,一边说话,一边喝着酒,杯里空了,就从瓶里倒。

这顿吃到很晚,我从饭桌边站起来的时候,眼前有点迷糊,一切都看在眼里,但是不那么清晰,也弄不清桌上有几个瓶了。我和万平萍出门去,小巷里已经没有人了,说不清什么时候,我们的手握在了一起。万平萍哼着了一首曲子。

"好听不好听?"她问我。

我摇摇头。我笑着说:"你的声音,不适合中音的。"

"你真讨厌,明明是你让我唱这支曲的。"

我并没有喝多,刚才只是随便提到这首曲子,怎么会提到它,我也记不得了。我和她靠得近近的,还从来没有和人走路靠得这么近。

我一扭脸,看到靠近着的她嘴唇翘着,似乎有点生气的模样,我伸出手指,压了一下她翘翘的嘴唇,她用手来打我的手,我的手想退,她就把我的手抓住了。身体接触了,两人就抱了一抱。感觉身体贴紧着,她的身体暖暖的,夏日的小巷穿过凉凉的风,似乎融化着她的身体,显得暖而松软。

随后我们就放开了,听她咕哝一句:"你是我碰过我身体的男朋友了。"

我说:"什么?"我往往听力会在反应之后。

她说:"没什么。"

我们互抓着手往前走。一直到两人分手,她都翘着嘴,似乎有点生气。我也没有想到会不欢而散,虽然没有闹,但还是有点失落的感觉。

紫金文库

　　紫楼搞了一次展览活动。写展览的前言，应该是美术上的事，但请到了我，我还是很乐意的。我喜欢看美术作品，在展览之前，把一幅幅都细细地看了。曹艺术画的一幅农女汲水，我觉得很不错，在前言中重点地提了几句，但最后被领导删掉了。领导也许考虑的是曹艺术的名声，也许考虑的是不突出一个人。我写的前言稿子，给曹艺术看过，他是满意的。为此有点为他抱屈，曹艺术却说没什么，他在于创作，并不在意宣传。他说：走自己的路，由人家去说吧。我还是很欣赏曹艺术这一点的，他并不在意别人做什么，只在意他自己说的和做的。

　　那段时间里，有一个女人常来院里找曹艺术，她大概将近三十岁了，打扮得年轻，服装与容貌都明显修饰过，我想她一定结过婚。她来了和别的女孩不一样，那边房里没有传来笑声、闹声和说话声，似乎静悄悄的。我听曹艺术称她乔里，我不知道什么是乔里，肯定不是她名字的全称。曹艺术带点南城的口音，声音听不大清的。没听到女人的声音，她见了我总是一笑，神情中含着一点成熟女性的淡淡忧郁，但她的脸上仍是笑容满面。那点忧郁便仿佛是阳光下的细雨，笑容便是细雨中的阳光了。

　　一次，我与曹艺术从食堂端了饭菜回院子，他对我说："艺术总是从固定趋向变化。就像小姑娘总显得那么简单，只有女人才能表现出女人的复杂味道。这味道实在是嘴讲不来，也是教不来的，只有经历经受过，有真切的经验在里头，有自个儿对人生的理解和感悟在里头。"

　　我好像能理解他的话。这段时间我经历了不少，也懂了不少。

　　那天在办公室坐下，便接到万平萍的电话。她说有两次到院子里找我，也往办公室打过两次电话，我都不在。我告诉她搞展览的

雪夜静静

事,她不作声了。她很少有不作声的时候。我问她发生了什么事?她说没有。后来她说再说吧,她还要去上班呢,她现在在一家企业做文秘,那个厂长有一点事都要找着她。

展览结束后,紫楼领导奖励工作人员,给每人发了几张电影票。小城的影剧院正在放开禁的老的经典电影,电影票很紧张的。我拿了票,按万平萍留的电话号打过去,就听电话里一个很柔的声音问:"请问你,找谁?"

我说我找万平萍,似乎话筒里声音立刻变了:"我就是万平萍啊。是你啊。"她知道我是谁了,她从来都用"你"来称呼我。

我告诉她电影票的事,她显得很高兴,马上说要。不一会,她就出现在我办公室。我将两张票递给她,她接过去,准备撕一张下来给我。我说我还有呢,这是给她的,她可以请朋友去。

"朋友?什么朋友?"她问。问得有点没头没脑的。

我说:"不管是谁吧。你喜欢给谁都行。"

"我给你呀。"她笑着说。我拿出票来给她看,并说我和曹艺术一起坐,就在她的位置旁边。

她说:"好啊,我就带一个女孩去,准叫曹艺术看了眼发直。"

晚上,我和曹艺术走到剧场门口,就见万平萍和另一个女孩站在那儿,这个叫梁若星的女孩,神情冷冰冰的。万平萍向她介绍我们的时候,曹艺术很有艺术派头地向她摊了一下手掌,她只是随便地朝他看一眼,看我的时候,就只有一瞥了。在曹艺术面前,我已习惯被女孩冷落。四人一起进剧场,梁若星略低一点头看着脚下的台阶,万平萍靠近着我。

本来让两个女孩坐在中间,我与曹艺术分两边坐,他坐梁若星旁边,我坐万平萍旁边。坐下以后,万平萍离开位置出去了一下,

进来的时候,她笑着努着嘴,让我坐里去。这样我就坐在了她们中间。

听到曹艺术对梁若星说:"你的名字很有艺术性。"

我在心里摇了摇头,觉得老套了。曹艺术的话似乎有着一种程式化,不过,这样开头也许是最好的。

梁若星点了点头,我没有听到她的声音。曹艺术一句一句地说起来,梁若星微低着脸,似乎在听着他的话,又似乎表现着女孩的矜持。

万平萍今天显得文静,她静静地靠着我的身边,像是有意让我去听曹艺术与梁若星的对话。我有时看一眼梁若星,她脸的侧影有着一种静态的美。

电影开映了,场里静下来,曹艺术向梁若星偏过头去,不失时机地对影片的人物形象与故事情节,发表一点艺术性的看法。梁若星端正地坐着,脸朝着银幕,朦胧的侧影,似乎凝定了。

银幕上那个外国姑娘很自然地对她心爱的人说,我愿意为你做任何事。你为什么要忧郁呢,你多想想我吧。我感觉万平萍身子紧了一紧,我去看她,她朝我轻轻地说:"女人总是比男人好。"

我也轻轻地说了一句:"不说的,比说的更好。"

这时我发现梁若星转头瞥了我一眼。看不清她的神情。我的声音是很轻的,几乎是与万平萍耳语着,也许她根本没听清我说什么。

看完电影,一出电影院的门,曹艺术就提议一起在街上走走:多好的空气。人多的场合,总会让人感到憋气。

万平萍立刻应着,说最好吃一点消夜,她感觉饿了。

我说过她的肠胃是特别好的。

雪夜静静

从街中往街南走,走到边缘,便到街西的大道,新修的路,通往大集镇方庄。郊外的空气确实很好,曹艺术用一种很亲近的话语,对梁若星说着话,仿佛两人认识很长时间了。我和万平萍走在一起,只是感到过一会儿,梁若星便往我这边靠近一点。

万平萍在我耳边说:"你看她怎么样?"

"不错的。"

"她的身材可以说是魔鬼身材,腰很细,胸部丰满。"万平萍继续笑着说。

我很怕梁若星听到,那边曹艺术也在称赞她的身材,梁若星脸向前望着,依然带着矜持的神态。

从街西转过来,再到市中心区,街灯下面,摆着一溜小吃摊。四人坐下来,要了四碗馄饨,万平萍还要了一碗凉粉,梁若星也跟着要了,两个女孩比两个小伙子都能吃。

吃完,就分手了,曹艺术说再见吧,伸出手来和梁若星握手。梁若星低着一点头,后来她也把手伸出来和我握,她的手小小的,有点凉。万平萍只是对我悄悄地努了一下嘴,在梁若星面前,她显得特别调皮。

第二天,万平萍给我打电话来,她说她忙死了,忙得身体里好像装了火药,一点火就会浑身爆炸,真想用自来水对着自己冲,让每一寸皮肤水淋淋的。

"怎么样?"她问我。她习惯问没头没脑的话。

"好。"

"我是说梁若星。是不是很好?"

"不错。"

"你有没有对她产生感觉,我可以介绍你们俩,把你们拢到一

起的。"

我没说话。她笑着说:"怎么不说话?想她的身材,想她的模样,想她的身体?"

我对着电话笑笑。

"你别笑,她真的对你有意思的。别看曹艺术那么勾她,她没把他放在心上,却对我说到了你,说你很有内涵。真的,我看她是对你有意思。"

万平萍的话让我想了一想梁若星的模样,我已经想不起她具体的形象,但能记起她侧面带点阴影的轮廓,还有小小的凉凉的手。

过了几天,曹艺术和我一起在食堂吃饭的时候,随便说到了那天的电影,也说到了梁若星。他说他与梁若星约了几次,小女孩总是小女孩的味道,只是别看她瘦瘦的,显得很苗条,但一对乳房盈盈在握,是那么的饱满。

我去南城看应玫,回来没两天,紫楼的宣传队重新集中了。这段日子进口电影开放了,剧场里常有省里来的剧团演出旧的传统戏。相比之下,一个业余组织的宣传队演出,又会有多少观众呢?听说地区也不再搞群众文艺会演了,看来这次宣传队的集中只是延续习惯。

小城的变化快起来,乡下的劳动力开始往城里拥,小城的街道拓宽了,马路上一段一段地挖着坑。只有小院门口的青石路依旧幽幽静静。我坐在紫楼上往南面看,街心上人来人往川流不息。

重新集中的宣传队,换了几个新面孔,胖姑娘邵萍已经出嫁了,另外几个城里下放到农村的姑娘,找门路又回城里去了。我也许也可以找一个机会回到原来的城里去,但我不想动,只想在这有

雪夜静静

一点旧色彩的紫楼里待下去。

　　这一次宣传队的集中，导演请了正式剧团退役下来的演员，准备排一点古折子戏，到乡下去演出。这样可以考虑卖一点票，赚一点收入。我写本子的任务自然少了，以前我就想过我写的那些宣传性质的东西究竟有什么用。

　　紫楼大殿里唱着古装戏，听着韵味很浓的唱词，我想，虽然古装戏脱不了落难公子中状元的套子，但词却是美的，情也是美的。女演员毕竟是正规剧团出来的，唱腔拖得很有味。下了一场雨，天气凉快下来，以后雨不紧不慢地下个不停，我也不出门，就在办公室听着下面排练唱腔。

　　那天上午，接到万平萍的一个电话，让我去她那里，似乎有事要和我说。我看了看外面的天，告诉她正下着雨呢。她说，你就撑一把伞来嘛。说完就挂了电话，像是嗔我不想去。我就下楼往她那儿走。

　　雨依然淅淅沥沥地下着，我喜欢在细雨中走路，偶尔仰起脸来，雨丝落在脸上，很清凉。走过南星桥时，雨下得大了，有几颗大的雨滴像砸下来似的，身上的衬衫湿了，也不去管它，只顾信步走前去，身边有个撑着伞的小女孩不知是认识我，还是奇怪我如何在雨中这么定心地走，她总用眼看我。我微笑地朝她看过去，她躲不及似的把眼避开了。

　　过桥走一段路，就听路边上有人叫我的名字，是万平萍。她撑着一把绿花的尼龙伞，朝我过来，她穿着一件齐腰的夹克式的短上衣。我见过的小城中的女孩子，就数她穿得奇怪，她不知道哪来的与众不同的服式。

　　"老远就看到你，你走路的样子骄傲极了，好像所有的人都不

在你眼里。"

"我骄傲么？"这也许是我第一次听到如此的评价。

"外表上看你很平和，其实你骨子里并不把任何人放在眼里。"

我摇了摇头，觉得她是故意这么说我的。她把伞撑到我的头上来，我避开了一点，想让她自己撑着，反正我的衣服已经潮湿了。她继续把伞撑到我的头上来，这样走到她的楼下时，她的半个身子也湿了，上装印出里面的背心来。

"你也湿了。"我说。

"没见你这样，老是躲的，好像怕我沾着你，就脱不了了。"她好笑地收着伞，把伞朝下甩了几下，带着尘灰的水泥地上，显着湿水点。

"其实我反正都湿了，所以不想撑的嘛。"我跟着她上楼去，走上了楼梯，梯直直的，脸几乎要贴着了她圆圆的臀部。

她的房间摆设没有变化，贴着的画变了，原先贴着的是一张美女像，现在换了一张画，画中图像有点变形。

"把衣服脱下来吧。"她像是要动手过来给我脱，我身子避开一点。她说："秋天里的雨，淋在身上要生病的。"

我也觉着湿衣服粘在身上有点凉，只是不想麻烦。她却不住地催着："脱，脱，脱。"我也就脱下了衬衫。飘的是雨丝，都落在了上半身，裤子还不怎么湿，最多裤管上有点潮，就不想再脱了。再说自己昨天换穿的是一条三角裤，买时没看包装，问明内裤就从店里拿回来，谁知是兜着半个屁股的三角裤，要脱下长裤，实在不雅观。

万平萍接过我的衬衫，用手拧了一下，挤出一些水来。她却看着我笑说："你来我这里总是脱，不是脱衣服，就是脱裤子。"

252

雪夜静静

我转移话题说："有些日子不见你了，是不是又换了新的工作？"

"我去过紫楼两次，就是没见你。"

我想了一想，她去紫楼是不是正好我去了南城。

"去了两次，是找我有事么？"今天她叫我来，说是有事，想问她是什么事。

她看着我，带点狡黠的神情。她把我的衬衫抖开来，穿进竹竿上晾着。"我是和梁若星去的。曹艺术老是邀她，而她每次都拉我一起去。曹艺术看到我跟着，眼睛像要杀了我似的冒火。我见他样子可怜，就说上楼找你……让他有一点机会。"

她给我倒了一杯水，然后在我的对面坐下来，隔着桌子，两只手托着腮帮目不转睛地看着我。我也看着她，满心空空，一点烦恼的思绪都没有。与她在一起很放松，她的做法有着让人放松的东西，她的说话充满着杂质，却又似乎没有任何杂质。

她嘴里喷了一声，说"你最近瘦了。"

"我没瘦，我倒感觉你瘦了。"

"我自己觉得身上的肉紧了。"她说："我忙得很呢？"

"忙什么？"

她伸手过来，捧着一包点心。她喜欢吃点心。她拈了一块放在嘴里，又朝我扬手，示意我吃："很好吃的，朱古力味，当中像包了酒。"

"好吃。"

"我想我要开食品店的话，就做一种与别的都不同的食品，软的硬的，甜的酸的，有多种的味道，就像一种女人……对，名字就叫女人。人家说我多变，一个人就等于三五个女人。"

"要是谁找了你，等于找了三五个女人了？"

"你是不是很想找三五个女人？"

我笑笑。她说："我知道男人都想找三五个女人的。找一个女人总不会满足的。这是不是生理上的缘故呢？"

"你也研究这个吗？"

"是不是呢？我接触的男人都没谈这个问题的。如果真是生理上的缘故，就不能怪他了。将来我只能让他去，由他去。既然是必然的因素，我也就不能让他太压抑了。"

"你倒挺大方的。"

"不大方怎么办？既然喜欢他嘛……要不喜欢他，我也不可能和他在一起。不过我还是可以做一件事的。"

"看紧他？"

"看是看不紧的，世界上唯一无法看的就是人心。有了这份心怎么也看不紧的。我想设计出一种东西来，改变人的这种生理。"

我觉得她有点胡扯，她却是很认真地说着。与她这样胡扯，很放松的，心境开朗起来。她问过我，是不是书生的眉头总是皱着的。她说她什么都想得开。

"改变男人生理，不能成的。"

万平萍说："你就是太实在，什么不能的？"

"你想吧，只有男人和女人两种生理，把男人的生理改了，要么成了女人，要么成了不男不女了。"

她眉头皱起来，似乎认真地想了想，她认真的表情很少有的，随后拍手笑着："是了，想不到你还真懂，到底是书生。看来也就只好随他去了。他如果愿意，就让他找好多好多，三宫六院七十二妃，也行。倒是能显着他男人的生理。总比最讨厌的不男不女好。"

雪夜静静

她突然转了话题问我:"那么,是不是曹艺术真的男人气很重?怎么我就不喜欢他?就没有被他吸引?我的生理上没有病吧?我可是该来的也来,该凸该凹的都对头的。"

"谁知道呢。"

"是不是要让你看看?对你,我不小气的。"她笑起来。我发现刚才的一句话,说得太随便了。

见我不作声了,她静下来,依然看着我。后来她轻轻地叹了一口气,她也会叹气,我怕自己听得不真。她过去用手握握我的衬衣,随后收下来,取出了一只小小的新熨斗来熨。

"我最近又回中兴市去了。是妈妈叫去的。"

"还是让你回中兴市?"

"她户口没迁时,不是也让我独自待着,现在好像让我一个人在这里,便是遗弃我了。赶着叫我去,把我带到一个男人面前。我知道她只是要我回中兴市。"

"关键还是那个男人怎么样。"

"好,好得不得了。他说起话来男人气很足的,个头高过你大半个头,嗓音很粗。我看他说话的时候,喉结一滚一动的。他的手很大,伸出来好像能一把抓握一台电视机。他在电视机厂里工作。"

"关键是谈得好不好。"

"哪用谈?走在他的身边,我就有点晕,就想着他抱着我,用他的大手抚摸我,把我捏在手心里,捏紧着我,被男人捏紧感觉肯定是好。想着一直被他捏下去,捏得很细很小,像一块面团似的。"她笑着说,把熨好的衣服使劲抖一抖,再叠起来,叠得整整齐齐,像是要放进衣橱里去。

我说:"这么着迷?"

她看着我说："到第三天我就走了。回来了。我对妈妈说，如果他要我的话，就考虑到小城来吧，户口和工作关系都迁过来。因为我是不愿意离开小城的。"

我望着她的手，她的手上还抓着那只熨斗，舞啊舞的。

"他也许为了爱，真追到小城来……是有这样男人的，你怎么办？"

她认真地想了想："我只好嫁给他了。只是妈妈不会转告他这个，她就是不愿意我在小城的。再说，那个见面两次的男人，老是在谈电视机，能跟我到小城么？要真是对我一见钟情，就难得了。那我还求什么呢？"

"你不是给他出难题么？这么着迷，还给人家出什么难题呢？"

万平萍笑起来，笑得眼皮一层层很深很深："我跟他讲了，中兴市有什么好的，小城市又不像小城市，大城市又不像大城市，到处是鸽子笼一样的房子，乱七八糟的空气。哪像小城，小城四围都是绿的，城里的建筑古色古香，青石街，木檐楼，像个花园似的。"

"是我们住的小城吗？"

"要不，你走了那么多的地方，怎么会走到这儿不走了，要不？我也怎么会不愿意离开呢？"

她总是说得很有道理的。我往椅子下移了移身，很舒服地靠一靠。她看着说："你是不是累了，上我的床躺一躺吧。"

我摇摇头。我看了一眼她的床，床里墙上贴着各式拼图式的图案，床头放着长毛绒的动物玩具。一张床显得色彩丰富，看来女人在她的住所总有下功夫装饰的地方。

"还没有男人上过我的床呢。"她很认真的样子："给我一点男人的味道，也许我睡觉要踏实一点。听说女牢里的犯人生病了，正

雪夜静静

巧一个五十岁的男监狱处长去视察,和女犯人握了一下手,她的病就好了。"

真不知她从哪里听来的故事。"去吧,去吧,"她好像劝我似的,伸过手来,我就听随着她,在她的床上躺下了。其实是在床边坐着,身后靠着床上叠着的被子和枕头。她说:"我去给你做一个汤,搭着吃我带回来的点心吧。上次看你喜欢吃点心。我这个人就怕做饭。饭每天都吃,煮熟的白米,也就是那个样子,实在叫人提不起口味。只要有兴致,总不弄饭吃。"

身后的被、枕软软的,躺着望出去,可以看到外面的绿野与白云,清清爽爽的感觉,身下也有一股清爽的气息,带着一点绿草混合着松针的气息。嗅着这味道,人心就松懈下来了。

厨房那头叮当的碗响,琴声似的节奏。似乎她一边做着一边敲着碗盆似的,清清脆脆的音乐声。我朦胧地闭着眼。

后来,嗅着的气息浓了,像站在一片草原上,从远处的森林里传过来浓成一团团的无形的气息。我的胸口有着一点动静,睁眼看,万平萍正坐在我的身边,她把几只大小长毛绒熊放在了我的胸口,让它们对着我。一只小熊伸出手掌,像要来抚摸我似的。

我不想起身,怕那些小熊们翻到地上去,只是一伸手,把万平萍揽到怀里来。

她笑说着:"我压到它们了,它们都喘不过气来了。"我手臂用着劲,后来她就软软的不动了,只是伏在我的身上,把她的头靠在我的腮帮边上,头发很密的,带着那好闻的树脂气息。一缕长发散开来,铺在我的鼻上眼上,随着我的鼻息轻轻抖动。头顶映着的光亮有晕圈闪动。

我把嘴吻在了她的头发上,轻轻的,几乎让她察觉不到的。她

的头发滑滑的。她的身子蜷贴在我的身上。她开始挣扎了两下,就不动了。我也不动,静静地躺着。她完全不动了,我却有点诧异,放开了她。她还是一动不动地待了一会儿,忽然一骨碌爬起来,眼光闪亮地看着我。

"你和我上了床。你是和我一起上床的第一个男人。"

停了一停,她用手撑着床站起身来,看着我。她走到桌边去,扭着头看我,她用勺子舀着汤,还用眼看我。

"来吃饭吧。"她的声音带着难得的轻柔,脸上的神情吞吞吐吐的,眼光带着青色的亮光。

桌上放着了三盘点心,苔条夹着的松子饼,瓜仁粘着的桃酥饼,还有豆沙馅的南瓜饼。青、黄、红三色,每人面前一碗清汤,飘着几片碧绿的叶子。

我喝了一口汤,汤带着一点微微的咸,叶子在嘴里是滑滑的感觉,如她头发上的柔滑,配着甜点心,我还是第一次尝到这样的美味。那些点心都带着清香。

"这是什么东西?"

"什么?"她眼看着我,还是那么亮亮的。

我用筷点点碗里。

她说:"是莼菜啊。"

我细细感受着点心的味道,抬头看万平萍,她还是眼睛亮亮地看着我。我朝她笑了笑。她有点迷茫地回着一点笑。

她眼光闪动了一下:"男人和女人上床就是这样子的么?时间不长的,会不会怀孕?没有结婚,要是有了一个孩子,肯定会被熟人笑死的。"

我想了一想,才明白她的话意,忍不住要大笑起来,但还是忍

雪夜静静

住了笑说："我们吗？又没脱衣服。你没看过电影里，男女做那件事都要光身子的。"我故意学着她说着直白的近乎胡扯的话。

她眼光跳闪一下："是吗？电影里我看到夫妻都是不脱的。只有流氓才会脱女人衣裤，也不定都脱了，我想脱衣裤是流氓特有的羞辱女人的行动。"

她的样子奇怪极了，我一时不知怎么说。她以前有关男女的话都带着研究的兴致。她大概对这问题一直弄不明白，才不住地说那些话。我根本没有料到会有这样的说法。

"我也想到，男女上床就那么简单，孩子也太容易生了，大概相互之间一定要有那种感觉吧。"她望着我疑惑的神情。"就是那种电一样让人麻酥酥的感觉，我刚才那一刻才明白的。我想一定是要女人有那种感觉才行。不过我又想，要是流氓强暴呢，女人是不是也会产生出那种感觉来呢？"

我真的怕她这么说下去，因为我感到在她不安分的研究中，我的下面开始不安分起来。我低下头来咬南瓜饼子："你这么想是想不明白的。我有一次出差去南方大城市，那里放教育性质的录像，只要一看就全懂了。不过就是小城有这样的录像，女孩一般不好意思去看的。"

"这有什么不好意思的，教育片嘛。我还看过赤脚医生手册，你别以为我不懂。我知道男人与女人不同的构造，也知道男人有精子，女人有卵子的。精子与卵子结合才有孩子。所以我想大概是电一样的感觉才把男人精子传过去的。"

我实在忍不住笑了："精子可是有形的，怎么电传得过去呢。好了，我们不必研究了，将来你总会明白的。"

她似乎动了不依不饶的研究精神，一时不说话，还是那么地盯

着我看，明显在想着什么。我只顾吃着点心。今天这一餐，我吃得特别多，盘子快空了，大部分都是我吃掉的。

她显得多少有点明白了："我虽然还不怎么明白，但多少懂了男女为什么要脱衣服了，这样容易传导。强壮的男人传导的力量强……不过女人脱光了确实很难为情的，但是为了有孩子没办法。再说，女人对喜欢的男人就是脱光了，让男人看，也不会太顾及难为情了吧。男人就喜欢看女人的。要是你很想看我脱光了，我想我也会为你脱的。"

我看着站起身来的万平萍，她的身子高挑，身材苗条。我想她光着身子细窄的腰，那样子一定很美的，一时有点心旌摇动。只瞬间，应玫的身形进入我的感觉中来，我的心仿佛过滤得清净了。

"还有点心吗？"我觉得自己胃口大开。

万平萍盯着盘子看着，然后笑开了："你看我，真是能吃，比平常还能吃。"

"那是我吃的。"

"你那点猫食，能吃那么多吗？"

"就是，你的点心太好吃了。"

"那我下次要准备好多好多的东西。"她走到厨房里去，不知在哪里找了一会，捧出来几个罐子，从里面掏点心。数量不多，却有巧克力，有脆饼，有麻花，还有一口酥什么的，又摆了三盘子。

"你是不是专门吃点心当饭的，当心糖太多了，会发胖的。"

"我就是胖不了。别人都说我瘦，我也希望我胖一点。身上都是骨头，你抚摸起来，也不舒服吧。"

我能想到，她每天动个不停，哪还会胖呢。结结实实的她像头小鹿，显得生气勃勃的，与她在一起，我也觉得自己浑身有劲。

雪夜静静

外面的雨停了，太阳光明亮着，从窗子看出去，满野皆是绿色。

演出队又招了万平萍拉大提琴。她空闲的时候，上办公室来看我，往往和其他的女孩一起来。紫楼又热闹起来，琴声、歌声与欢笑声。我在楼上看着天井里许多不穿行头也变得花色丰富的女孩穿着，有时会有一种韶华流逝的意识，一种失落了什么的感觉。也觉得自己的心态有点不对头，我年龄并不大，还没过二十四岁生日呢。

秋高气爽，我不想写什么东西。我觉得自己所写的东西，都属于一种流动着的，一种不稳定的现状。而那些旧戏曲，不管是改编的，还是古而有之的，都带着旧的稳定的形式与内涵。我眼看着我面前的一切，一天天地流动着，一天天地变化着，流动得更快了，变化得更快了。我不知自己写的东西在流动与变化中，还有没有意义。以前拿起笔便能写出来的状态没有了。书本上表现的总以内在的沉重为深刻，我不知道为什么要沉重。我就只想轻轻松松的，像和万平萍在一起。只是轻松的时间略微长了一点，就会有一种渴望，一种不满足，一种自找失落的沉重。这也许是人的天性，人天生要在轻松和沉重中跳来跳去。

一段时间，我甚至连书都不看，原来喜欢看的纯正的书也不去看，觉得作者的假说拿足了架子，也许架子的痕迹本来就在那里，合着以前阅读的胃口。写出来的东西都会有架子，现在我想拆去所有架子，一下子对阅读反了胃口。

在办公室坐了一会，听到大殿里正排唱一段古折子戏，有些词听不真切，便下楼来。沿楼道口是美术办公室，开着木窗，梁若

紫金文库

星与曹艺术隔着一段距离对站着,曹艺术在说着什么,梁若星偏了偏头,不知是看到了我,还是本来就想转身了,她回过头来跑出门去。曹艺术在后面"哎"了一声,梁若星在紫楼的大门口站停了一下,又看看我,眼光一闪一闪,她的眼光闪动得很媚的,我上一次便感觉到,她的眼光会说话,一旦低下眉去,弄不清她在看什么。

曹艺术走出门来,手里拿着一张有着轮廓的画像,已经可以看清是梁若星的形象,很逼真,很有一种气质,便是那种眼光闪着说话的气质。

"努,她看到你,就走了。"他像是在说笑。

我笑说:"她还没走远。"

曹艺术带快一点步子赶过去。我难得见他放快步子走路的样子,他总是走得不紧不慢的,像是什么也不在意。我进了紫楼大殿,站在后面右角大木柱边上,隐着半个身子站下来。乐队在窗下演奏,殿中间两个主要演员在对戏,有说便说,有唱便唱,导演站在他们旁边,戏排了一段时间了,对白和唱腔都熟了,导演只是抱着手臂看着他们。

没有看到万平萍,古戏不用大提琴的。过一会曹艺术走进大殿,在门里朝我招手。我想梁若星已经走了。我所看到的在曹艺术身边出现的女孩,她并不算是十分漂亮的,不清楚曹艺术如何和她有了这么长的交往,好像对她特别关注。是不是就因为她本来对他只是怀着一种戏弄,而男人偏偏对不属于自己的东西感兴趣。

我走了过去,曹艺术让我去美术办公室,说梁若星在那里。

我说:"她在那里,我去做什么呢?"

"人家要见你嘛。"他脸上带着笑。

"现在我想听戏。"

雪夜静静

我看到那边梁若星侧身站着,并没朝这里望。我回头要走,曹艺术一把拉住了我:"别夹生嘛,去一下。你看,我才画了一个头呢。"

"有那么多的模特儿随着你,又何必在乎一个她呢?"

"你就不懂了,画画也是要有兴趣的,我现在只对她有兴趣。"

"那我更不应该去了。"

"我对她说,是你叫她,她才回头的。"他老实交代了。

我有点不悦:"你怎么拿我胡说。我什么时候叫她了。"

"去一下吧,人家在等呢。"我只有跟着他走。他退后一步,让我走在前面,笑着在我耳边说:"你的面子大嘛。"

我看曹艺术在下着男女间的功夫,很着迷,但还是不失说笑的洒脱形态,不知他的着迷是真还是假。

进了美术办公室,曹艺术说:"他来了,有什么对梁小姐说吧。"

我很想大声说一句:根本不是我叫的。但见梁若星抬眼朝我一瞥,眼光一波一波,波动而来。那低头的形态让我感到有一点熟悉,引动着我一时的感觉。她有一种近乎应玫的柔婉。

"我知道……"她说了一半就停下了,说话是对我的,眼光却瞟向着曹艺术。

我明白她的话意,她很清楚曹艺术是借我话说的,但她还是来了。这明白的意思,告诉着我,也告诉着曹艺术。我发现她实在是很聪明的。

我张口想说什么,曹艺术却说了:"拉你回来,是我的意思。不管是两个人面对,还是三个人聊天,我只是很想和你在一起。我对你是真诚的,真实的,真切的,你肯定听说我有过许多的女性交

往，其实那都没什么，都无法与对你的感觉相比。"

他的表述显得诚恳，曹艺术毕竟是曹艺术，总是主动的。

梁若星的眼光转向我，这次她是正对着我："是吗？……"

我不去看曹艺术的脸，她的眼光让我直接说出来："是的。那些女的都被他迷住了，只有你是不同的。"

梁若星像要笑出来，一时脸上漾动着色彩，变得灿烂了。曹艺术笑着却显得认真地说："是吧，那些女孩她们要来对我表示，我能有什么办法？你知道，我这个人心软，又不能叫人家不来。而对你，我是真正有着那种感觉。我是被你迷住了啊。只是我不想多说，我只想画一张你的画，能总是看到你。你应该能明白这种感觉的。"

梁若星低着头，她的脚微微地搓着地。她的神态充满着女孩的味道。曹艺术似乎抓到了灵感似的，在画纸上画着。梁若星侧眼飞快地瞥我一眼，流动的眼波带着欢快，夹着一点顽皮，有着一种抑制不住的快乐。对着梁若星细看一会，就会发现她的美处，很女性化的形态与味道，是一点一点地流露出来的。

窗外有人走动着，梁若星像野兔一般，感受着动静，她的身子晃了一晃，似乎朝着我说：她要走了。

"真有事么？"曹艺术走过去，靠近着她，低低地说了句什么。她只是低着头，不知是同意还是拒绝，并没有反应。我跟着曹艺术把她送出来，门口站着紫楼领导，他叫住了曹艺术。

"你送送吧。"曹艺术对我说，好像梁若星是我请来的，属于我的朋友，应该我去送一下。

我没说什么，就把梁若星送出去。出了大门，她低头走着。我跟着她，从神态上能看出她感觉着我，只是不作声。我还很少接触

雪夜静静

这样稳得住的女孩,也就与她并肩走着。

记得她那次是从城南过来的,现在她走的却是城西,也就是那天晚上我们绕着圈走的路,白天里,人也不多,还是僻静的。

从城西道口一拐,走进了一条小道,前面栽着几棵树,还有一口旧井,那情景,不像是城市里,却也不像是乡村。梁若星脚步慢了一点,自然地与我靠近了。她的头还是那么微微地低着,轻轻地说:"他是很有才气的。"

她的话语像是问我,又像是对自己说话。

我知道她说的是曹艺术,便说:"是的。"

走了几步,她又说:"他很有吸引力的。"

"是的。"

她侧过脸来看我,她的眼光难得地定住,有着一种湖一般地的感觉。平静的湖面,但那又是深深的。

"万平萍肯定和你说过的……你会奇怪,明明我都知道的,但、但我还只是一个女人。"她说得很平静,不动声色。我还是第一次听一个女孩说自己是一个女人,显着一种沧桑的意味。

"是的。"

"他对我说,我与其他女的不同,他对我也不同于其他女的。他还是第一次真正有这种感觉。"

我停了一停,我不想对她说什么。我觉得她说的也许都是对的,我没有办法说不对。她只是一种感觉,感觉是各人不同的,我无法否认:"是吧。"

她停下来,直视着我的眼睛,她不再低着头,脸上显着平板,从五官轮廓一个个单个看并不漂亮,但却是耐看的。

"我相信你。从万平萍那里,我已经听到了许多你和他的情况,

见你第一眼,我就能相信你。你是可以依靠的,你让女人有安全感。而他我还是拿不准。他是活动的,危险的,不稳定的,很难有把头依靠在他身上的感觉,我到现在也还是无法真切地感受着他,可是……"

她不再说下去,但我明白她的话意。我也不知道是不是为她的话所感动,似乎又有一点出乎意料。虽然她一直说着感觉,说着无法把握的感觉,但她情绪是稳定的,还显得那么的冷静。我本来想对她说一点什么,想告诉她重要的是继续保持这种稳定,才能得到曹艺术长久的相交。我又觉得不用说也不必说。曹艺术特有的那种吸引力,对女人来说,也许是人生难得的感受。

我们再往前走,不再说这个话题,过了一会,梁若星突然说到了她小时候的事,她说养过的一只灰毛兔子,那只兔子被她描绘得十分生动。这一刻,她完全不像我感觉中的梁若星,她是很能说的。

整个一个秋季,我的工作都很清闲,我的写作却是忙乱的。我开始写称之为作品的东西,写我少年时代的故事,因为离得远,有些背景模糊了,让我有着虚构的想象。其中的我有时是可笑的,有时是有趣的,这些故事应玫都没听过,我想象在对应玫说那些故事,写它们的时候,我仿佛面对着应玫的眼光,放下笔来,我似乎听到应玫对它们的评价。

紫楼演出队这一年里特别地活跃,在一个个集镇上巡回演出。古戏开放了,但正规剧团忙着在城里演出,还没有顾及农村集镇。农民想看戏,能有县里的演出队去演,就像走节一样热闹。演出队排了几出折子戏,到一个集镇,一演便是三天,还被拉到大队里临

雪夜静静

时搭起台来演。那年听说公社要恢复乡的编制，大队要恢复村的编制，演出队也是最后一届了，每个演员都感叹是最后的一次了，尽着最后的力，就是一些新参加的演员也有着同样的感叹。

演出队总在乡下转，万平萍很少回来。只有一次她到紫楼来，是来搬一个旧时排的折子戏的道具。她告诉我说那个公社特别热情，观众也特别多，拉着要多演一场，几个戏都演过了，只好把早先排过的戏重排一排演出。在乡村里时间转长了，万平萍有时还化了妆上台去表演一个大提琴独奏，她的脸被油彩与乡野的风弄得有点发红。她穿着一件厚厚的军大衣，很笨重的样子，还带着了一顶不知哪来的浅红的毛线帽子。说话的声音也大了，动作急火火的。她在我的办公室里站了一会，说是讨了个差使回来，就是想要看我一下，也让我看看她胖了粗了的模样。

"你也下去看看戏吧，别老待在楼上好吗？"

她很喜欢这种演出。她觉得这种搭台演出，对着很多乡村上的男女，很有意思的。乡村里的人并不懂什么戏曲唱腔，却迷恋着编出来的古代故事，公社礼堂里的水泥长条凳，早早地便被人用石块占了位。有时在农村的大场搭的台上，上面是闪闪星光的天，下面是黑压压的人群，有一种真正演出的感觉。在台上哭，在台上笑，在台上跳，她也上台去跳过一曲，跳得很像样的。

"什么时候，我跳一次给你看。"她说。

她说着，身子做着舞蹈的动作，手还捏了一个兰花指。似乎她已经迷上了这种流动的演出生活。

我还是每天待在紫楼上，连街道也很少去，有一次走到街中心，觉得拓宽了的街道有点认不得了。紫楼里走了演出队，显得特别安静。我整天在办公室里，写累了，便用笔在纸上蘸了红墨

267

水画圈。

这天我下楼的时候,在窄窄的楼梯过道间,遇着了紫楼领导。他应该算是一个很温和的人,从不对人发火,但所有的人都对他有着一种敬畏。他朝我笑一下,再开口:"最近怎么样?"

我说:"写东西。"

"有女朋友了?"我摇摇头。他喜欢给我找对象,上次理发姑娘就是一个。我不知他对别的单身汉是不是也这样。

"上次我看到的那一个……?"

我想到他说的是梁若星,他大概难得看到我与哪一个女孩走在一起的。我不想提起曹艺术,便说:"算是吧。"

"什么算是?"

"算是女朋友,但不能算是谈对象的那种女朋友。"我自己也觉得说得稀里糊涂。

"我看你本本分分的,不是那种新潮的人。一个小伙子还是要找一个姑娘,成一个家的。"

我点头说:"是的。"

从内心讲,我是希望在一个稳定的地方,成一个家。然而我也说不准自己,我的心似乎无所归属,到小城已经有三年了,我并没有急切把户口定下来的愿望。似乎在青春的年岁中,我都会不定地游动着。我曾把自己的青春定在三十岁为界,想把整个中国都走遍了。最好能有一个自己满意可心的女朋友伴着我一起周游。可是一旦有了,我不会希望她也过流动生活,所以,这只是一个无法实现的想象。我注定是要一个人飘游的。

雨停了,天放晴了,空气不再带着湿度,却还是清凉的。云

雪夜静静

层淡淡的白色,轻轻地飘过去。我把楼上楼下都擦了一下。我习惯做点事,那是多少年中习惯了的,不希望总坐着写,一旦坐着写久了,就觉得身体不舒服。

电话铃响了,那边称我为老师,想是演出队的新老队员,她们都会这样的称呼我。我刚问了一句:是谁啊?那边就笑起来。我听出来是万平萍。她又称了一句老师,我问什么事,我对她用着惯常的口气。

"你听出是我的声音么?"

"怎么会听不出呢?"

"我跟着学了戏腔的发声,还上台唱过。以为变了腔的呢。"

"声音是跟着人变的。人不变,声音怎么会变呢?"我有兴致地说。

"我人变了,真的变了。我现在什么都懂了。跟着戏班子这么长时间了,还会不变么?人家都说戏班子是最潇洒最开放的。"

"没听出来。"

"你真是。不能说一句变了么?就不能说一句吗?我借店里的一个电话打着,就想问你,晚上能不能出来一次。"

"已经回城了吗?"

"还在南社呢。不过今天晚上会回到城里。"

演出队在每个公社演几日,转着演出,演到南社,南社公社也就在城的南边,已经到城郊了。乘路过的车进城,只要十分钟。

万平萍告诉我,演到南社公社以前,一直演得很热的,往往有几个公社邀请,但到南社演出时,原来约的公社突然取消了约请。算起来,只有几个公社没到过了。演员们早都说累,说想休息了。只是一下子没有公社约请,眼见着回城就要散了,而散了以后,也

不知会不会再有下一次了。演出队的几个女孩说要聚一聚，闹一闹，联系了城西的礼堂。现在管理礼堂的女孩，是上次演出时交了的朋友，大家说好了，把自己的男朋友带了来。只有两个已经公开了说有男朋友，其他的女孩说可以拉一个来。

"你来了，可不要说是我邀的，只当不认识我，听人家介绍时，我们再握握手。"

"她们知道你认识我，我还找过你的。"

"那是上一年的了，这一年的是新的，就算有老的，谁记得？"

"哪我说是谁邀的？"

"你是老师，突然来，谁都可能邀的嘛。我可不想介绍你是我的男朋友，你却说不是。我没法下台，没脸了，以后只好见到所有的人都躲着，偏偏我和她们好着呢。"

"好吧，我就说不认识你。"

"我说你不会承认是我的男朋友的吧。"

城西礼堂是公社文化站代管的，文化站闫站长是个姑娘，也是这一次紫楼演出队的。

晚上空空大大的礼堂里，六个女孩在说笑，三个男孩在一边静静地坐着，好像他们是女孩似的。女孩们见了我，互相看看，很快就高兴地围过来，眼光都像在问是谁邀来的？我随便地走到三个男孩边上坐下。

那个叫新荷的女孩，找了一把带靠背的椅子过来，让我换了坐，一边问我："老师，你怎么知道我们聚会的？"她在女孩中显得大些，这次带来了一个男友，一个剪着平头的男孩。她是第一次参加演出队，男友在矿上工作，今天第一次露面。

"是谁？"我用眼把她们一个个地看过去。在万平萍那里停了

雪夜静静

一停,她眼盯着我,似乎有点紧张。我没有想到她那么喜欢说话的人,也会有这样的表情。

我的眼光落在三个女孩身上,我第一眼就看出了她们三个没带男朋友来。一个是闫站长,一个是万平萍,还有一个是叫琪琪的,那是一个身材小巧的女孩,看到我的眼光,脸有点红起来,像心虚似的。闫站长笑看着我。她常到紫楼上来,各个办公室都走过,也和我聊过,她聊的是宗教,她问我佛教既然讲空,为什么又有因果报应的说法。她说人都是空的,难道鬼却是实在的吗?她说话时,瓜子型的脸,总带着笑。

我对她说:"你认为空的,就全都是空的,你认为实在的,便都是实在的。"其实我也弄不明白这个,只是从书上学来的话。我曾看过一点玄学的理论,与一个女孩子谈经论道,海阔天空地说过去,所说的一点不留于心,就如云烟过处,了无痕迹。

以后她来我的办公室多次,都与我说些虚玄的话。我喜欢这样随便地谈话,了无边际地,想怎么说就怎么说。其实我对那些虚玄的东西并不研究,只是看看,谈谈,有一点空玄感在心中,让自己的年轻的心不显得沉重,许多感伤也都淡了。

我什么也没说,在三个男孩旁边坐了。大家在拼起来的两张长条桌边上围坐着。那边六个女孩,不住地说着话,说她们一路演出中的事。也来与我说几句话,倒是三个有了男朋友的女孩和我说得多,似乎对我十分熟悉。我轮着和她们说话,有时也与那个脸红的琪琪说话,问她一句什么。她的脸越发得红起来。不住地翻着面前的几颗瓜子。桌上放着几个果盘,有瓜子,有糖果,还有几只从树上摘下的桃子,没完全熟,有点青色。

万平萍只是坐着,她很少说话,大家也没注意看她,似乎她平

时在演出队就是这样。我却清楚她是说话很多的，很随便的。

话题落到演出的最后一场，说南社一演完，演出队就要散了。万平萍突然说了一句："一旦散了，就再也不会有演出队了。"

这句话引来一点感伤的情绪。新荷说："那么我参加的这一次是空前绝后了。"

闫站长作为主人，她不时地起身去取一点什么来。这时提来了一只录音机，说："我们演了这么多的场次，有那么多的人看，实在是很辉煌啊……天下没有不散的筵席。"

闫站长开了录音机，放的是一盘民歌的曲子。她说："好了，高兴一点。我们来跳舞吧。"

还是在秋天开始的时候，大城市跳交际舞的风，传到小城里来了，这个阶段正时兴着。演出队大多是女孩，又都是上得了台的演员，习惯了音乐节奏，交际舞一学就会，都跳得很好的。

先下场的是三个带来男朋友的女孩，三个女孩都很会跳，男朋友中，只有一个跳得不错。接下来，有着男朋友的女孩却轮着来邀我跳。我也就上场跳了三曲，新荷说我很会跳的，问我为什么不邀女孩跳？场上男少女多，有的是歇着的女孩。

我先邀了有男朋友的女孩跳，跳了三曲，到第四曲，发现好像是约好的，三个男孩都邀了自己的女朋友，边跳边看着我邀谁。我便去邀了闫站长。他们笑着"哦"了一声。闫站长的舞步轻盈，中三步带着我满场转着。转到边上的时候，她的脸偏过一点对着我，悄声说："不是我邀你的吧？"

我说："你是这里的主人。"

她笑起来，身子在我的怀里埋了一埋："那好，就算我邀你的吧。"

雪夜静静

下一曲我邀了琪琪，这个看上去还小的女孩身体十分轻巧，听由着我的舞步动着，脸一直别过在一边，在灯光下红红的，看不到她正视的眼光。她的身子轻轻地伏在我的臂弯中，很轻巧地，似乎没有分量。看得出她的舞并不熟练，但是乐感十分好。我们都没有作声，只是顺着步子走动着。

再下一曲我去邀万平萍，她好像真的不认识我的样子，跟着我下场，跳了一会儿才对我说："你到底是谁邀的？是不是还有人邀你的？"

"不就是你吗？"

"我都不知道你应的是不是我的邀了。"

我笑着说："这倒是个谜了，叫做猜一猜谁邀来的陌生人。"

"你可不是陌生人。你和她们都熟。"她似乎没有开玩笑兴致。

跳到后来，她在我耳边说："依我看，大概都会认为闫站长邀的你。只是琪琪从来也没有过这样子的反应，好像和你有着什么默契。谁也不会想到是我。是不是她们也都邀着你的？"

"不是你说当作不认识的么？我就是这么做的，做得不好吗？"

"你做得好得让人不相信了。"

应该说，从舞步来看，万平萍跳得最好，她的节奏感掌握得很好，我只有和她跳着的时候，不会想着脚下的步子。

接下去也就随意了，我或邀这个，或邀那个。我还是很少参加这样的活动，开始的一点不习惯慢慢也就消失了。其间，闫站长主动邀过我一次，万平萍也来邀我，后来她又邀了我一次。她站起来，还做了一个伸手的邀请动作。

"今天这几个女孩中，你最想要谁做你的女朋友？"她笑着捉弄似的问我。

"有男朋友的也算上？"

"当然不要算了，人家都有了，插上去算什么。不过你要算的话也行。"

我一时不知怎么应她。她说："是不是真要好好想一想哪？"

我跟着她乱说一气："也要人家愿意呢。"

"我想人家肯定愿意的，你看吧，我现在知道闫站长和你一直谈得来的。还有琪琪呢，我看她心里是愿意的，为你心动，她都不好意思朝你看了。女孩不好意思看着你，其实她已经把你按到心里去了。"

"你懂得的真不少。"

"我现在什么都懂了，跟着演出队这么长时间，在外面什么都说。就是精子与卵子怎么能结合的也都懂了。"

我看了一看旁边，生怕她的话被人听见。她却说得很严肃。

我轮着和一个个女孩跳舞，原来我总觉得男女隔着一层，现在发现很容易就贴近了。只需一个舞，一个流行的方式，不怎么熟悉的男女也贴近了。与一个个异样的女性面对面地接触，很快就适应了。

我不停地跳下去。闫站长跳舞时告诉我：本来是一个离别的聚会，几个女孩约好了说，想到她这里来合伙哭一场的。现在因为我来了，就不怎么伤感了。她说，要说都是缘分，她认识我，能和我谈各种各样的事，是缘分；她与这些女伴相识也是缘分；今天没想到我会来，其实也是一种缘分。她说缘分的时候，我还是体会到了一点感伤的味道。

因为女孩多，便有两个女孩对跳起来。万平萍和那个琪琪跳起了小拉。我还是第一次看人这样跳舞的，也许只有两个女孩跳才好

雪夜静静

看。她们轻轻扭动着身肢,晃动着,摇摆着,显示着美丽的青春气息。她们跳得有点忘情,琪琪这时不再忸怩,也不再旁顾,完全投入进去。万平萍带的这个舞形态有着一种美感,像波浪一般地起伏着。闫站长埋在我的手臂上,身子显得特别柔软。

跳完舞,我们一起走到公路口上,他们朝南社去,而我将独自往城里走。这时万平萍突然问我:"我们都要走了。再过两天,这个要回江东,这个要去方庄,这一对要去陈田,琪琪呢要留在南社,闫站长要回来,我呢要回城,再要让这些人聚在一起,也不容易了,你就告诉我们,到底是谁邀你来的吧。"

我朝她看着,她的一层层的眼皮在朦胧的路灯光下,显得重重叠叠。我说:"我都忘了。"几个人都笑了。

独自走在宽宽的大道上,我这才感觉到,浑身有点疲乏了,腿却有着劲,走路带点轻松的弹跳。我伸出手来,朝天深深呼吸了几口,深青色的夜空,星星闪烁,云朵如绵。

演出队散了,几个送道具的队员跟着沙中金导演回紫楼来,荷英也来了,几个人在各个办公室与熟悉的老师告别。荷英在我办公室聊了半天,后来悄悄地问我:那天是不是万平萍邀的我?看来这些女孩都很精明的。

我便问:"万平萍回来了么?怎么没见她?"

荷英说:"她先回来的,没来过么?"又掩着嘴笑,说:"又不一定是男朋友才邀的。那次老师去了很愉快的。"

我就给万平萍打了一个电话,打到她的厂里办公室,回说她还没有上班。下午的时候,她给我打来一个电话,问我有什么事。她的声音很远,像隔着什么。我说见到回来的演出队的人了,只是没见着她。

"怎么了？"

"想见你一下。"我说。我听出来她的情绪不高。

她说她不想见人。她说她有点忧郁呢。我还是头一次从她的嘴里听到忧郁这个词。我问她是不是因为演出队的解散？她说，也许是吧。她自己也说不清。她的应话没有任何奇怪的地方，似乎很正常，我却有些担心。我说，我今天就想见到她，我晚上到那家干净的饭店去吃饭，在那里等着她。

在小饭店里点了几个上次万平萍点过的菜，还要了两瓶啤酒，也不知万平萍会不会来，我不知她到底为了什么，以前她总是高高兴兴地顺着性子做事，根本没考虑到她会有什么情绪，和她在一起一直很放松的。

也许是乡村开始农忙了，这家靠近农村的小店有点冷清，女店主亲自端上菜来，笑着对我说菜齐了，又问了一句："她还没有来？"我和万平萍来过小店两次，女店主已经认识我了。

我坐着等了一会，看菜的热气慢慢淡了，想伸手去拿啤酒瓶，但还是缩手回来。嗅了嗅菜的香气，几种菜混在一起的气息，加上菜的红绿色彩，都很好。

万平萍来了，她戴了一顶凉帽似的编织帽，帽子顶在头上，下面长发飘飘，有点不像她了。她并没改变，也就是一顶帽子，让她有了成熟女人的模样。她在我的对面坐下，把帽子脱下来，双手在颈后拢着头发抖一抖，长发自然地散开来，那形态，也有着一点别样的感觉。

"嗨，我还以为你不来了呢。"我说。

"我一直想着来不来，我说了不想见人的，但还是来了。"

雪夜静静

"到底什么事，能告诉我吗？"

她不出声，又摇了摇头。也许是经过了一段时间的乡村演出，集体生活中，与人直接的交往多了，经历的事也多了，她变成熟了。上次在城西礼堂我没有认真地注意她。

我给她倒了一点酒，碰一下杯，她喝了，我们开始吃菜，气氛有点冷清，她一直用眼看着我，眼皮一层层清晰整齐。后来，她轻轻地问我："你是不是有女朋友？"

我想到了城西礼堂的聚会猜谜，心想那天正是她约邀的我，并没有其他女孩邀我，想这一点她应该清楚，觉得没什么好解释的，便摇一摇头。

"你心里有人，你不告诉我。我什么都对你说的。"她说。

"就为了这个吗？"我不知怎么对她笑着说："我还以为那一天舞会猜谜的事，你会夸奖我隐藏得很好呢。"

她把帽子拨动了一下，又拿起来带在头上："有时候我想，其实别人怎么做，我是不必在意的。我也总是自行其是，按着自己的心意去做，自己是快乐的。那次舞会让我想到，自己的快乐是与别人连着的，一个演出队，那么热闹，眼见就散了。人生都是要散的。自己将来也会老，就是喜欢一个人，那个人也是会老的。在那个人眼中，我老了会是什么样子呢？明明这些都是以前书上看到过的话，自己感受到了，还是那么不是滋味。再看明明你是我邀去的，但你和所有的女孩关系都那么好。我知道，没有别人邀你。但你不是只有我这一个走向，你会有许多的女友，以后也会有，很容易有的，很容易就把我丢在一边的。而在那个情景中，偏偏我只能否认自己邀了你。到后来连我自己也疑惑，你到底是不是我邀来的了？就是一个人确定为另一个人的女人，那他以前会不会有，以后还会不会有？这些我以前很少想的，只认为男人与女人就是有那种触电的感觉，也是一种幻想的，精神的。但我知道了真正的有是怎么回事，我反倒觉得那是太简单了，对于男人来说是简单的。女人不可能随便让自己那样给男人的，就是喜欢也很难那么做，所以女人是情感的，那么男人呢？我觉得自己想得很累，我说的是我想的，也不知别人能不能理解我，听得懂我的话。"

我默默地望着她，又给她倒上一杯酒。原来总是欢天喜地的万平萍，说出这一番话，那味道很像是闫站长，又不像是闫站长，让我生出一点忧伤。饭店的柜台那里传来悠悠的音乐声，听起来熟悉，但一时想不起是什么曲子，也不想去想曲名，只是让自己沉浸在乐声中。我想到了应玫，应玫似乎从来就没有说过感想，她似乎是自由自在的，但她真的没有任何的感触吗？只是她所有的那深至内心的感受，我无法触摸到。

万平萍停下来看着我，我觉得她正在看我内心的那片影子。我摇晃了一下，对她浮起一点笑。她开始懂得不从外在看人，开始懂得相交并不在于外在触电般的感觉，开始懂得人的内心，开始懂得那层深入内里的感觉，却由此染着了一点悲哀。

"你是不是不喜欢我说这些话。不喜欢说这些话的我。"

"哪里，是你，不管是什么样子的。"

"我可不喜欢说假话的你。喜欢就是喜欢，不喜欢就是不喜欢。"万平萍又饮了一杯，我知道她能喝。她无意识地拿下那顶帽子，把帽边卷着弯了弯，帽檐弯成圆圆的形状。她又倒了一杯喝了，脸显得有点红，说话一句一句还很清楚。

我自己也喝了一杯，说，"我吃好了。"

她说："我也吃好了。走吧。"

雪夜静静

天色很晚了，街道上很少的人，她轻轻地挽着我的手臂，我们随便地说着什么，一直走到她的楼下。她仰起头来看着我，她的眼光有着一种婉和的色彩。我便抱了她，一只手像跳舞时一样搂着她的腰，另一只手轻轻地抚着她披在身后的长发。她一声不响地把下巴放在我的右肩上。我能感觉着她整个异性的肉体。我是喜欢她，但我自己也弄不清是怎么样的一种喜欢。我还是想到了应玫，应玫给我的印象太深了，我不管接触什么样的女性肉体，都会产生出对她的感觉来。

到了新的一年春天，紫楼里的人在传说，紫楼要拆了。也有人提出要向上反映，紫楼算是文物了，应该把它留下来。我却还是独自待在办公室里，我的一篇作品写到了最后了，我觉得应该写出一种淡淡的悲哀，但却写成了一种悲怆的情绪。在我年轻的内心中，自然偏向了激烈的感觉。

我决定去找应玫。总是在飘游中的我在这小城生活了这么长时间，原因是有了应玫，而她却走了，留下我一直在紫楼里守候着她的消息，也仿佛只有在这里，才能感觉着她，感觉着我以往与她的一切。我必须跨出去一步。

我出去了十多天，我在哪儿都没有找到她，她宛如我的一梦，一个曾经有着应承却又根本没有应承的梦，带着梦的疲乏回到小城。走到街口的时候，我发现习惯走的路却走错了，发现自己到了一个奇怪的地方，仿佛是梦境似的。看了一会，我退回去，退到前一条街口，发现也和记忆中不一样，多了不少的小店，仿佛都是一下子冒出来的，店门口放着录音机，唱着绵绵的女港星的歌。也许一切早已改变了，只是我原来不在意吧。重新向前走到思古街口，

紫金文库

又一次感到进入了梦境，让我疑惑这一次南方之行，如走进了另一个时空，一切都变化着，像是真的，又像是虚幻的。我站着静一静心，看一下四周，街的左右都是一片瓦砾堆，小城的马路似乎没有这么宽的，在感觉中一切是陌生的。然而，我的眼光投向马路那边的时候，我看到了一家小吃铺，那家小吃铺的门上的气窗玻璃是蓝彩的，还碎了一小角。这一熟悉的发现，让我慢慢感觉到我脚下的街、我身后的房子都还是熟悉的。我确实是站在思古街口，只是眼前缺少了一个最熟悉的建筑：紫楼不存在了。紫楼消失了。我的感觉像在雨潭坡一样，我再也找不着雨潭坡了，而它明显在哪一块地方存在着。雨潭坡还在，但是紫楼是不存在了，紫楼只剩了一堆碎瓦砾。没有了围墙没有了大门，没有了楼与殿。我踩着瓦砾走上去，站着朝里看，裸露出来的砖地还有一点熟悉的痕迹，中间的井圈也不见了。那边破残的半截殿石，也变成一种陌生的熟悉感。几根漆着紫色漆的木条横在断砖碎瓦之上。

我转过原来的小巷，来到院子里，我居住的院子，门半开着，一进院门，感觉大亮着，这儿不再是幽幽的。我能看到院的深处我刚才站着的街。小院毗近的高高的紫楼连着围墙都拆除了，我的视线穿越得很远。其实我刚才可以穿过那堆瓦砾群，直接走到我的屋子来。

打开屋门，所有的一切都蒙上了一层灰，仿佛有几个世纪没有人住过。我默默地站立了一会。院子里没有人，但在我感觉中，四周是很热闹的，是开放着的。我和衣在我的床上躺下来。我的衣服本来就很脏了。

周围一个人都没有，曹艺术也不在，一直到夜晚，那边也没有动静。也许他们都搬走了，我不知到哪里去找他们。我绕出院子，

雪夜静静

到街口那家小吃铺去吃了一碗面条。小吃铺的一位姑娘一直没有说话,看着我的眼神也是陌生的。

我感觉我是孤独地存在着。我似乎从烂柯山回来,一切都变了,一切对我来说都是陌生的了。我回头把小屋简单地收拾一下,就躺下了。我只想好好睡一觉,这时我觉得很累。躺在床上,我听着没有遮挡的山墙外面回旋着风,风在那片空旷的瓦砾堆上呜呜地叫着。

第二天,我直接走进瓦砾堆,慢慢地走着,吸着尘灰中的旧气息。我在一片略高的殿脚基石上蹲下来,久久地望着眼前变开阔的思古街。街上路过一个紫楼图书资料员,他高声叫着我。我本来和他接触不多,这时像见到了最熟悉的人。

他告诉我大家临时搬到桥西的煤炭公司楼上去办公了,许多人搬在一个办公室里。什么活动都停止了,就等着建新的楼,听说在原地要新建文化楼。在一起办公的这些日子里,大家都在说着我突然失踪的事,以为我是不辞而别了,都觉得我有点怪,弄不清我去了哪里,我本来就是袋袋户口嘛。

遇上图书资料员,让我有了回归的感觉。我没有去新的办公楼,我给万平萍打了一个电话,在小城里,我认识了一些人,但都像飘游中接触到的人一样,几乎没有什么朋友留恋的。

接到电话的万平萍怔了一会,她似乎忘了我是谁。她的声音轻巧,我感到她的声音也像变了一个人,也许她也感觉到我声音不对的地方。

"突然我面前的一切,都不熟悉了。只想给你打个电话。"说话的时候,我感觉到了自己的心态。

约好了在城南一家叫凤凰台的饭店里见面。她告诉了我具体的地点。我到那里的时候,她已经坐在了靠窗的位置上。饭店的布置十分雅致,没想到小城也会有这样的布置,和南方大城市里的饭店一样。万平萍换戴了一顶新潮的男式礼帽,在朝我招手。

"你从街那边过来时,我就看到你了。那个样子,我觉得很好玩的,与我心里想着的不一样,却让我心跳。你只显着一个轮廓,这个轮廓就是我熟悉的男人。我觉得这一次见你,感觉上像是个男人了。"她在我坐下来的时候,对我说着。

我心里想,以前感觉中不像个男人么?她的感觉我不知道,但她一开始说话,我的心境便开朗了不少。

她伸手招一招,手掌在半空转一转,那边服务员就端上菜来。她开了一瓶酒,给我倒酒,她的动作显出了一些女性的风韵。

酒进了肚里,有点暖意。店里放了一曲音乐,是大提琴的声音,正是万平萍平时喜欢拉的那琴曲,使人有着一种回味。灯亮起来,红灯罩绿灯罩中亮出的是红绿的彩光。两间门面宽的饭店有着一种别致的东西,使我有着熟悉的感觉。

"这个店一开始就由我参与策划的。你看怎么样?"她显着得意地对我说。

"不错。"我点头说。只是看着她。她伸手给我杯里添酒。把壶向上颠一颠。

四色冷盘,是红的西红柿,绿的黄瓜,白的花生米,黄的金针菜。都是素菜。

"这家店是私人开的,现在私人的店多了。你知道是谁开的?"她显得有点神秘地问我。

"不会是你开的吧?"

"一直以为你聪明呢,怎么会猜到我头上。再猜猜。"见我看着

她的样子,她笑嘻嘻地提示着,"和你有点关系的。"

我摇摇头。她转过头,示意我去看周围。店里挺热闹,排了十来个桌子,只有两三桌空着。

"努。努。"她尖着嘴说着。我顺着她的眼光看去,墙上有着一张风景画,看了一会也有熟悉感。我对画只是喜欢,并不爱好,说不上画名来。

我在犹豫的时候,万平萍摇着头:"是梁若星。你没有想到么?她对你一直是念着的。"

说到梁若星,我就想到墙上的是曹艺术的画。他很少画风景,但他的画总有一点风格,一种外来的色彩与画面感。

"喔,我知道了。"我点头说。

"是的,是曹艺术的画。你看出来了吧。她到底还是和曹艺术好上了。到底还是曹艺术有本事。她被曹艺术打动了,跟了他。她悄悄对我说,是曹艺术被她打动了,曹艺术那次当了好多人的面,跪下来指天发誓,会永远忠于她爱她。我听了还是不信。但女人拗不过男人这是实在的。梁若星到底还是输了。"万平萍叹息了一声。我还是第一次听她的感叹。

我能想到曹艺术与梁若星的结果,一切是在意料中的。梁若星从那场游戏开始,就只有输没有赢。但是人生的输与赢到底如何确定?到底是曹艺术输了还是梁若星输了,谁也说不清。只是梁若星低头不声不响的样子,她斜睨一瞥的眼神,让我觉得她与老板娘联系不上,她当老板娘是有点出乎我意料的。

"她现在和曹艺术外出游玩了,说是到南方去转一圈。说去的时候,我在场,他们也来邀我的,说最好你我也去,二男二女,配对子。梁若星说,多玩一点时间,要是中途男人感到腻味了,交换

女友也可以。"万平萍看着我笑。

我多少有点不相信万平萍嘴里的梁若星,只做无所谓的样子。

"看你,怎么也和曹艺术一样,听着无所谓的样子。男人是高兴有许多女人的,都愿意换一换的,是不是?"

看她满脸关注着的神气,我也笑了。给自己倒了一杯酒,随后给万平萍倒,她由着我。

"开饭店的头一天,梁若星就想着,要请你来吃一顿,只是找不着你。曹艺术说你失踪了。梁若星临外出的时候,还关照我,不管你什么时候回来,要到她的饭店吃一顿,菜也是她定好的。"

我总觉得万平萍口中的梁若星,有点不可思议,不由摇摇头。万平萍盯我看着,又说:"我知道,梁若星是很喜欢你的,要是你愿意和她好,曹艺术不会有份的。你真的很讨女人喜欢的呢。"

她随便地说的,我也乐意她顺着嘴说。气氛很轻松,一瓶酒就见底了。我感到自己的酒量大了,心里头热热的,但神思很清楚。

万平萍却是脸上绯红。我知道她的酒量很大的。她笑着,她喜欢笑,脸笑得越发圆圆的,多层的眼皮一层一层越发分明。

"不吃饭了,到我那儿吃点心,怎么样?我知道你和我一样喜欢吃点心。我那里存了好多的点心呢。"她轻柔地低声说着,样子很妩媚。

出了门,被风一吹,酒意有点上头,不知是谁先握住了对方的手,两个人甩动着握紧的手。万平萍满面是笑,我也笑着,往前走。

万平萍家门前的那条街也拓宽了,她的那座水泥楼外墙涂了涂料,也有点不认得了。我去南方的这段时间,好像世上许多的东西都变了,变了很多。

雪夜静静

走上楼梯的时候，她还握住我的手。两个人侧着身挤上了楼洞。

万平萍端来了两杯清茶，还有各式点心。芝麻夹心的，豆沙夹心的，椰蓉夹心的，果仁夹心的，还有各式水果夹心的，红的绿的黄的白的，摆了一桌子。都装在编织的小篮子里面，每种点心都清心可口。她的手艺真是不错，也肯定下了很多的功夫。

万平萍不再是饭店里嬉笑的样子，换了一身家居宽装出来，在我旁边的床上坐下了，看着我。红尼龙帐在她的两边挂下来，用一对帐钩钩着。她的脸色不再是红红的，有点回白了。

她看我吃了一会，也拈着一块放在嘴里慢慢吃着。突然，我感觉酒又在心里头热起来，也盯着看她，只一刻，我们就拥抱在了一起，抱得那么紧，我只想把自己的力完全发出来。

她主动在我脸上亲了一下，钻进我的怀抱中，缩做一团。大概是挤紧了，她喘息着，我松开了一点。她抬起头对着我的脸，又亲了我一下，把脸掩到我的怀中。她的脸越发红了。许多肉体的感觉回来了，一时分不清彼此，女人肉体的柔软感觉，占据着我的心。万平萍的身材要比应玫高，但在怀中却有幼弱的感觉，而应玫却让我有感觉整个地展现出来。

万平萍对我说："你是不是有女人，一直心里有着她，去看她了？"

我不知怎么回答她，觉得无法对她隐瞒什么，但又不知从何说起。只是点点头。

"如果她愿意，你肯定想与她结婚的，是不是？"

我只是抚摸着她的脸，把她的头发移到一边去。我说："她不会和我结婚的。我从来没想过她会和我结婚。"

万平萍盯着我的眼睛，像是早就明白我的意思："我知道她并不爱你，起码不怎么爱你，对不对？"

她一句一句地说着。我本来就觉得万平萍是聪明的，她似乎什么也不在意，但她心里头实在是冰雪聪明。

应玫到底爱不爱我？我一直没有去想，也不想去想。所以我弄不清，她是不是爱我。说是与说不，都好像不对。对她与陶成一起的生活，我也没有什么想法。我能想到的是，我对她是完完全全地爱着的，就是我与她没有那两次，我的心里也会想着她。一旦想到她，我年轻的心里便感受着情世的沧桑。

"我看你，老是想着她，你老是想着她的样子，真让人难过。我一直想让你转移眼光和思想，后来我知道你是不会的。是不是？"

她悄声地在我耳边说。我拥着她，轻轻地吻着她的腮帮。她只是听任着我。吻到耳边的时候，她身体轻轻颤动一下，有点像要笑出声来似的。

我们靠在叠着的被子上。她仰着脸，眼望着帐顶，她开着的录音机里响着一曲悠悠的歌。我轻抚着她光滑的脸，她的鬓角处还有一点像孩子似的绒绒的毛。

"你知道我在想什么？"

我说："与我有关吗？"

她摇摇头，又点点头："我想我应该是快乐的。都说人比人气死人，我要比的话，就比过去的皇帝，我想他也没有现在电这样的东西，一到晚上房子里总是暗蒙蒙的，他实在还不如我们享受的多。不与人比的话，我觉得自己工作自在，能做自己喜欢的策划，也有自己喜欢的人，我也不知道还有什么不快乐的。我不去想

什么。要想将来，将来人都要老的，到老了什么爱啊喜欢啊都没用了，没有力气了，感觉也不行了，就是男人女人睡在一起，也没什么感觉了。人只能就着现在吧，现在你在我身边，吻着我，喜欢着我，我就真的满足了。"

我轻轻地抚着她的头发，她的脑子里会产生出这许多的东西来。她的头型滚圆的，头发滑滑的，在她的颈后也生着许多绒毛，生得很下，一直生到脊背上。她也许觉得痒，又颤动似的笑起来。

"你是喜欢我的吧。"她盯着我的眼。

"喜欢。"

"我家里人就想着要我回中兴市，并不是回家和他们住一起，是跟一个男人结婚去。我说，我喜欢的人在小城里。我要结婚的话，只能和自己喜欢的人结婚。我无法想象会对着另一个男人脱自己的衣服，而对你我就从来没有这种想象。"

她的身子变得越发柔软了，我拥着她，又燃烧起一种蚀魂的感觉，但感觉无法尽兴。那种感觉，只要是女性的，便有了疏离，总有着应玫的形象。

"你想过要和她结婚吗？"

"我没想到结婚。"我对她说。我轻轻地抵着她的头，有一种东西升到心中来。"从来没想过和她结婚。"我对着她的眼说，"如果我要结婚的话，我想我会和你结婚的。我现在唯一想着的就是你。但是现在我没想到要结婚。"

她身子软软地颤动，嘴里嘟嘟哝哝的，对着我的耳朵吹气似的说："我懂了男女之间的事啦，那样子我都不敢想，真是难为情。女人啦，我都想象不出会是怎样承受的。只有结婚的时候，也许那样就可以了吧。反正只给一个自己喜欢的人，实在难为情也是没办

法的。我本来想男人总是不实在，只有到结婚时才可以给的，现在想想，还是给了你吧。就是你将来不要我，我还可以对自己说，曾经和你那样结合过的。要不大概你会很快把我忘了的。"

她的身子柔软，目光迷离，脸如上了酒劲似的红着。我很想陷进去，只是那一种悲哀的感觉升起来，与应玫的感觉相对衬。我的眼前是紫楼旧时的模样，而我分明知道那已是一种过去式，一切都在过去，紫楼也已经不存在了，对后人来说，紫楼的形象是一片空白，眼下却是一片荒墟一片瓦砾堆，而将来会是一幢新的楼房，一幢常见的水泥楼房。旧的痕迹一点也不会留下。

"你又想着她了？"

"不。"我捧着她的头，看着她的眼，"我真的没想到结婚。不是因为她，我说不清。我还没想在小城安下家来，也许我天生就该是飘游的。紫楼没有了，这一刻我想着的，就是我要离开了。我不知自己将来会落在哪里。我现在心里没有别的女人，有许多事在我心里头，但又觉得空空的。我要离开这里，我已经想好了。"

"你准备去哪里？"

"我不知道，只是我要一个人走一走，我以前都是这样一个人走的。还想再走一走。"

"喔。"她点点头说。她的声音中有着难得的宛如应玫一般的味道。

我准备走了，准备离开小城了。院门口的小巷也要拆宽了，拆房清道的车已经开到了院门口，正等着把铲子铲进来。我收拾了一下简单的行装，就走了。把钥匙交给紫楼领导的时候，他说这已经不需要了。我也知道，小院与我的那间小房，都将不复存在。

雪夜静静

我在车站的公用电话处给万平萍打了一个电话。她好像就坐在电话机边,马上接了电话。她很快地对我说,她要放一段录音给我听,是她自己演奏的一首大提琴曲。我就在电话筒里听着那一段悠悠的曲子,身后是忙碌穿行的过客。那段曲子是熟悉的,却又似乎是陌生的。我始终记不清它究竟是什么名字。

最后她在曲子声中对我说:"我不会离开这里的,我只想在小城里。你知道吗,我无法想象和别人结婚,无法想象对着别的男人脱下自己的衣服来,把自己的身体给别的男人看。要结婚的话,我只有和你结婚。你如果想到我的话,想要和我结婚的话,你就回小城来。你回小城的那一天,你的飘游也就结束了。"

曲子结束的时候,她收住了话头。话筒里一片沉寂,而四围行人的动静也仿佛都消失了。在一片空白的声音中,我对话筒说:"我不会在外面结婚,要结婚的话,只有和你。我再回小城来找你。"我大声地说。

随后我走进了川流不息的行人中去。

紫金文库

青　白

电话铃响时，闻青正在院子里晾衣服，一边与隔壁人家的吴大姐说着话，无非是家长里短的事，说米价降了一毛钱，又听说水价要涨好几毛呢。不由心里盘算着，米现在吃得少，水却每天用得不少，没办法省的。这时听到铃声，她就停住了手与嘴。随后，拔腿往房里跑。她知道是弟弟闻白来电话了。

家里现在很少用电话，闻青很想停机的。就是一个电话不打，一个月也要交十来元钱的月租费。只是想着弟弟也许会来电话。原来很少打电话的弟弟，这就打来了电话。

"爹爹还好吧？"闻白的声音很细，让她觉得省城很远的。闻青把话筒向耳朵按紧一点。闻白去省城工作那么多年了，口音都变了，操着一口省城的普通官话。只是称父亲为爹爹，还是小城当地的习惯。

"好呐好呐，他还坐着晒太阳呢，面孔朝天，像天上有什么戏

雪夜静静

文看……"闻青朝话筒里说着,眼睛朝外看。父亲正仰头坐在旧藤椅上,头枕着椅边。父亲现在经常显出这种老人的姿势。

"啊,是吧。"闻白声音里似乎带着疑问。

"好呐好呐,他吃得少了一点。不过老了嘛,精神还是很好的。喜欢一个人说话。说着说着有时就睡着了。说着什么呢?都听不大懂的,说人生呢……"闻青似乎有点数落似的。突然她想到这是长途电话,对着话筒说:"你看我,长途电话很多钱的,就不和你多说了。"

闻青想着要挂电话,那边闻白说:"没关系的。"

闻青想到他是在班上,说:"你不忙么?"

"忙啊,不过我一个人坐着,突然就想到父亲了。父亲操劳了一生,能安度晚年,你多辛苦了。"

"不辛苦不辛苦。"闻青心里有一点暖暖的。而弟弟用这样的口气说话,又让她有一点惶恐。弟弟现在是省城里的领导。听人说,好像比这个小城里的书记、市长的官位还要高一点。

"你忙,我知道你肯定忙的。"闻青想到小城的电视新闻里经常出现的书记、市长的样子。"你就不要担心爹爹,我会待好他的。"

闻青还是催着闻白挂了电话。她觉得奇怪,当官的跑东跑西,还有好多文件要看,应该很忙的,回家还会有人找上门来,就是应付那些送礼的,也不容易。而弟弟闻白最近来过三次电话,问父亲的情况。以前弟弟偶尔回小城来,总听他说忙,现在官做大了,又独当一面,还听说是什么法人代表,应该是更忙了。可他最近好像倒有闲心,几次来电话问到父亲。

父亲不接电话。父亲的身体还可以,就是耳朵不大好,听不清电话里远远的声音。要是有个好电话机,也许就能听到了。不过旧

电话机能用就行了,谁知道弟弟什么时候打电话来呢。

天气阴了,下了几天蒙蒙秋雨,开始放晴。闻青抱着被褥到院子去晒,看到父亲在院里,头枕着椅背顶仰着,眼半睁半闭的,脸上带着一点松弛的微笑。人到老人,脸相也都改变了,总是显得很平和。闻青也就由着他。回房间的时候,她似乎听父亲自言自语地说着,好像是说:这不可能的……

闻青觉着从脑后刮来一阵风,她就转回身去看父亲,想问他是不是感到凉。走近的时候,她觉得有点不对,往往父亲会朝她抬抬眼皮,点点头什么的。现在父亲一动不动的。仔细看,父亲竟就走了。

多少年父亲一直与闻青生活在一起。他走了,她才发现。而弟弟的几个电话,想起来,似乎有着先见之明的感应。

父亲走时,已是八十四岁的高龄,在小城是算作白喜事,丧事作喜事来办的。对于永远告别了亲人的家庭来说,伤心依然伤心,只是少了些悲痛,多了一点忙碌。家里的亲人都聚拢来,二姐一家与大哥一家都来了,他们本来就都住在小城里,也是常见的。

二姐来的时候,干哭着,声音变调地叫着:"爹爹,你怎么就走了呢!"这时,闻青才真正有了一点伤心的感觉。她觉得累,想坐下来。

等着闻白回来。闻青知道他的手机号码,还从来没打过。通知他时,他正在市里主持召开一个协调会议。也不知对不对,打了好多次,就是听不到闻白的声音。还是二姐家的儿子来后,一听就说是手机关了。外甥姚平是个保险公司的营销员,活络得很,他打电话问了省城的114,要到闻白单位的电话,再一个电话打到闻白的单位,先自报家门,随即说到外公去世的消息。闻白单位的秘书立

雪夜静静

马赶到会场通知了闻白,并很快地回了电话来,说闻局长这就赶回来。秘书说,局长真是个孝子,闻讯当场失声,他跟他这么多年,还是第一次看到他在众人面前如此动情。

闻青对着电话说:"他的会不开了?"

外甥姚平说:"你问这做什么?外公去世了,在舅舅心里,还有比这更大的事么?要是这样还开会,那官还有什么当头。"

闻青说:"到底他是做领导的人,在大场合出头露面的,怕影响他工作的。"

姚平说:"现在还有谁提什么工作,人情最重要。"

闻青不作声了,走到床边给父亲拉平一下衣领。父亲去得那么平静,好像睡着了。闻青还没有父亲走了的深切感觉。她给父亲擦身换衣的时候,二姐与大哥两家都还没来,她只是像日常给父亲做这些事一样,似乎很平静,也没流一滴泪。

父亲老了。早就老了。虽然身体会有这里疼那里痛的,但父亲习惯不怎么说,闻青也就不怎么提。老人嘛,都会有一点不舒适的。二姐与大哥,也一直以为父亲身体好好的,怎么突然就去了。不过毕竟八十多岁的人了,走得怎么突然也是正常的。其实回想起来,父亲开始是眼睛老,接着是耳朵老,而最近一段日子有些反常的变化,比如说,有时闻青半夜起来,看到父亲倚床坐着,眼半睁半闭的;再有就是经常会说一两句让人摸不到头脑的话。人老了,仿佛通向另一个世界的门打开了,总会显出不同的状态。

闻白回来了。似乎真正的丧礼自他回来才开始,正等着他的指挥。

一间屋子里,一大家人都聚了来。闻青的丈夫下了岗,现在踏黄鱼车帮人运货,他们的儿子还在读中学,与他父亲一样,憨憨的。

已经退了休的大哥本来就不善言语。大哥其实也有点老了,他也是靠六十的人了,长得老相,都显出一点老年父亲的样子。大哥和父亲一样,早就丧妻。大哥在心智上显弱了一点,原来生活中就是听妻子的。大哥有一个女儿,嫁到北方的一个小市,大哥有时会到女儿那里住一段时间。

二姐与二姐夫都退养了。他们俩一个在煤气公司一个是公交公司的,原来的单位效益还好,后来二姐夫又找了一份工作,所以生活得很可以。家里四兄妹,闻青与大哥一样不大爱说话,二姐与闻白相像,凡事有自己的主见,二姐说话嘴上不饶人的。当年嫁给二姐夫时,父亲有点看法,她不管不顾地还是嫁了,出嫁后有好长一段时间不回娘家来,以后也还是淡淡的。前段时间她闹离婚,听说是二姐夫在外面有了点什么桃色的事。闹了一阵,停下来了,二姐的性格也安静了一些,不像以前那么说话张扬了。听到父亲的死讯,二姐夫是和二姐一起来的,很快他说有事就走了。二姐只眼看着他,没说话。

闻白回到家,他走到父亲的遗体前,在床边上站着看了一会。转过身来,闻青觉得他有点发福了,他的脸还是那张骨头脸,看不出多少肉,他的肚子却微微地鼓了出来,显着将军肚的样子。他的脸红亮亮的,看不出是赶了好几个小时路途,也看不出动情的悲戚。闻青一见闻白,突然觉得心里一阵发酸,泪就一下子下来了。她哭着说着,对闻白说着父亲去世前的情况。闻白略略听一听,摆一下手,便说:"天气热,赶快通知殡仪馆,把遗体拉去吧。"闻青看着父亲的遗体,淌着泪。

雪夜静静

她对闻白说：你不会在家待久吧，有几天假呢？刚才姚平联系过殡仪馆，听说要订遗体告别的会场起码要提前三天，还说要什么，我也没弄清。

闻白点点头，他打开手机，拨了一个号码，一边走到门口，对着手机说了几句话，合上盖，再走回来，在父亲身边默默地站了一会，他的眼垂着，似乎听着平躺的父亲吩咐什么。

屋里静静的，只听到闻青低低的啜泣声。

没多大一会，手机铃声响了，闻白打开盖听了一会，合上手机盖，便对大哥说：殡仪馆的车子马上就来，仪式明天上午举行，在比较大的二号厅。

闻白把手机递给外甥姚平，让他通知爷爷的单位，还有在小城的亲友。侄子拿了手机翻着盖，走到门外去。闻青的孩子小刚看着手机，也要跟出去，被闻青一把拉住了。

果然车子很快就来了，进来两个穿青色长工作服的人，一个年纪大一点的说："是姓闻的吧。"

二姐说："是。就是我们家。"

两人看看床上的父亲遗体，那个年轻一点的说："外面有一辆小轿车，你们知道哪家的？让他把车让一让，我们的车好调头。"

闻白就对跟上来的司机做了一个手势。一直站在窗口前的司机便往门外走。

闻白说："小巷空间小，你就在车上。"

司机说："这里……"

闻白说："需要车，我会找你。"

殡仪馆的两个人看看闻白，他们没想到这间没装修的平房里，还有这样的人物。他们把手中的折叠帆布担架打开平摊在地上，走

到床边去。

他们移动父亲的遗体，年长的提脚，年轻的就去提衣服领口。

二姐就哭起来，闻青也跟着哭叫着："爹爹！"屋里一阵哭声。见父亲被移动时，身子有点歪着，闻白便拍拍年轻的肩，说："我来……"

年轻的看一下他，本想说什么，但感到他刚才对司机说话的气派，便没有说，就让开了。闻白一手从下面托住父亲的背，并给大哥做了一个手势，两兄弟把父亲平放到折叠担架上，随后抬起了担架，往门外去。大哥不习惯这样走路，脚下跟跄了一下，闻青扶着父亲的头，像安慰似的说着："爹爹，对不起对不起。"

送走了父亲的遗体，闻白显得很冷静地安排着丧事。他选出父亲的遗像，让外甥姚平拿去放大加印，让闻青的儿子小刚去买一些白纸和墨汁毛笔，让二姐去买黑纱与白花，让大哥拉起了挽幛，让闻青去弄晚饭。然后，他坐下来凝思写了一副挽联，又请来隔壁一位会点书法的老师，那上了年纪的老师，一边抄写一边点着头，嘴里说着不错。

挽联是：

　　一生无畏坎坷度人世
　　八十有余安然享天年

父亲坐在藤椅上的一张半身像，装进镜框，挂在了房间正壁上，上面一个黑纱球，两道黑纱挽在像边，遗像下的案桌，供了香烛。房间里拉了两道绳，挂着挽幛。房间里充满浓浓的丧事气氛。

兄妹四家人，给遗像上了香，就坐下来吃晚饭。闻青做了一桌

雪夜静静

菜,四兄妹多少年没有聚在一起吃饭了,他们吃着一边说着话。闻白说:"爹爹去世了,他操劳一辈子。丧事虽然不能太张扬,但还是要到位,你们都想着,想仔细了,想到什么只管说。"

闻青又哭起来:"还是我没有照顾好爹爹,他不应该这么就走了的。"

二姐说:"大哥是老大,不过他是不懂的。现在都听你的。一定要让爹爹后事风风光光的。你说要出多少,我们都会拿的。"

大哥跟着点一下头。

闻青说:"爹爹单位里肯定会有一笔丧葬费的。"

闻白说:"明天给爹爹开追悼会,亲戚朋友邻居,都通知到了。当然中午要办几桌丧酒,就在饭店里办。父亲下葬找一块墓地,也是要的。以后每年清明带孩子去扫扫墓,烧一点香寄托哀思,也是应该的。这次来得急,我的妻子女儿都没带来。以后肯定要带到墓前去,让她们拜祭一下……你们看怎么样?"

闻青说:"听说一块墓地很贵的,要二三千元钱呢。"

二姐说:"你说的是旧行情,现在没有四五千是下不来的,还是一般靠下层的地势。"

闻青说:"豆腐饭总要吃的。不如我自己做一顿,到饭店里,一桌怕要四五百吧。"

二姐说:"饭店里倒不一定吃得贵,自己点,也可点实惠的。你一个人做也做不了。现在都时兴到饭店去吃,我认识一个店主,会优惠的。"

大哥说:"简单点就好。"

闻白顿了一顿,接着说:"我知道你们的经济情况,也知道你们对父亲表示孝心,不会在意花钱多少的。但我一直不在小城,

297

远在省里，爹爹面前尽孝少，所以这次的丧葬费用嘛，都由我来出。……只是买一只好一点的骨灰盒，这笔钱由四兄妹分摊。"

二姐说："我们没问题的。三妹条件不好，两口子都下岗。原来有爹爹的退休工资，现在更紧了。这点钱就不要她出了吧。"

闻青看二姐一眼，低下头去。

闻白说："不，青姐也出吧。其他的费用我都出了，当然不在乎这一只骨灰盒。只是多少要让几位哥姐表示一点孝心。青姐那份还是她自己出吧。"

闻青说："我要出的，骨灰盒就等于旧时的棺木，给爹爹那边住的，应该有我的一份。一只也就百来元钱吧。"

外甥姚平说："要好的工艺雕花的盒子，也要好几百的。"

闻青本想说不用买太好的，注意到丈夫那边看着她，便不作声了。想想是啊，父亲一辈子在这个房间挤住着，只睡一个很窄的木板床，总不肯换。父亲已经去了，到那边不应该住得好一点么？

这时，闻白的司机进房间，俯身在闻白面前说了一句什么。闻白抬头，随着他的眼光，看到小院门口，站着一位高挑白皙的年轻女子，看上去不会到三十岁，一看便是省城里来的，装束虽不招眼，但还是精心化妆过的样子。女子站在那里，看着屋里人，含着一点想笑着招呼的神情，大概意识到了场合，又显着了肃穆。

她慢慢地就走进屋来。一屋子的人都看着她。

她打量了一下房间，说："伯父他……"

闻白引她在遗像面前点了一炷香，她把香插在案台上，对着遗像合掌拜了一拜。

闻青起身说："你吃过了吗，和我们一起吃吧。"

年轻女人大概还没有吃饭，看了看桌上，眼光扫过二姐与大

雪夜静静

哥,又看着闻白。

闻青把自己坐的凳子让给她,并张罗着去拿碗筷。

年轻女子说:"我听说伯父的事了,就赶来……"

闻白点点头。他一直没说话。

年轻女子转身说:"那我就……"

闻白跟着她走。闻青也跟着送出门去。到了巷子口,闻白对年轻女子说:"你上车吧。"年轻女子好像有点委屈似的坐到车子后面去,司机跟着进车,要关车门时,闻白挤了进去。司机也就让开了位置,闻白开动了车。

闻青回到屋子里。二姐朝她身后看看,说:"四弟也跟她走了?"

闻青说:"是送她吧。"

二姐说:"粘得真紧,人家办丧也堂而皇之地赶着来。"

姚平说:"妈,你这就不懂,真是老土了。现在有地位的男人哪没有个小秘的。这是时兴的情感。"

二姐说:"什么情感,也就是一个贱货,还不是看上四弟的权势。这种人,三妹你也用热热的脸去贴她。应该让她知道我们家不欢迎她。我最见不得的就是这种女人。"

闻青说:"她是客人。人家上门给爹爹上香。"

姚平说:"就是,这是四舅的个人情感事,现在离婚也是平常。"

二姐说:"你懂个什么?……不过那个正宫四弟妹,我没见过几次,那副脸总是挂着,像是不认识人。看来四弟也不会喜欢的。谁来做四弟妹,也只由四弟,犯不着我气性。……三妹,那些东西你还想留着?"

闻青开始收拾父亲的遗物，将一些父亲的旧衣服打个包，准备拿出去烧，这也是小城的风俗，给死去的人烧他旧时的衣物，算是给他到黄泉路上穿用。

闻青说："有些衣服，爹爹都没穿过几次。"

二姐说："没穿过几次，就留着？过世人的东西，你也不忌讳？"

外甥姚平说："我是不相信什么鬼的，迷信的一套。不过烧死人衣服这一传统，倒也有科学成分，一般去世的人，都会有病，烧了也多少是防止传染吧。前几年时兴说旧衣物上有遗留的信息，接受一种旧信息总不是很好。"

闻青低着头：抚着衣服，没有说话。她想着了父亲穿这件咖啡色中装的时候，带着微微的笑看着她的样子。这件衣服是她赶做的，原想给他换上最后进火葬场的。闻白回来，特意带回了一套新的寿装。于是，她就想把这件衣服留下来了。这么新的衣服去烧了，她觉得真是浪费了。

大哥说头晕，就在那边的小房间里躺下。

闻青提着衣物去巷子里烧，用一根树枝拨着火。闻白的车回来了。他站着看闻青烧着，母亲去世时，他见过一次，也是闻青在烧，那时他还小。以后再没见过，大城市里是不允许这样烧东西的。闻青同时烧了一点纸，黑纸屑被一阵微风吹飘起来，旋舞着，又与衣物的灰烬沉在了一堆。

闻白的手机响了，他偏过一点身子去，对着手机说了一会。放下手机，他站着看那一堆火，闻青用棍子拨着火，说："你进屋吧。"

闻白说："你为爹爹，很不容易的。"

雪夜静静

闻青说:"爹爹活着没能吃太好的,没能穿太好的,没能住太好的,不过他还是活得轻松平静的。"

闻白也去旁边找了一截树枝,拨着火,让纸与衣物烧透。火苗忽地从中间蹿出来。闻白记得还是小的时候,父亲在院子一角砌了个灶,烧乡下运来的泥炭,泥炭不易燃烧,闻青不时地拨着火,父亲站在一边看着……许多的岁月,仿佛都在眼前,又是恍恍惚惚的。他开始工作的时候,每月将部分工资,交给管家的闻青。闻青每个月都给他存起来,她说,他总会有要用的时候。到他结婚时,她拿出存款连同利息,一共一千多元钱交给他,那时,他的工资很高了,已经不在乎她拿出来的这一千多元钱……

父亲在小城生活时间长了,他的交往局限在一定的范围,他熟悉的人闻青也都认识。父亲晚年门庭冷落,原来闻青以为只会是很简单的仪式,她没想到,闻白使一个平民百姓的丧礼办得如此风光。闻白订的厅这么大,并且看来还是需要的。厅的两边立了许多花圈,花圈立得一层一层的,从里一直排到门口。来了不少闻青不认识的人,许多小城的领导来了,都在胸口挂一朵白花,臂上套一只黑袖套,他们过来与闻白握手,也与闻青及亲属们握手。还有从省城开了车来的人,把闻白拉到一边。闻青看到有的人往闻白手里塞一个纸包。闻青知道那是丧仪。在小城,一般熟悉的亲友也会塞上几十元丧仪以表心意,那往往是到家中给遗像上香时送的。闻青看到闻白总在推,但有的推却不了,他也怕在人面前推来推去难看,也就收下了。将人让到休息室去。

厅的中间,父亲的遗体安放在一只透明玻璃罩中,就像电视里那些去世的头面人物一样,让人瞻仰。父亲的遗像放大了,有点虚

301

影。而躺在玻璃罩中化了点妆的父亲是那么清晰，比生前还要轮廓分明，显得太实了，也就落到了另一层的虚上。

那个省城来的年轻女人，由外甥姚平一直陪着。到遗体告别时，姚平对闻青提议，让她也站到亲属的队伍中，与一个个参加仪式的人握手。姚平悄悄地在闻青耳边说："这样，小舅会高兴的。"

年轻女子的眼光投过来，看得出来，她很希望这样。

闻青摇头，简短地说："不。她是客人。"

仪式完了，人都散开去。只留闻白还对着玻璃罩里父亲的遗体看着，仿佛原来没有看清似的。闻青站在闻白身边，此时她的感觉中，其他的人都不存在，面前只有父亲与闻白这对父子。她想到闻白前些日子的几次电话，莫非他们父子俩真有感应么？

殡仪馆的工人来推遗体，留下的家里人都又哭了起来。闻白弯身也在一角推着，父亲的遗体慢慢地推走了。

快到午时，父亲单位调来的一辆客车，把亲友与邻居都带回。就在小城南边离家不远的一家饭店里办了三桌酒席。这家原来很小门面的饭店，眼看着慢慢扩大，装修也越来越上档次。三桌酒席在一个二楼的厅里摆开。四兄妹在门口迎着来客，待大家都坐上席位，四兄妹也坐下了。闻白端起酒杯刚要站起来时，从省里赶来参加丧仪的闻白单位的办公室主任，走到他的身边，弯腰与闻白说了句什么，闻白走出了厅外，随即他招手让闻青出去。闻白对闻青说，他的一位上级也到小城来了，他本来就有要事要见那位领导。

闻青说："我知道，你去吧。"

闻白塞了一个纸包给闻青，说："本来我就要给你的，你收着……这里你代我说一下。"他说完就跟着戴眼镜的办公室主任匆匆走了。

雪夜静静

闻青回到厅里,她走到三桌的中间站停下。她戴着孝帽,白布缠在腰间,慢慢弯下身子,鞠一个躬。闻青还是头一次对着这么多的人说话,她学着闻白的口气:"闻白有急事去了,让我代他向大家打一声招呼……谢谢亲友与邻居,在我爹爹生前对他关心,在我爹爹死后给他送葬。谢谢,谢谢……"

闻青又弯下腰,深深地鞠一躬。

入夜,人都去了,屋里静下来。孩子累了,丈夫也觉得累,都去睡了。很快响起了丈夫的鼾声,一声低一声高的。孩子也开始有呼声了,大人般的呼声。闻青还没觉得困,她独自坐在父亲的遗像前,面前放着一只外壳雕着松竹图案的罐子一般的骨灰盒。她突然觉得空,父亲没有了,这一刻她突然深深感觉到父亲是真正地离她而去了,再也见不到他了,他不在这个世上了。他的肉体都化成了灰。他的形体、他的声音、他的一切都不再存在。过去的一切都在流逝,却是延续着的,现在父亲的存在一下子完全中断了。她无法再看到他,听到他,触摸到他。只有记忆中一点空浮的影像,那影像也是流动着的,恍恍惚惚地流动而去。她怎么可能没有父亲?母亲去世的时候,她初已成人,但还没能领悟到这一层空空的失落感。这一层感觉逼近来,与她对世间的一切感觉真切地对应着,一层一层地对应着。泪,慢慢地流出来,不是悲伤,也不是心痛,只是静静地流着。

到半夜时分,突然门有响动。门开了,是闻白回来了。他带着一点外面的凉气,还呼着出一点酒气。他走到了父亲的遗像前,站着,又是那般静静地站着。

突然,闻白的身体有一点颤动,瞬间,他便失声地痛哭起来,

泪水仿佛是滂沱大雨般。闻青还从没有看他这样哭过。小时候,他也哭过,都是在受了委屈后,偷偷地躲着哭一哭。像现在这样无声的痛哭,对一个男子汉的他来说,是如何的心境?他像真正地告别父亲,又像对去世的父亲诉说着什么。闻青慢慢地把手放到他的背上,感觉到他的背部在颤抖。

闻青说:"没关系没关系。"

她还像是对着小时候的他。她坐下来,对着他,手抚过他的脸。他就靠着她的臂弯。

闻青说:"累了吧。你总是那么忙,就是看你闲着,心也在忙。"

闻白抬起头来,满面是泪地说:"我是心累。三分之一忙的是工作,三分之一忙的是应付上边,还有三分之一忙的是联系周边。哪儿都不能疏忽。……原来我总觉得有一层什么在我的头上,罩着我,盖着我。父亲这一去,我突然觉得自己完全裸露了,没有了依靠,什么都只有撑着。我觉得有一种完全的累。那么多的事,那么多的人,所有的一切都迎着我,好像我欠着了许多许多……一个人的生活,真正轻松平静是多么难得……"

闻青依然抚着他的背:"你要忙那么多事,轻松平静也难。凡事求个心安吧。"

闻白走的时候,已是黎明时分。开门的声音弄醒了闻青的丈夫,送走闻白回来,闻青看到丈夫正站在床边,整理她包里的东西,拿出了闻白给的那个纸包,打开了,里面都是钱,数一数,竟有二万元。闻青也没想到,她从来没有一下子有过这么多的钱。

丈夫结结巴巴地说:"这么多的钱,不是他从家里带来的吧。"

雪夜静静

闻青想到了那些省里来的人塞小包给闻白的情景。她没想到会有人送这么多的钱,不知道闻白清楚不清楚。

儿子从小房间走出来,不知道他什么时候醒的。儿子说:"姚平表哥说,现在当官的都有人送,要不,当官的怎会那么有钱。这点钱还算不了什么的。"

闻青把纸包重新包好,她朝纸包看了一会,把它锁进了柜子里。

"我给他存着,总有一天他会用上的。"闻青很认真地说。

紫金文库

异形果

我是一个有信用的人，我是一个讲诚实的人，我是一个饱读诗书的人，我是一个知恩图报的人，我是一个怀君子之风的人，我是一个出污泥而不沾的人，我是一个虚怀若谷的人，我是一个锲而不舍的人，我是一个兢兢业业的人，我是一个勤勤恳恳的人，我还是一个历经磨难的人，我还是一个守身如玉的人。

我生活在空中，这句话有着两层意思，两层不同的意思。一层是指空间，我基本上活动在高楼上，也就是说空中。一层是指时间，我的时间是由自己支派的，也就是说不忙，总是有空。两层意思合起来，构成了我生活在空中。此空即彼空。空之合一。我有时间之空而又在高楼的空中。这个社会里住在空中的人不少，时间总有空的也不少，时间有空而总是在高楼空中活动的人就凤毛麟角了。我就是凤毛，就是麟角。我天生有才，又在年轻时苦过心志饿过体肤，并且有着坚韧不拔的精神，我才有了如今的名气。混到如

雪夜静静

今这个份上，乃是所结的一串多因之果。我并不为虚名而动，名气并没什么。浮生如梦，浮名如幻啊。我坚持做我的事业，那被人称之为"象牙塔"的事业。对俗人的理论，我从不与他们争议。我不愿意自己也流于俗，媚于俗。我前面忘了说，我还是一个孤高大度的人。

我倚楼俯望，把窗栏拍遍，看四处房脊如阡陌，瓦楞如鱼鳞，自有一股登青云而长嘘之感，有一种壮志难酬功名尘土之感。只是这些年眼前的矮房子都拆了，仿佛幻象似的，变作了一幢幢四四方方规规正正的水泥高楼，嵌着鸽子棚般的一个个窗子，闪着黄黄的灯光。于是我仰面而望，极目远眺，一片苍茫浮云，无数点点银星，月华如水，勾人心绪啊。岁月如流，逝者如斯，感天地之悠悠，感风雨之茫茫，感时空之恍恍，独怆然而涕下。幻境时变，只有我与这一片云，这点点星，这一钩月是实实在在的，如磐如石啊。我前面还忘了说，我还是一个多愁善感的人。

就有那么一天，我房门的门板被敲响了。我听着那门板响，响得异常，响得蹊跷，响得声轻如蚊，却又轰然如雷。于是就有那么一个女人走进了我的房间。她翩若惊鸿，婉若游龙，肩若削成，腰若约素，皎若太阳升朝霞，灼若芙蓉出绿波。她如一片彩云，她如一轮月光。她走进了房间，她走到哪里，那里就亮了一片，暖了一片，活了一片，那一片一片一片都跳跳闪闪起来。我看着她进来，我看着她走近，我看着她在我面前坐下，我一动没动。我念一句心经，惶恐为魔界所侵而万劫不复。

她说，你不认识我了吗？你不欢迎我吗？你不喜欢我来找你吗？

她的声音动时，我便形体动起，手脚与口脸都一并动起，动

得迅急，动得匆忙，动得杂乱。我跑去倒开水，我开着糖果盒，我朝她浮着笑，我说着：我当然认识你，我当然欢迎你，我当然喜欢你……来的。她站起来端水时，我飞快地伸出手去，一瞬间中，我的手掌在她的头发和阁楼天花板中间相碰，形成了三位一体。脱了手的杯子在写字台上打了个旋，把水均均匀匀地泼洒到铺开着的方格纸上。她坐着扭头看看就悬在头上的矮阁板，再也不动了。她盯着我手上的黑色的抹布，那擦过碗擦过锅擦过桌擦过凳的抹布。她轻轻抖抖自己的飘柔的裙裤，小心翼翼地偏着头，臀部在椅上搭着了小半个支撑点。我又一阵忙乱着，去倒开水，去拿糖果，朝着她笑，说着：我是一个超脱物欲的人，我是一个讲究精神生活的人，我的肠胃不适应过华过贵的环境，我讨厌过美过高的享受，我讨厌过繁过琐的事务，我写过一篇《陋室铭》，那是体现我的人生抱负的，那是表现我艺术追求的，是不是让我找给你看看？

她的眉头由微微皱着而紧锁起来，脸色由带点鄙夷转化成悲哀。那悲悲切切的神态，正是多多少少年中映在我心中的形象，带着美感的形象，带着香气的形象，带着光彩的形象，那不可磨灭的形象。我　时已把她的名字忘了，后来由她的神情想起来一个美轮美奂的绰号：林黛玉。一颦一笑，都摇人神魂。想当年多少时光，我的眼中只有着她的形象，我默默地暗暗地静静地偷偷地看她的脸，看她的脚，看她的手，看她的衣，看她的裙，看她的笔，看她的字，看她走过了的路，看她坐过了的椅。校园一别，佳人如梦，岁月如流，长逝去矣，来往无遇。她是我行动的一点支撑，她是我理想的一块基石，她是我痛苦的一片安慰，她是我事业的一盏明灯。

她说：你是不是知道我要求你办事，才先说这样的话堵我呢？

雪夜静静

　　我摇头表示了我的不相信，我心里确实想着：像她这样美丽高贵的女人，应该是所向披靡，心想事成的。她应该获得所有想得到的享受。我最看不惯的就是那些丑陋的女人坐在最显目的位置上，这是对造物主的不公。就如毫无文才的人坐在高高的官位上，指手画脚，让人俯首帖耳，那样让人内心生出不公平的感觉来。

　　她说：我真的有一件事来求你，非要来求你，说来是一件小事，不不不，对我来说，那是一件大事，头等大事，至关重要的大事。就是我住的房子的卫生间里的一只水龙头坏了，它不住地滴水，你想想一天要滴多少水？它就像在我耳边滴，就像在我身体里滴，就像在我心里滴，就像在我血里滴。我只要一走进门，就立刻听到它的滴水声，一躺到床上，那滴水声就响起来，滴滴答答，滴滴答答，后来变成了哗哗啦啦，哗哗啦啦了，我一夜夜地睡不着，要命的是我听到那声音就浮想联翩，那声音让我想到……想到什么乱七八糟的东西我都不好意思说啦。她说着低了低头，我像是看到她早年那样红了脸的情态。悲悲切切，怯怯弱弱，羞羞答答的情态。我为她感到心疼，我忘了说，我虽然是个守身如玉的人，我还是一个对女人温情脉脉的人。我最看不得我所喜爱所倾慕的女人难受的样子，所以我总是远远地不敢去接近她们，怕是亵渎了她们，怕是辱没了她们。

　　我与她商量般地提出了换一个水龙头的建议。她说，她曾经试着去拧那水龙头，但她拧不动。水龙头并不旧，应该算是新的，大概是眼下常见的伪劣产品，一拧就滑丝了，她怎么用力都无法拧动了。我又与她商量般地问她是不是找过房屋修理工？她说，她曾经去找过他们，他们都坐着躺着在说笑话，满屋都是笑的爆炸声。她陈述得很严肃，但他们依然笑得很有趣。后来他们说，他们很忙。

有很多房漏房坍的大事等着他们。每一次她都去填上一张登记卡，那些登记卡已经摞成一堆了。那里有好多摞成了一堆堆的卡，而每次她去的时候，他们都在那儿围着笑。

她再说到他们的笑时，她的脸又低下去，我仿佛感觉到她马上要流出泪来。她嘴里不住地说：我求求你，我求求你，我求求你，我实在听不得水龙头的滴水声了，你看到我头上的头发都被那水滴白了吗？你看到我脸上皱纹都被水滴深了吗？你看到我眼睛的窝窝都被水滴青了吗？再这样听下去，我大概要被滴疯了的。我再也受不了了。我宁可去死了。

她悲悲切切地说着，说到死时，她的话音里带有一种毅然决然的声调。我看着她，以前我一直不敢正眼看她的。我仿佛看到了她头上的白发丝，我仿佛看到了她脸上的深皱纹，我仿佛看到了她眼圈的青眼窝。我赶忙着说：别别别，我一定帮你，我一定去做，只要我能做的，你说什么我都会做的，别说一只小小的水龙头。

她抬起头来，她的眼睛里含着了笑意，我看到那笑意，就感到浑身的血都热了。我站起身来。我说去吧。我的声音里带着出征般的勇气。

她说：不不不，你别去，你不要去，你不能去。你一双写文章的手，和我一样，哪能去做那样的事。

我知道她是怕我的力气小，多少年生活在空中，我色如膏石，形如鹳鹤。但我毕竟是个男人，是一个想在喜欢的女人面前显示的男人。我再三表示要去，她再四地推辞着，不让我去。我想到君子之礼，不强人所难。我尊重她的意见坐下来。我想到她大概不让我去有不让我去的缘由。从谈话中我感觉到她是单身生活，她肯定是有男人的，她这样漂亮的女人怎么可能没有男人呢？只是她的男人

雪夜静静

似乎不在身边。君子不欺暗方，瓜田李下，男女授受不亲嘛。说真的我也只是想表现我的气概，我从来就没有侍弄过水龙头那玩意，倘真的去了一丝一毫也没拧动那水龙头，在她的面前将多丢丑！我顺势退了下来。我说：那么，我怎么帮你呢？

她说：哪用得着你自己动手，你是那么有名，正因为你有名，我才来找你的。你只需要找一个懂行的，哪一行的人都会听你这个名人的吩咐的。你只要找一个人去帮我换一个水龙头。在于你还不是小事一桩！

我答应了她，我很快地答应下来。我对她说，我会叫人到她那儿去，帮她修好那只该死的水龙头。让他换上一只。就是它再好用，也要换了它。我要她放心，定心，安心。对她说这些话的时候，我像发着誓似的。

她说着谢着，用含着笑意的眼朝我看着，走了。

于是，那一晚，我就没睡着。对于我一个脑力劳动者来说，失眠是常事。但这是我第一次为了知识之外的事而失眠。我起先是兴奋，因她的身影在我的阁楼上出现。我一遍一遍地想着她的身影，一遍一遍回忆着她的声音和讲话，我的血在体内流得很快很快。而后我想着了那只水龙头，于是那滴水声仿佛也滴在了我的脑子中，滴在了我的视觉中，滴在了我的听觉中，滴在了我的味觉、嗅觉整个感觉中。我体内的血又如滴水般地滴得很慢很慢。我热一阵，冷一阵，冷一阵，热一阵。我想着我怎么样去换了那只该死的水龙头。我排了我认识的所有的人。我发现除了林黛玉的形象以外，谁也不在我的脑中留存。我是生活在空中的。我觉得我无法踏到地面上去找人。一直到黎明，我才进入朦朦胧胧的状态中，我从空中伸出手去，想拧那一只巨大的水龙头，我怎么也够不到那龙头

的边,那只该死的水龙头像是故意嘲弄般地喷出水来了,响着雷鸣般的声音。我又被闹醒了。

白天里,我时时刻刻地想着如何去完成对她的誓言。我说过我是一个讲信用的人,再说,我还欠了她的,我偷了她形象那么多年,我要予以偿还。我是一个知恩图报的人啊。我在写字台前坐下的时候,就会生出一重重的近乎幻觉的感觉,那只巨大的水龙头滴着水,后面隐着林黛玉那含着笑意眼睛,那感觉逐渐变幻出许多的图景来,许多许多的莫名的魔景般的天地。只有青年才有的感觉幻想,都回到了我身上,让我激动不安,让我心跳不已,让我呼啸长吁。于是我心中自然地开悟了卜学。许多的卦象组合了一个个复杂的象,许多的爻词组成了一个复杂的判。又引我合起掌来,念一句《心经》,念一句《金刚经》,念一句《坛经》,念一句《道德经》,于是我从卜学境界走进高层次的宗教天地中。佛曰:法象万千。老子曰:首生一,一生二,二生三,三生万物。

我带着那水龙头的滴水形象和她的含着笑意的形象,同时带着对道释参悟的念,走下空中。那是我最痛苦的时刻。我不得不去做一些琐碎无聊的事,那是供我肉体生存下去的必要。不幸的是我还要和一些见我点头的人打招呼。这是我觉得锤炼忍受力的时刻。无数繁屑琐碎的现实之景在巨大的水龙头的映象后面跳闪。我正心无旁骛地走着,这里就出现了一个招呼的声音,心中一切的坚衡也就被打破了。我这才意识到眼前的人影,点头以后,我看了面前是一个很大的头,一张很大的脸,一个夸张的笑。

他说:还认识老邻居么?

我从他那个大头的形象上产生了记忆,一点无可奈何的记忆。我童年时的故居小巷里,巷口的木板房里的一个大头孩子,他的身

雪夜静静

子托着一个大头，总是想出无数让大人讨厌的事来，因为他提前具有和大人一般重量的头脑。

他对我说话，说他一眼就认出我。他能记得我的名字，因为我的名字偶尔会出现在看的人很少的报上。他现在是基建局新办的公司的总经理。眼下社会总经理多如牛毛了。我也对他说话，说什么话，我没在心上，是直接从嘴里说出去的。我最顺嘴说出来的自然是那只水龙头。他便说：这件事就交给我来办吧。我以后有事也会求你的。你是名人。现在社会重要的就是人事关系。真是山重水复疑无路，柳暗花明又一村。我竟没想到他会帮我解决人生这一刻最大的问题。因为这关系到我的誓言，我的信用，我的一段恋情，我的一个报答。我一把抓住他，我最讨厌人际关系中庸俗的亲热表现。但我还是抓住了他，像抓住人生难题中最关键部位。我对他说了许多的话，许多道谢的话，许多应诺的话，许多激动的话，许多拜托的话。他说他会尽力的，他会尽一切力的，他会竭尽全力的。他的口气里似乎是去完成一桩最艰巨的任务，他将赴汤蹈火，在所不辞。

再回到我的空中，我的心开始静下来。我对自己说，我做了一件事，一件告慰人生的事了，我可以安心了。我可以继续自己的事业了。我面对写字台上的稿纸，一个个文字中隐隐摇动着那只水龙头的影像，影像显淡了，而后面的她含着笑意的形象却深了些，一时我联想翩翩。我极力要把那些形象排拆开，排得很吃力。

过了一些日子，我的楼门又一次被敲响了。我想到肯定是她来了。她来告诉我水龙头问题解决的消息，她来向我表示谢意。我会对她说，施恩不求报，这是古训。我已把这句话想了很久了，想得很熟很熟了。我开开门来，发现楼门前的是一个大头。

老邻居大头进房来，先是把我的房间转了一圈，嘴里发着啧啧声，在他的油亮亮的头发上沾了一层薄灰。随后他说，她已经告诉你水龙头修好了吧。他坐下来对我说那只水龙头的形状，形容那只水龙头的型号，形容那只水龙头的高低。他讲到了生产这种型号水龙头的厂家，讲到购买这种水龙头的店家，讲到厂家的生产能力，讲到店家的销售情况。他用一只只具体的水龙头把我的感觉塞满了。他的大头在我窄窄的木椅上空悬着，使我的阁楼显窄了。后来他说，他要求我办一件事，一件小事，对于我这样的名人，只能算是一件小事。那就是他新办的公司，在工商局登记注册时，经营的范围被局限在建筑材料上了。他公司是有能力经营煤炭、化工、纺织，还有文具纸张等等的。

我说：你的公司不是基建局办的么？他霍地站起来，他开始了他的关于建筑概念的阐述。他说你知道这是个新兴的公司么？你知道煤炭可以提炼新兴建筑材料么？你知道化工便是新兴建筑的根本么？你知道纺织对新兴建筑内部装修是多么重要么？你知道文具纸张对新兴建筑的设计是何等的关键吗？他一连串地说下去：新兴的建筑意味着什么？那就是全息！全息是新兴建筑的灵魂。我的心在悟着他的理论，我觉得，我的眼前旋着一张太极图，阴与阳旋转起来，阴阳之间是一个喷着水的水龙头，阴阳之水旋转着。道生一，一生二，二生三，三生万物。我一连串地点着头，我对他说我懂我懂，我算是真正地懂了。我要为他办这件事。我是一个守信用的人，我不会忘了自己的诺言，君子一言，一言九鼎。

他走了，我的脑中开始旋转起来，那些建筑，化工，煤炭，文具纸张，纺织，一连串的名目旋转。我走动的时候，那些名目也都跟随转着。我察觉到那是我在空中的缘故，一旦我下了楼，踏在地

雪夜静静

上，那旋转的力也就小了。我无奈地走在街道上，听着那些嘈杂的声音，看着那些杂乱的景色。这样过了几日，终于有一次，我在小吃店吃了一碗面条后，面条师傅收碗时问我：你老说什么煤炭化工的，莫非你也下了海？从我搬到阁楼来，我便在这家面条店解决肚皮问题，已经有八年零八个月的历史了。一碗光面条从八分涨到了八角，不管它煮出的是什么味，有时里面多出了煤油味，焦木味，烟火味，霉气味，生味，苦味，甜味，酸味，我都坚持每天一餐早点在这儿吃。我看惯了面条师傅。可以说面条师傅是我半生中见得最多的人，半生中对话最多的人。我带点忧伤地告诉他有关新兴建筑的全息问题。他和我一起叹了一会儿气。最后他说他不想让我这样的君子食言。他说他正好有个大妹的小姑子的男人在工商局。除了他自己的事，他从来不去找大妹的小姑子的男人的麻烦。现在他要为我去找一下这个大妹的小姑子的男人。

一时间我是大喜过望，激动万分。我说了许多感谢的话，我说了许多兴奋的话，我说了许多拜托的话。面条师傅说：你这样一诺千金的名人，我以后也会有事找你呢。我说当然当然，有恩不报非君子嘛。我对他说，我是一个记恩不记仇的人。

再回到空中，那种旋的感觉还伴了我一段时间，到快要淡化快要消逝的时候，我的门被敲响了，出现了面条师傅的面孔。我正想着他，有一段时间没见到人了，想着他也许正在为着我的事在奔忙，我的心中就有一股感动。我过去拉他坐下，我给他倒茶，我给他端水。我像多年中他为我服务那样好好地为他做了一通。他自然是来告诉我我托的事已经办成的消息。他随即坐下来，朝我望着，眼光里添出了一份哀求。他对我说，他是来有事托我的，出于他多年在饮服务业的工作能力，他规划办一个烹调学校，要让他的烹调

技术后继有人。他请我在教育局疏通关系，能让这座学校的文凭作数管用。我说：你能……是你当教师吗？他带着被人小看的悲伤神情，他说：从13岁开始，我在炉灶边整整30年了，你没听说木竹棒挂城门三年都会说话了。我想对呀，实践出真知，实践出经验，实践是一，经验是二是三是万物，除了经验还是经验。

望着面条师傅的那张看熟了的面孔，看着他眼中带着的希望恳求，我觉得我有一种义不容辞的感觉。我慷慨激昂地答应了他。我是一个滴水之恩涌泉相报的人。

于是，我的头脑中，印进了一张文凭的形象。那张文凭有一个大大红红的章，那个红章总是从远景到近景，越来越大，直至占据我整个脑海，拉近，特写，变虚，变得很虚很虚。重复着千万次这样的过程。这一次，我清楚了一点：那就是我必须走在喧嚣的街道上，来避免一再的从实到虚的形象冲击。我不住地念着道家的经文：道生一，一生二，二生三，三生万物。当我在街道上转了十天光景，当我在街上念了十天的经文，我终于见着了一个听过我讲座的学生，那次讲座我讲了古代宦官现象，我在台上讲了三小时，我不知学生们听没听我说的一句话，我却听清了台下整整三个小时中对一场足球赛输赢的判断议论。从那以后我再没上过讲台。这个学生竟然认了我。他听了我关于文凭的应诺，便说他有个姨父的表兄是在教育局。于是他帮我完成了这个诺言。于是他请我这个名人，为他承包的工厂减免税找一找税务局，他告诉我，他办的是福利事业，他的五个职工中有一个是近视眼，一个断了一个脚趾头，一个有口吃，残疾人占整个员工的比例的百分之六十强。于是我又开始在街道上走动，念着经文。半个月后我又碰到了一个儿子的女朋友的姑表嫂子在税务局的人，他帮我完成了学生的请求。后来我又为

雪夜静静

他去寻找环保局的门路，为一条马路夜间的施工。之后我托的人办成了事后，又托我去寻找公安局的关系。就这样，我念着道生一，一生二，二生三，三生万物的道德经，陆续通过了物价局、卫生局、邮电局、供电局、交通局、农业局、人事局、财政局、烟草局、商业局、新闻出版局、乡镇工业局，还有一个铁路局。我在街道上行走历时一十八个月，历经一十八个局，我记得在第九个局也就是在通往交通局的线上，我的身心、能力、感悟都达到了一个质的变化。就像看爬山一样，前面九次我费了一十六个月，每一件事的时间都向前延长，越延越长。交通局的路那么漫长那么艰难，我走了整整三个月。我的身子瘦得像个苦行僧，满面灰尘，黝黑憔悴。一个爬山者的形象，不时地在我的眼前浮动。他一步一步，提着腿，曲起来，向上踏去，悲壮崇高，很缓很慢，像电影里的慢镜头。我知道那就是我。我想我会在爬山的过程中倒下来的。而第九个月是一个关键，月盈而缺，水满而溢，事物都朝相反的方向运动，胜利往往在再坚持一下之中。爬山到了顶峰便见天地之宽。于是下山容易如飞，后面九个局，我只花了两个月的时间，就如从山上滑落下来一般。

为了铁路局的人所托之事，我找到了乡镇工业局的通道。我已熟悉寻找关系，超越了间接层次。我随身带着我的身份证，工作证，通讯员证，特约报道证，协会会员证，会议代表证，以及荣誉证书，临时聘书，还带着印着我头衔的名片，带着登着我名字的报纸，用开会，采访，搭话多种方式来达到自我推销广泛结交。乡镇工业局的人帮我解决了铁路局的人的事后，便托我购买两张最紧张的去京城的软卧票。那是应掌握着几十万拨款的一个尊贵的客人的需要。我重新去找了铁路局的关系，我告诉他是帮了忙的人的需

要，于是我顺利地拿到了那两张票。于是关系的链子在这里转回了头。链子的回转，是有偶然性，也是一种必然。世界真小啊，它总有一次要转回来。于是我一下子感到了解脱，同时我发现关系是可以反复使用的。社会关系的学问，也是有规律的，也是由繁向简，由必然王国到自由王国。再回阁楼，我感楼梯的实在，楼板的实在，凳椅台桌的实在，橱柜碗筷的实在，一切都是实实在在的，那种浮在空中的感觉消逝了。我坐着，心旷神怡，我突然察觉到这段时间我不再念《道德经》，那段经文已经融化在我的呼吸中。一呼一吸皆是道。我的身体明显变胖，我的思维明显活跃，我的气色明显亮，我的精神明显变好，我的信心明显变足，我的理智明显变强。俯窗而望，只见一朵轻云缓缓飘过，如烟如雾如水如焰如擎如嫣如枯如华。一瞬间我觉得三十三天的色彩层次猛然如在一恍惚间，过去未来，生死轮回，一层层地剥落下来，我就看清了一个自我，一个完全新的自我。一刹那间，我有了一个大禅悟，大欢喜。道生一，一生二，二生三，三生万物。万物归元，万物归一，那元一便是"我"，是原我，是本我。

于是我开始顺应倒回头来的关系链子，我重新开始了我的街道之行。一切都变了，如呈异形之状。我不再守着一点，不再守着那一点应诺，不再守着那一点道德，不再守着那一点理论，不再守着那一个准则，不再守着任何僵死的一点。我的一切都显着了弹性状态，紧绷绷，柔绵绵，形如水，动如云，不再粘着，不再执着，于是不再焦急，不再烦恼。我应着关系而理顺，我一步步地去做，轻松实在。半年之中，我的名气在社会上大增，达到了经常被"炒"的局面，达到了登峰造极的佳境。我举重若轻，如在谈笑之间。我的著作不管长的短的，旧的废的，包括儿童时代的日记，都集成了

雪夜静静

文集。那文集在出版社发行时征订数是十八本,其中十本是作者自订的。然而十八本精装书本显得厚重精致。有着第一流画家的插图,有着第一流书法家的题字,有着第一流评论家的评论,有着第一流作家写的序,一切都合着眼下最时新的潮流。那流之源,便是通着那根链子。自然都不会是无代价的。十八本书的出版在出版界乃至整个社会都引起一种争论。于是出我文集的出版社被许许多多的文章,称作为严肃的工程之最,社会效益注重的典范。从一开始就有一家报纸关注着这套论文集的出版,不断的新闻报道,连篇的讨论与评价。参加的读者来信竟到了每日几千封。于是那家报纸发行量扶摇直上突破了500万份。于是各家报纸争先恐后地"炒"起来,炒我的文章,炒我的生平,炒我说的每一句笑话,我念的一段戏文,乃至我走路时的一个趔趄也都入了文章。我的照片从童年到青年,从青年到中年,大的小的,旧的新的,吃饭的睡觉的,笑的哭的,打喷嚏的,伸懒腰的,连同瞪眼龇牙咧嘴的,都印了出来,我有时自己也怀疑那照片究竟是不是我的,是不是世上有了我的替身。道生一,一生二,二生三,三生万物。万形归元,那便是我,真也是我,假也是我,虚也是我,实也是我。只是有时我走在街上要遮起一半的脸,怕有追星族们把我包围,无法脱身。我每日很晚才回阁楼去,怕门口守着的写报道写大小文章的人,给我的形象抹黑。有一天我饿得不行,就去找到面条师傅。他现在的烹调学校已具有全国影响,被称作了烹调的黄埔军官学校。面条师傅看到我,连说稀客稀客。我告诉他,为了他的一件事,我托了人,人又托我,我再托人,这样我一共托了三十六个人,办了三十六件事。他听了很受感动,他一连地问我有什么事要他办的,只要他能办得到的。我说你就再烧一碗面条给我吃吧。现在我唯一求你的就是这件

319

事。不知怎么回事，我近来真的想着的是像过去那样安安静静地吃上一碗面条。他面有难色，说现在他是无法做一碗面条了，他是最高烹调学府的校长，他有两年已经没和锅灶接触了。再说他去厨房烧一碗面条，岂不让人耻笑？我懂得他的道理：头可断血可流，成功者的脸面是不可丢的。他迅速活动起来，他给在他的烹调学校毕业的学生打电话，那些学生因为有了烹调学校吃香的文凭，都成了烹调协会的书记或会长什么的。于是他们立刻给了我一个烹调协会高级顾问和最高评审委员会主任的名头，凭着这个名头，我走进哪家大饭店大酒家，都是级别最高的烹调师傅下厨上灶，以为我提供免费饭菜而荣。而我在烹调学校一周年庆祝会上，举着大拇指的形象反复出现在电视上，于是烹调学校黄埔军官的名声传遍东南亚。那以后我找到了大头邻居，现在他的建筑宇宙有限公司资金雄厚规模宏大，他一见我，便把我按到坐在他的大转椅上，那一张大转椅能够我睡下的。我对他说，为了他的煤炭化工纺织文具的执照，我托了人，人又托我，我再托人，这样我一共托了五十四个人，办了五十四件事。他听得热泪盈眶，他问我有什么事要他办的，凡是他能办到的。我说你是去过我的阁楼的，我现在什么都有了，你建了这么多的房子，分配一套给我吧，我一个人住要求不高，一套三室一厅的房子就够了。他闭着眼睛好久没有说话，我知道那是有权人应付请求时习惯的表示，我耐心地等着他。他后来对我说，他是管建筑的，不是房管所的，我又不是他单位的员工，他没有房子分配给我，再说让我这样的名人付租金住公寓房子，实在说不过去。于是他按了一个电铃，吩咐了秘书小姐。于是秘书小姐拿来了一套房屋所有权的登记表。大头邻居告诉我那是一幢郊区花园别墅，怕我进市区不方便，停车房里给我配备了一辆轿车，大厅里还给我配

雪夜静静

备了一台小型发电机。这段时间,我已习惯了各种奇特的赞助物品。我笑着说:我要发电机干什么?莫非你还要给我配柴油么?他说需要的话,会配给你的,你先拿着吧。我立刻听懂了他的话。几天后,举办了一个隆重的赞助仪式,请柬,礼品,爆竹,礼花,剪彩,照相,我从大头邻居手上接过别墅钥匙的照片和镜头出现在所有的报纸和电视上,被称为企业与文化最隆重的联姻。于是我住进了别墅小楼,于是大头邻居的公司海内外投资猛增。于是几天后,在我别墅附近,大头邻居妻弟承包的社办工厂里多了一台发电机。

住进别墅后的几天里,我去找到了旧日同学林黛玉,我用轿车把她接到了我的别墅。我领她看了我的小楼,我的花园,小楼里家电应有尽有,花园里各式花开得很艳,一湾水池,浮着一对对的白鹅。在水池边,我看着她光彩照影的脸。她的头发变得乌黑,她的脸上很难找到一丝皱纹,她的眼睛里像清水一般纯净。我对她说了我为了她的那只水龙头,我托了人,人又托我,我再托人,这样托了七十二个人,办了七十二件事,我倾诉了在此期间我所受的一切折磨,所经历的一切辛苦。我这两年中什么也没有写,我这两年中什么也没有做,我荒废了我的事业,我现在再也无法拿起笔来,只要一拿上笔,眼前就会出现那只水龙头,那水龙头后面浮动的是她的形象,她微笑的形象,她光彩的形象,我就会激动,我就会兴奋,我就夜不成眠,我就食不甘味。我怎么也无法避开她的形象,我已不再是我,我是一个虚我,我是一个空我,我是一个废我,我是一个苦我,我是一个异我,我是一个失却了灵魂的我。我用悲哀的声音对她说着:现在你救救我,你救救我,你救救我吧。她带点让我看痴迷的那种羞羞答答的神情,微微地低下头去,眼角分明地含着一点笑意,怯生生的笑意。她如蚊音般地说:你是这样的名人，又有这样的……你还需要我……我怎么才能救你呢？我情不自禁地拉起了她的手。关关雎鸠，在河之洲，窈窕淑女，君子好逑。衣带渐宽终不悔，为伊消得人憔悴。便纵有千种风情，更与谁人说。两情若是久长时，又岂在朝朝暮暮。所有的好诗句都在这一刻将我脑中涌满。

我说：你把你给我。